La Malnata

マルナータ

不幸を呼ぶ子

ベアトリーチェ・サルヴィオーニ

関口英子 訳

Beatrice Salvioni

河出書房新社

目次

マルナータ　不幸を呼ぶ子

子供だった頃の私へ。
そしてとりわけ、彼女の声に
耳を傾け続けろと教えてくれた人たちへ。

プロローグ　誰にも言わないで

死んだ人の身体《からだ》の下から這い出すのは至難の業《わざ》だ。

それを知ったのは十二歳のとき。私は鼻と口から血を流し、ショーツは片方の足首にからまっていた。

ランブロ川の岸辺のごつごつとした小石が首すじやむき出しのお尻にめり込み、背中は泥に埋もれていた。腹部にのしかかっている彼の身体はまだ温かく、角張っていた。うるんだ虚《うつ》ろな目、顎には乳白色の唾液を垂らし、開いた口からは不快な臭いが漂っていた。倒れ込む寸前、彼は恐怖に顔を引きつらせて私を見た。片手は自分のパンツのなかに突っ込んだままで、散大した黒い瞳が頬にこぼれ落ちそうだった。

前のめりになって倒れかかり、私の両脚を押しひろげていた膝を太腿の上にがくんとついたきり、二度と動かなくなった。

「やめさせようとしただけ」とマッダレーナが言った。片手で自分の頭を押さえている。見ると、血と泥で髪がからまり、べっとりとした塊になっていた。「こうするより他に仕方なかった」

近づいてきたマッダレーナは、濡れた肌に薄手の服地が張りつき、痩せて筋だらけの身体の輪郭がくっきりと描き出されていた。「いま助けるから、動かないで」

言われるまでもなく私は動くことなどできなかった。自分の身体が、遠くに置き忘れられた物体のようだった。感じるのはただ、唇のあいだと舌の上にあるねっとりとした血の味だけで、息をするのも苦しかった。

マッダレーナが地面に膝をつくと、むき出しの脚の下で砂利がきしんだ。靴下もぐしょ濡れで、靴は片方脱げていた。彼の上半身を両手で押しのけようとする。最初は肘を、次いで額も使って力一杯押したが、びくともしない。

死ぬと身体がずしんと重くなる。ノエの家の中庭で死んでいた猫もそうだった。ぬるぬるとした腸《はらわた》が飛び出し、鼻面や目には蠅《はえ》が何匹もたかっていた。私たちは一緒にその猫をガチョウの囲いの裏に埋めたのだった。

「あたし一人じゃ無理」とマッダレーナが言った。顔に張りついた髪からぽたぽたと雫《しずく》が垂れて川原の石を濡らしていた。「あんたも手伝って」

私はその声に脳内を揺さぶられた。しだいに激しく。まず、彼の身体の下から片方の腕を抜いた。それからもう片方も。そして彼の胸に両手を当てて、ありったけの力をふりしぼった。私たちの頭上にはアーチ形の橋脚《きょうきゃく》と陰鬱な空の切れ端が、下には濡れて滑りやすい小石があり、あたり一帯が流れる川の音に包まれていた。

「一気に押しあげるの」

言われたとおりにやってみた。息をするたびに、その男の甘ったるく物憂げなオーデコロンの味が口のなかにひろがった。

マッダレーナが私を見ながら言った。「せーのっ」

二人で力を合わせて押しあげる。うめきながら背中を反《そ》らすと、不意に彼の身体が離れ、仰向けに転がった。私の横で両目を見ひらき、ズボンを膝まで下ろして口をだらしなく開けている。ベルトのバックルが石に当たってカチンと音を立てた。

重みから解放されるなり、私は身体を半回転させて横向きになった。砂利の上に赤い唾を吐き、指で唇や鼻をこすった。彼の臭いを消したかったのだ。しばらく息が苦しかったが、膝を曲げてうずくまり、呼吸を整えた。ショーツはゴムが切れ、靴の踵《かかと》で踏まれて破けていた。私は怒りにまかせて脱ぎ捨てると、臍《へそ》の上までまくれあがっていたスカートで腰を覆った。下腹部が冷えきって、身体の節々が痛んだ。

マッダレーナが立ちあがり、手についた泥を腿でこすり落としながら尋ねた。「大丈夫？」

私は下唇を嚙んでうなずいた。喉の奥のダムがいまにも決壊しそうだったけれど、泣かなかった。泣くなんてバカのすることだと教えてくれたのはマッダレーナだった。

マッダレーナは額に張りついた髪を搔きあげた。小さくて険しい目をしていた。そこに横たわる身体を指差して言った。「別の場所に運ぶなんて、あたしたちにはできない」鼻の下にこびりついた血をなめながら続けた。「川原に隠すしかない」

私はそばに寄ろうとして立ちあがったものの、脚はがくがくするし、革靴の底は滑るし、うまく歩けない。マッダレーナの手首をつかんで、すがりついた。川のにおいがあらゆるものを覆っていた。マッダレーナは震えていた。ただし恐怖からではない。彼女には怖いものなどなにもなかった。

トレソルディさんの家の、歯茎をむき出して歯のあいだから白い泡を吹いている犬も、大人たちが語る話に登場する、暖炉の煙突から下りてくる悪魔の足も怖くなかった。血だって戦争だって怖がらなかった。

震えていたのは、彼に髪をつかまれて川まで無理やり引きずられ、沈められたからだ。マッダレーナが足をじたばたさせてもがこうが叫ぼうがおかまいなしだった。黙らせるために頭を水中に突っ込み、そのあいだ彼はずっと、ラジオから聞こえてくるような嗄《しゃが》れ声で、「愛を語っておくれ《パルラミ・ダモーレ》、マリウ。君は僕の人生のすべて《トゥッタ・ラ・ミア・ヴィータ・セイ・トゥ》」と歌っていた。

「枝を探してこよう。太い枝がいい」マッダレーナはそう言いながらも、微動だにしない出っ張りや窪みだらけの身体から目を逸らそうとしなかった。ほんの少し前までその男が私の手首を押さえつけ、口のなかに舌を押し込んでいたのだ。舌の感触がいまだに残り、身体には彼の指や息づかいがまとわりついていた。私はただ眠りたかった。その場で、小石に埋まり水音に包まれて。けれどもマッダレーナが私の肩をつついた。「急いだほうがいい」

私たちは遺体を転がしながら、橋のたもとまで引きずっていき、濡れた橋脚にその上半身をもたせかけた。肘が不自然によじれ、指は硬直し、口は開けたままだった。その顔には先ほどまでの若者の面影は少しも残っていなかった。小粋で横柄で、ぴっしりと折り目の入った長ズボンを穿き、束桿《ファスケス》と三色旗をあしらったピンバッジ〔国家ファシスト党（PNF）の党章〕を胸につけ、鼈甲《べっこう》の櫛で髪を撫でながら、「おまえらなんてクズだ」とせせら笑っていた。

二人して、増水のときに砂地に打ちあげられた枝を拾い集めた。カモの巣や排水路からも。そして水に半分浸かった身体の上にかぶせていった。水嵩《みずかさ》が増しても流されないよう、石や根っこで固定しながら。

「目をつぶらせないと」最後に握り拳《こぶし》ほどの大きさの石をのせながら、マッダレーナが言った。

「死んだ人にはそうするの。前に見たことがある」

「触りたくない」

「わかった。あたしがやる」マッダレーナは血の気がなくなった彼の顔に手のひらをかざすと、中指と親指で瞼《まぶた》を閉じさせた。

身体を覆い隠すたくさんの枝や石の下からのぞく、閉じた目に開いた口。それはまるで、夜中に悪夢にうなされながらも目を覚ませずにいる人のようだった。

私たちはスカートや靴下を絞った。マッダレーナは片方だけ履いていた靴を脱ぎ、ポケットに突っ込んだ。私は脱ぎ捨てたショーツを拾いあげると、おなじようにポケットに突っ込んだ。濡れて泥まみれの小さな布切れ。

「もう行かなきゃ」とマッダレーナが言った。

「次はいつ会える？」

「またすぐに会える」

家までの帰り道、靴下が靴の中でぐしょぐしょと音を立てるのを聞きながら、私はまだなにも始まっていなかった頃のことを考えていた。ほんの一年前まで、私は皺《しわ》一つない乾いたスカートを穿き、獅子橋《レオーニ》の欄干にお腹を押しつけて、遠くからマッダレーナの姿を眺めているだけだった。彼女について知っていたのは、不幸を呼ぶということだけだった。あの頃の私はまだわかっていなかった。マッダレーナの言葉一つで、自分が救われる価値のある人間なのか殺されるべきなのか、ぐしょ濡れの靴下を履いて家に帰るべきなのか、顔を川のなかに浸けたまま永遠に眠るべきなのか決まってしまうだなんて。

第一部

世界の始まりと終わりの場所

1

彼女は「不幸を呼ぶ子《マルナータ》」と呼ばれていて、みんなから忌み嫌われていた。その名を口にすると不幸になるとか、あの子は魔女だから、近づくと死の息を吹きかけられるなどとまことしやかに囁かれていたのだ。あの子のなかには悪魔が棲みついているから、決して喋ってはいけませんと私は言い聞かされていた。

日曜になると、母は私に踵《かかと》の擦れる靴と毛玉だらけの靴下を履かせ、余所《よそ》行きの服を着せ、汚さないように気をつけるんですよ、と口を酸っぱくして言った。私は、そんな服装で首すじから汗を垂らしながら、いつも彼女のことを遠くから眺めているだけだった。

マルナータは、男子二人と一緒にランブロ川の岸辺にいた。私はどちらの子も名前しか知らなかった。腕も脚もチキンの骨みたいなのがフィリッポ・コロンボで、サン・フランチェスコ通りの市場で売られている、脂でてかてかの牛の四つ切り肉のような胸板なのがマッテオ・フォッサーティ。二人とも半ズボンを穿き、膝小僧は擦り傷だらけで、彼女のためだったら――自分たちよりも小さく、おまけに女子だというのに――出征した兵士さながらに自ら進んで銃で撃たれ、「死ねて本望です」と神に感謝することすら厭《いと》わなかっただろう。

彼女は、日焼けと汚れとで色の褪《あ》せたスカートの裾を男物のベルトに巻きつけ、陽射しで温められた岩を裸足で踏みしめて立っていた。女の子は絶対に脚を他人《ひと》に見せてはいけないと言われていたのに、彼女の脚はむき出しで、ふくらはぎも太腿も泥で汚れていた。

身体《からだ》のあちこちに古傷のある野良犬みたいなマルナータが、指のあいだからすり抜けようとする魚を握りしめて笑うと、男子二人は水を四方に飛ばしながら川のなかで足を踏み鳴らし、手を叩く。

私は十一時のミサに行く途中、高いところからその様子をこっそり眺めていた。母に言わせると、「きちんとした家柄」の人たちは十一時のミサに通うものらしかった。

父は私たちのことなどおかまいなしに前を歩いていた。帽子の下から首すじだけをのぞかせ、両手を後ろに組んで足早に歩く。

母は、「遅れますよ」と言って私の手をぐいと引いた。橋の欄干の向こうを指差して、「碌《ろく》でもない子たちね」とつぶやきながら。

母とは対照的に、父は寡黙な人だった。小言が大嫌いだったのだ。もし私と母が大きく後れをとり、そのせいでミサに遅刻すれば、その日は、ひろげた『日曜版コッリエーレ』の陰で父が不機嫌にパイプをくゆらせる気まずい一日になることを、私も母もよくわかっていた。

私は下の川べりにいる子たちをもっと眺めていたかった。自分とは違うその子たちを、いつも陰からのぞいていたのだ。

ところがその日、初めてマルナータが輝く黒い瞳で私のことをじっと見つめ返し、微笑んだ。

私は心臓が止まりそうになり、思わず瞼《まぶた》を閉じた。慌てて聖堂広場《ドゥオーモ》へと向かう上り坂にいる父のところまで駆けていき、横に並んで歩いたが、父は気づきもしないようだった。通り沿いには小間物屋や、バニラの香りが漂う菓子店が軒を連ねていて、たまに車が通りかかると通行人は店のショーウインドーにへばりつかなければならなかった。

そこへ、市庁舎に勤めているロベルト・コロンボさんの運転する黒いフィアット・バリッラが通りかかった。父はよく、勿体《もったい》をつけた口調で、「あの人はとても偉いお方たちをご存じなんだ」と言っていた。二人の息子はいつも、前髪をぴっちりと真ん中で分けていた。毎朝、夫人が梳《と》かしつけているのだ。下の子が朝から晩までマルナータと一緒に裸足で川に入って遊んでいる、と教会に通う老婦人たちから知らされたコロンボさんは、息子にひまし油を一本無理やり飲ませたうえに、お尻が真っ赤になるまで鞭で叩いたという噂だった。

それから何週間かは、日曜に橋の上から川べりを眺めても、マルナータとマッテオの姿しか見当たらなかった。フィリッポは教会に来ていて、コロンボさんとおなじ長椅子の、腕一本分だけ離れたところに座っていた。首もとまでボタンをかけ、きれいなモカシン靴を履いて。ところがしばらくすると、フィリッポはまた川へ行って泥だらけになって遊ぶようになり、ミサに出席するコロンボ夫妻と長男は、次男の不在が目立たないように軽くあいだを空けて長椅子に座っていた。

コロンボさんの運転する自動車はいつもピカピカに磨きあげられ、正面から見ると大口を開けた鯨のような顔をしていた。コロンボさんはその自動車を、教会の真ん前に駐《と》めていた。少しでも歩くと靴がすり減るとでもいうかのように。

それを見ると父は、煙草の葉が歯のあいだに挟まったときのように口をゆがめた。「この世の終わりだ。あのおぞましい物は世界の破滅をもたらす」自動車をなによりも忌み嫌っていた父は、ことあるごとに「人はあまりに先を急ぎすぎる。誰も帽子をかぶらなくなったのは自動車のせいだ」と言っていた。

そのくせコロンボさんに会うと、グレーのフェルトの中折れ帽《フェドラ》を軽く持ちあげ、慇懃《いんぎん》に挨拶をしていた。

教会に入ると、例年の夏の到来より二週間も早く始まった息苦しい暑さが消え、代わりに、お香《こう》の濁ったにおいが直接脳天に達する。それは暗闇の恐怖にも似た感覚だった。母に手をつながれ、私は大理石の白いタイルだけを選んで足をのせていた。というのも、祭壇の奥からいつもブロンズのイエス・キリスト像が私を見張っていて、誤って黒い大理石を踏もうものなら、地獄に落とされると信じていたからだ。

身廊には、頭からかぶったヴェールで耳まで覆った老婦人たちが背中を丸めて祈るぼそぼそ声と、唾で濡れた舌の音が響いていた。私たちはいつも前方の列に座り、ミサのあいだじゅう黙っていなければならなかった。口をひらいていいのは、讃美歌に合わせて、「アーメン」とか、「私の過ち《メア・クルパ》、私の大いなる過ち《メア・マキシマ・クルパ》」と言うときだけだった。司祭様が、犯すと地獄に送られるという罪について話すのを聞きながら、私は銀の腹をした魚や、裸足でランブロ川に入って遊ぶ三人組、そして私に向けられたマルナータの眼差しに思いをめぐらせていた。

母が両手に顔をうずめ、指先を瞼にあてて主の祈り《パーテル・ノステル》を唱えている横で、私は木製の祈禱台から飛び出した釘の頭を観察していた。司祭様がキリストのからだを高く掲げると、私も老婦人たちに倣ってひざまずくのだが、わざと膝を釘に当てて、全体重をかけた。組んだ手を顎に押し当て、指の関節を歯のあいだに押し込む。そうして膝小僧を釘に強くこすりつけながら、栄唱《グローリア》を唱えた。鑢《やすり》で削られるような猛烈な痛みが首すじに伝わってくるまで、夢中になって膝小僧をこすり続けた。

私だって、ランブロ川で遊んでいる子たちのように膝小僧を擦りむいてみたかった。私だって、川の水が足の指のあいだに入るのを感じたかったし、泥の縞模様がついた脚を見せびらかしたかった。男の子たちが私のために川のなかで足を踏み鳴らし、手を叩くのを見たかった。

2

砂利で底のすり減ったサンダルを引きずったマルナータが、自分よりも図体の大きな男子二人を両脇に従え、顎をくいとあげて中心街を歩いていく。彼女が通りすぎると、女たちは天を仰ぎ、「神よ、どうかお救いください」とつぶやきながら、慌てて十字を切った。一方、男たちは地面に唾を吐いた。するとマルナータは大声で笑い、舌を出す。それから、そうした侮辱をいかにもありがたがっているかのようにお辞儀をしてみせた。

烏羽色《からすばいろ》の髪を、お椀をかぶせて肉切り包丁で切ったかのような不揃いのおかっぱ頭にし、黒く光る猫のような瞳に、やはり猫のように細くしなやかな脚をした彼女が、私には誰よりも美しく思えた。

そのマルナータが初めて私に話しかけてきたのは、橋の欄干越しにお互いの視線が重なり合った日曜から四日後の一九三五年六月六日、聖ジェラルド祭の日のことだった。

聖堂広場《ドゥオーモ》も、アーチのある回廊《キオストロ》も、バルコニーも、色とりどりのテープや花輪で飾りつけられ、復活祭《パスクア》の日のように人でごった返していた。聖人のからだが安置されている祭壇まで列になって進み、十字を切って指にキスをしてから、その指で金の服をまとった骸骨が納められた聖遺物箱に触れる。それが済むと、ふたたび明るい広場に戻ってきて、ほうっと息をつくのだった。

　鐘の音がうめくように響き、暑さで雲までが垂れさがっていた。柱廊《ポルティコ》の下にも、回廊《キオストロ》にも、桑の木の陰にも、的当ての屋台や、飴やブリキの玩具を売る露店が並んでいた。青果商のトレソルディさんも、サクランボを並べた露店の向こう側で腕組みをして客を待っている。いかにも意地の悪そうな顔つきで、そばに寄ると、かび臭いタオルのにおいがした。腕っぷしの強そうな手を陳列台にのせ、「サクランボ、サクランボはいかが？　一袋、たったの三リラだよ」と声を張りあげている。傍らでは息子のノエが柱の脇に木箱を積みあげていたが、その顔には父親から怒りにまかせて殴られた跡があった。ノエは、いっぱしの大人みたいに袖をたくしあげていたが、私よりも三つ上なだけで、小学校も卒業させてもらえていなかった。噂によると、トレソルディさんは息子のことをずっと恨んでいるらしかった。「ノエ」という命名がすべてを物語っていた。ノエが生まれたのは十一月に大雨でランブロ川が増水した日だった。川は氾濫し、橋が流され、地下の倉庫はすべて水に浸かった。母親は出産の際に大量の血を流し、赤ん坊だけが助かったのだ。方舟《はこぶね》に動物だけを乗せ、大洪水のなかで神に見捨てられた他の人間を救おうとしなかったノア〔イタリア語ではノエ〕のように。

　聖ジェラルド祭の日は、不遜な太陽が照りつけていた。その暑さによって、村の女たちは互いに交じり合うことのない二つのグループに分断される。白い手袋に、水玉模様の薄いシルク地の膝下丈のワンピースを身に着けることのできる女たちと、どんな季節だろうと、結婚式も聖体拝領式も兼用の間服《あいふく》しか着るもののない女たちだ。肘に買い物袋を提げた制服姿の家政婦たちの姿もちらほら見かけるものの、通りの反対側から遠目に露店をうかがい、買い物のリストを握りしめて足早に歩き去る。

　私の手を引く母は、かっちりとしたバラ色の麦藁《むぎわら》帽子をかぶり、頬のあたりにリボンを垂らしていた。帽子には小間物屋で買った張り子のサクランボが結わえられている。そんなふうにして母は、周囲の女たち——とりわけ帽子もかぶらず街を歩き、露店に並ぶサクランボの袋には高すぎて手が出せない女たち——に羨望の眼差しで見られることを期待していたのだ。それだけでは飽き足らず、通りすがりの男たちにも笑みを振りまいていた。

　父は脱いだ背広を肩に掛け、的当ての屋台の前で立っていた。その隣には、ブリキの鉄砲で的を狙うコロンボさんがいた。コロンボさんを見かけると、誰もがまっすぐ斜め上に右手を掲げ、指をぴんと伸ばして敬礼する。父は脱いだ帽子を抱え、爪でまさぐっていた。コロンボさんは、まるで実戦で銃を撃つかのように、人の形をした金属の的にコルクの栓を命中させることに集中していた。胸のあたりにメダルをいくつもつけた黒シャツを着て、ときおり、国家ファシスト党の三色の旗と頭文字の入ったバッジがまっすぐになっているか確認するように親指でさすっていた。

　少し離れたところの、蜂蜜とフリッテッラ〔ドーナツに似た揚げ菓子〕の香りが漂う菓子の屋台の前では、フォッサーティさんが二本の親指をベルトの内側に入れて、腋《わき》の下が黄ばんだ古いランニングをズボンのなかに押し込んでいた。ワインを飲んで早くも上気した男たちに囲まれ、的当ての屋台のコロンボさんを指差しながらせせら笑っている。あいつは、さも戦闘でメダルを獲得したように振る舞っているが、柩《ひつぎ》を漁《あさ》って集めたにちがいない、でなければ祖父《じい》さんの形見だろう、戦争ごっこがしたくてたまらない子供とおなじで、本物の拳銃など見たことがないに決まってると言っていた。一方のコロンボさんは、フォッサーティは平和、平和と言いながら、サン・ジェラルドの居酒屋でランブルスコ〔スパークリングワインの一種〕を飲み干し、粉挽き小屋の裏で吐くぐらいしか能のない奴だと蔑んでいた。そうした陰口は、私たち子供の耳にも入っていた。というのも、他人の噂話は、とりわけ日曜の昼食時、友人を招いて食卓を囲む際になにより好まれる話題で、子供たちも最後まで「お行儀よく」座っていることが義務づけられていたからだ。

「サクランボ買って」私は母の手を引いて、トレソルディさんの露店を指差した。

「あなたのお父さんに言われたことを忘れたの？」

誰かが意にそぐわないことや気に喰わないことをすると、母はいつだって自分以外の人に押しつけようとするのだ。「あなたのお父さん、今年は避暑には行かないんですって」「あなたのお父さんが、家政婦は一人で十分だって言ったから……」

そうやってよく、私のことも父になすりつけていた。お仕置きが必要になると、「あなたの娘」だと父に当てこすりを言い、私を簞笥《たんす》の奥に閉じ込めるのだった。まるで欲しくもないのにもらった物ででもあるかのように。

「じゃあ、見るだけならいい？」

「サクランボを？　いいでしょう」母は私の手を離してくれた。「だけど、いい子にしてちょうだいね。なににも触ってはいけませんよ」

そして、念入りに梳《と》かしたうえで何本ものピンで留めた髪を整えると、的当ての屋台のほうへ歩きだした。仕方なく、私もついていった。父の傍らに歩み寄った母に、玩具の鉄砲を構えたコロンボさんが尋ねた。「ストラーダ夫人、あなたのためになにか景品を当てて差しあげましょうか？」

私はきつい靴のなかで足の指を丸め、両手の拳《こぶし》を握りしめた。母は片手で口もとを隠して笑っている。コロンボさんは手が滑ったふりをして母の腰に触った。そのとき、ふと振り返って私を見て、教室に飾られた肖像写真のムッソリーニのように眉根を寄せたかと思うと、にやりと笑った。私は全身が強張《こわば》った。走ってその視線から逃れても、羞恥心が喉もとにからまったままだった。

私はトレソルディさんの露店のところまで戻って足を止めた。つやつや輝く赤黒いサクランボの詰まった袋に魅せられたが、店番のトレソルディさんが怖くて、少し離れたところで見ていた。私は教会の屋根の陰に立って、背中の後ろで手を組み、心のなかで母の言葉を繰り返していた。なにも触ってはいけませんよ。

「そんなところでなにしてるの？　サクランボを見てるの？」背後から烏のような濁声《だみごえ》がして、私はびくっとした。

振り返ると、そこにマルナータがいた。あちこち漆喰の剝がれた聖ジェラルドのフレスコ画のある壁に背中をもたせかけ、小石で服のポケットをふくらませて、私のことを見定めていた。

私は一瞬息ができなくなり、足もとの地面が揺らいだ。そんなに近くでマルナータを見るのは初めてだった。

マルナータは川のにおいがした。鼻の下から唇の真ん中の湾曲したところまで伸びる傷痕があり、片方のこめかみから顎のあたりにかけて鮮やかな赤紫の痣《あざ》があった。

「な……なあに？」私はなかなか口から言葉が出てこずに、うろたえた。幼い頃、アルファベットを唱えさせられ、間違えると修道女に棒で指を叩かれたときのように。

「サクランボが欲しいの？」彼女が言った。

「買えない。お金持ってないから」

「そんなはずない」私よりも手のひら一つ分は背が低いくせに、見下すように私を観察しながらマルナータが言った。「お金持ちのお嬢さんみたいな服を着てるし、靴だってぴかぴかじゃない」粗野な笑いを隠そうともせずに、私の足もとを指差した。

「だから？」私も負けじと顎を持ちあげ加減にした。

「だから、サクランボを買うお金ぐらい持ってるはず」

「お金を持ってるのは、私じゃなくてお父さんだけど、サクランボは買っちゃ駄目って言われてるの」

「どうして？」

私は自分の靴に目を落とした。「駄目だから」

「だから、どうして？」

「あなたには関係ないでしょ」

「だったら、持ってけばいいじゃない」彼女はなんでもないことのように言った。

「どういうこと？　お金は払えないって言ったでしょ」

「だから、黙って持ってくの」

私のうちには木製の磔刑像《たっけいぞう》があった。もはや木の香りも失われた黒っぽくて大きな磔刑像だ。両親はそれを寝室のベッドの頭のほうに飾り、その横に銀の聖水盤と結婚式のときの写真を置いていた。

ドアが開け放たれていると、木製のキリストの視線が私の部屋のなかまで届き、私はなかなか寝つけなかった。

「イエス様はいつだってあなたのことをご覧になっていますからね」母はよく、育ちのよい女の子がすべきことと、してはいけないことを説いたあとで、そう付け加えた。私は、母が「悪い考え」と呼ぶようなこと——たとえば器に盛られたジャンドゥイオットのチョコを黙って一粒もらい、金色の包み紙をサイドテーブルに置かれた花瓶のなかに隠すとか、寝る時間になってもベッドに入りたくないと駄々を捏《こ》ねるとか、寝る前にこっそり股のあいだの震える場所に触るとか——が頭をよぎるたびに、木製のキリスト像の悲しげな目を思い出しては、踵《かかと》まで這いおりてくるような恐怖と罪悪感とでがんじがらめになり、慌ててやめるのだった。自分は過ちだらけの穢《けが》れた存在だと思った。木製のキリストに頭のなかをのぞかれ、すべての罪を——秘密にしているものまで——見透かされるのだから。

初めてマルナータに話しかけられ、サクランボを黙って持っていけばいいと言われた日、私は「そんなの、いけないことよ」と答えた。

世の中は破ってはならない無数の規則でできている。重大で危険な大人の世界は、決まりごとや取り返しのつかない過ちだらけで、うっかりしていると、殺されるか刑務所に入れられてしまう。だから、そうっと忍び足で、なににも触れないように注意して歩かなければならなかった。とりわけ女子にとっては禁止事項ばかりの恐ろしい場所なのだ。

なのにその痩せっぽちの少女は、下顎にぎゅっと力を入れると言った。「いい？　あたしのすることを見てて」

私は、胃の奥が締めつけられるような切迫感を覚えたものの、言われたとおりにした。それまでにもよくマルナータのことを一方的に見ていたが、そのときばかりは格別だった。「見てて」と本人に頼まれたのだから。

マルナータは私に背を向け、教会の陰から歩きだした。陽光を浴びて黒髪が輝いている。次の瞬間、教室で答えがわかったときのようにすっと手をあげた。すると円柱の後ろから、金髪直毛のフィリッポ・コロンボと、父親とおなじように腋の下が黄ばんだランニング姿のマッテオ・フォッサーティが現われた。マルナータのために川のなかで足を踏み鳴らしていた二人組だ。二人はわざと大声で喋って人々の注意を引きながら、サクランボの露店に近づき、周囲をまわりだした。トレソルディさんはそのとき、息子のノエを大声で叱り飛ばしていた。「この役立たずめ！　立ったままで居眠りしてやがるのか！」ノエは黙って堪《こら》え、空《から》になった木箱を積んでいた。

フィリッポとマッテオがサクランボの露店の横で立ち止まったものだから、トレソルディさんは息子を罵《ののし》るのを中断し、果実がこびりついた二つの種のような目をぎらつかせて一睨みした。

マッテオはサクランボの袋に手を伸ばすと、柄をつかんで一粒持ちあげ、フィリッポの口もとにゆっくり近づけた。フィリッポがためらっていると、マッテオが脇腹に肘鉄を喰らわした。フィリッポはまるで折れた骨のように体を屈めてサクランボを受け取り、恐怖に怯えながらも急いで口のなかに放り込んだ。

「このならず者め！」トレソルディさんの怒声が響きわたった。陳列台の下からシャッターを下ろすときに使う長い棒を引っ張り出すと、円柱をぶったたいた。その音に驚いてノエが飛びあがり、うずたかく積まれていた木箱が崩れた。

二人組は笑い声をあげながら、女の人たちのスカートと祭りの花飾りのあいだを縫って逃げていく。そのあとを、露店の後ろから出てきたトレソルディさんが追った。猛烈な怒りに駆られて見境がなくなっているが、足を引きずっているため、手にした棒を自由に振りまわせなかった。去年の冬、アルコールの瓶を抱えて雪のなかで眠りこけたせいで、片方の足の指を切断する羽目になったのだ。

トレソルディさんの、凍傷で黒ずみ、切断された足の指の幻影ほど私を恐怖に陥れるものはなかった。庭で飼っているガチョウに食べさせたところ、すっかり食道楽になったという噂まで流れていた。

トレソルディさんが人混みのあいだを駆けずりまわり、ノエが崩れた木箱を積みなおしている隙に、マルナータはこっそり露店に近づき、サクランボを一袋つかむなり、走るでもなく、聖女のような純真さで柱廊《ポルティコ》を通り抜け、大通りのほうへ悠々と歩き去った。

私は人混みに紛れて見えなくなるまでその後ろ姿を目で追っていたが、まだ生きている自分に気づき、拍子抜けした。屋根から瓦が落ちてきて頭蓋骨が割れることもなければ、肺が締めつけられて息苦しくなることもなかったし、心臓が突然止まることもなかった。マルナータと話し、その目をじっと見つめたにもかかわらず、悪魔に耳から魂を抜かれはしなかった。

やがて額に玉の汗を流しながら戻ってきたトレソルディさんは、陳列台に並んだサクランボが一袋足りないことに気づき、またしても大声で罵りだした。足もとに落ちていないか血眼《ちまなこ》になって探し、挙げ句の果てには、天使が袋を持ち去ったとでもいうように、空まで見まわした。健康なほうの足で地団太を踏み、ノエの薄汚れた襟首をつかむと、平手打ちを喰らわせながら、その音が掻き消されるぐらいの大声で罵倒した。

「おまえはいったいどこにいやがった？」トレソルディさんの怒号が響いた。ノエは、容赦なく叩き続ける父親の手から顔を護ろうと、腕をあげた。「もう一人グルがいたのに、おまえは目の前で取り逃がしたんだ。この役立たずめが！」

私は勇気をふりしぼって二人に近づき、大きな声で繰り返すと、ようやくトレソルディさんが振り向いた。

無視された。そこでもう一度、大きな声で繰り返すと、「私、見ました」と言った。だが聞こえなかったらしく、
まるで日向に置き忘れられたフォカッチャ〔平たいパン〕のような顔をしている。

「おまえはストラーダのところの娘だな」つかまえられていた襟首をいきなり放されたノエは、もんどり打ってひっくり返った。「それで、そいつはどっちへ行った？」

私は教会の裏手の、回廊《キオストロ》のあるほうを指差して言った。「あっち」

それ以上はなにも言えなかった。嘘を口にしたとたんに息が苦しくなり、音節と音節のあいだで言葉がつっかえたのだ。

片足を引きずって回廊《キオストロ》のほうに歩いていったトレソルディさんは、後陣《アプス》の陰に姿を消し、ほどなく足音も聞こえなくなった。

私は口で荒く息を吐きながら、自分がついた嘘のせいで広場に裂け目が入り、呑み込まれてしまうか、あるいはなにか抗いようのないもの――たとえば血のついた釘が刺さった巨大な手とか――が天から下りてきて、握りつぶされるのではあるまいかと身構えた。

だが、またしてもなにも起こらなかった。木製のイエス・キリストがぼんやりしていて、ちょうどその嘘をついたときに私を見張っていなかったのだろうか。それとも、私の嘘は罪ではなかった

のだろうか。マルナータの足もとにも地面の裂け目が生じなかったところを見ると、トレソルディさんのサクランボを盗むことも罪ではないのかもしれない。マルナータと喋っても、嘘をついても、死なずにいるのだから、大人たちのほうが私に嘘をついていたことになる。

ノエは立ちあがり、シャツの袖で頬を拭うと、奇妙にうるんだ目で私をじっと見た。

私はかくれんぼうの最中で見つかるのを恐れているかのように、ゆっくりと後退《あとずさ》りをしてから、いきなり駆けだした。お祭り用に飾り立てられた柱廊《ポルティコ》を抜けると、しだいに人混みがまばらになり、やがてランブロ川の堤防に出た。

三人の姿は遠くからでも見えた。空の青を背に、サン・ジェラルディーノ橋の欄干に並んで座る三つのぼんやりとした人影。橋は白く塗られた教会の前にあり、その先には居酒屋が軒を連ねる道が続いていた。

私は近づいた。鈍色《にびいろ》の川面の上に足をぶらぶらと垂らしたマルナータが、川の中央に繋がれた小さな筏《いかだ》の上の聖人像を指差している。修道士のような身なりをし、松葉でできたマントの上でひざまずいた木製の聖ジェラルドの像の傍らには、サクランボの袋が供えられていた。町には、ランブロ川が増水して橋が流された年、聖ジェラルドが筏の代わりにマントを用いて病気の人たちのところに食べ物を運んだという奇蹟が言い伝えられていた。聖ジェラルドのお祭りの日、聖人の像を川に浮かべるのはそのためだ。一方、サクランボが供えられるのは、雪が積もり、果物のない冬に、聖ジェラルドがサクランボを実らせたという別の言い伝えに因《ちな》むものだった。

マルナータが腰掛けている石の欄干の上には、盗んだサクランボの袋が置かれていた。すでに半分以上なくなっていた。その両隣には、祭壇画に描かれた聖母マリアの左右に控える聖人さながらに、二人の男子がいた。

　マルナータは男みたいにくちゃくちゃと大きな音を立ててサクランボを嚙んでは、背中を後ろに反《そ》らせて勢いをつけ、濁った水面のできるだけ遠いところめがけて種を飛ばしていた。そして聖人の像や、川向こうの、枝が生い茂り、粉挽き小屋の水車にこびりつく黒いへどろのあたりを指差して楽しそうに笑っている。男子二人も彼女と一緒に笑い、橋の欄干の外側で足を揺らしながら、誰がいちばん遠くまで種を飛ばせるか競い合っていた。

「私にも一つちょうだい」私は勇気を出して声にしてみた。

　すると三人が一斉に振り返った。

「一つぐらいくれてもいいでしょ」

　マッテオとフィリッポは、腐った果物でも見るような目を私に向けてから、マルナータの顔色をうかがった。口をひらいたのはマルナータだった。

「なんで？」

「協力してあげたから」

「そんなことない」

「協力したもん」

「サクランボをとったのはあたしたちだよ。あんたは見てただけでしょ」マルナータが言い放った。

「そんなことない」私はマルナータの口調を真似た。「トレソルディさんが露店に戻ってきたとき、嘘をついてあげたんだよ。じゃなきゃ、いまごろ見つかってるはず」

「へえ、いい服を着たお嬢さんでも嘘がつけるんだ」

私はスカートの布をぎゅっと握った。

「どんな嘘をついたの？」

「反対の、回廊《キオストロ》のほうへ逃げたって」

「誰が？」

「泥棒」

「つまり、あたしのこと泥棒だと思ってるわけ？」マルナータの黒い瞳に心の奥をえぐられる。

「だってサクランボをとったじゃない」私はそう答えた。けれども、一見簡単そうに思えるその質問は、一つ計算し終えると、すぐにもう一つ、さらにまた一つと計算が待っていて、何度やっても答えに行き着かず、結局振り出しに戻る算術の問題に似ていた。

「お金も払ってない」私は慎重に言葉を続けた。「それって盗んだってことでしょ」

マルナータは口のなかでサクランボの種を転がし、手の上に吐き出した。「いまトレソルディさんのお店のあるところに、昔はなにがあったか知ってる？」

私は頭《かぶり》を振った。マッテオとフィリッポは相変わらずサクランボを食べては種を川に吐き捨てている。

トレソルディさんは、ヴィットリオ・エマヌエーレ二世通りの煙草屋の向かいの角に店を構えていた。その一帯の女たちは、ロザリオの祈りを唱えに教会へ行った帰りに、店に寄って買い物をするのだった。店の裏には庭があり、ところどころ毛が抜け、赤い歯茎をむき出しにした犬が鎖につながれていて、ガチョウやメンドリも飼われていた。

マルナータはサクランボの柄で遊んでいた。「あの場所には昔は精肉店があって、肉を吊るす鉤《かぎ》やスライサーが並んでたの。なのに、店主が追い出されて、青果商になったってわけ」

マッテオが表情を曇らせ、濁った水を見つめている。

「なぜそんなことを？」と私は尋ねた。

「要するに、うかうかしているとファシストに身ぐるみ剝がれるってことさ」マッテオが吐き捨てるように言った。

それを聞いてフィリッポは背すじを震わせ、握った拳を口もとに持っていった。そして、精肉店が追い出されたのは自分のせいだとでもいうように、指の関節をかじっていた。

マルナータは重々しくうなずき、一つかみのサクランボを口に放り込んで噛んだ。それから種をいっぺんに吐き出したものだから、雹《ひょう》が石に当たるときとおなじ音がした。「あんたもできる？」

「わからない」

「やってみな」彼女は挑むように言って、自分の隣に私が座れる分のスペースをつくった。

私は両方の手で橋の手摺につかまって飛び乗ろうとしたものの、高すぎて届かず、ずり落ちてしまった。

前歯の隙間からサクランボの柄を出して揺らしていたフィリッポが、ぷっと噴き出した。「おまえ、手摺にも座れないのか」

マルナータがじろりと睨んで黙らせ、私の腋の下を支えて欄干に引っ張りあげてくれた。そしてサクランボの袋を腿のあいだに挟むと言った。「一つ食べたら、種をできるだけ遠くに飛ばすの」

私は言われたとおりにした。口に含んだサクランボは軟らかく、ほのかな土の香りがした。

「種を呑み込むと死ぬんだよ」

「知ってる。呑み込んだりしないから平気」私は慎重に果肉だけを嚙みながら、歯で種を探した。

「まずあたしがやるから見てて。こうするの」

背中を反らせて口をすぼめ、遠くまで種を飛ばすマルナータを、注意深く観察し、真似てみた。ところが彼女の飛ばした種も、マッテオやフィリッポの種も、川面の聖ジェラルドの像の近くまで飛んでいき、木に当たって音を立てるのに、私の種は橋脚《きょうきゃく》の下にぽとりと落ちるだけだった。

「ちっとも飛ばない」

「簡単なことだから、練習すればすぐにできるようになるよ。もう一度やってみな」マルナータが慰めてくれた。

私はサクランボをよく嚙み、果汁たっぷりの果肉が完全に剝がれて種がつるつるになるまで口のなかで転がした。

「おい、おまえら！」そのとき、橋の向こうから怒鳴り声がした。

真っ赤な顔をしたトレソルディさんが、たくしあげた袖の下から黒い毛でびっしりと覆われた太い腕をむき出しにして、こちらに向かってくる。「サクランボを盗んだのはおまえらだな？　このならず者どもめ」

マルナータは一瞬はっと息を呑んだものの、サクランボの袋を素早くランブロ川に蹴り落とし、手の甲で口もとを拭った。

トレソルディさんはすでに呼気の臭いが感じられるほどの距離まで近づいている。口のなかにまだサクランボの種を含んでいたのは私だけだった。

「おまえらだな？　この悪ガキども。わかってるぞ。いつだっておまえらなんだ。とぼけたって無駄だ」いまやトレソルディさんは、鬼のような形相で私たちの目の前に立ちはだかっていた。「口を開けてみせろ。さあ、早く」

まずマルナータが言われたとおり口を開け、舌を出してみせた。フィリッポもマッテオもそれに倣う。

私は、種の硬い舌ざわりが口蓋に感じられ、息が詰まりそうになった。

マルナータとマッテオの空っぽの口をのぞき込みながら、トレソルディさんの顔はさらに赤みを増し、恐ろしげな形相になっていく。二人は舌で歯をなめて果汁の跡を消したにちがいない。なのに、コロンボさんの息子のフィリッポのことは、まるでそこにいないかのように無視した。フィリッポを盗っ人扱いするなんて、穢してはならない家系に対する敬意を欠いた行為だと思っているのだろう。そして、私のことを見た。

「おまえはどうなんだ？　誰がサクランボを盗んだのか言わないなら、母親に知らせるぞ。痛い目に遭いたくなかったらすぐに口を開けてみせろ」

マルナータと男子二人はじっと私の様子をうかがっていた。男子二人は愉快がりながらも恐ろしさに息を凝らし、マルナータは真剣な面持ちだった。

私は、怖がっていると思われたくなかった。そんなふうに思われたら、ランブロ川で一緒に魚を捕まえさせてもらえない。そこで、歯の裏側に舌を押しあてて唾液を集めてから、思いきって種を呑み込んだ。

間違いなく呼吸困難を起こし、顔が紫に腫れあがって死ぬにちがいない。それが自分のしでかしたことに対する報いなんだ。そう思っていたが、喉が軽くごろついたあと、胸の真ん中にかすかな痛みを感じただけだった。口のなかは空っぽで、からからに渇いていた。目の前でトレソルディさんがわめいている。「さっさと口を開けるんだ！」私は大きく口を開けて舌を出した。ちょうどマルナータがしてみせたように。

トレソルディさんは私たちのことを一人ずつ順に時間をかけて調べあげた挙げ句、罪を暴く証拠がないか探し出そうというように、振り返って広場のほうを見た。大勢の人が通るお祭りの日でなかったら、アーティチョークの刺《とげ》をむしるみたいに、私たちの皮を剝いだにちがいない。

トレソルディさんは腹の虫が治まらないらしく、ふたたび私を見た。そしてマルナータのことを指差し、意地の悪い顔で言った。「いいか、こいつを信用するんじゃないぞ。近寄らないほうがいい。さもないと、いつかおまえまで頭を割られることになる」

3

マルナータのことを話す際、町の人たちは誰もが口の前で十字を切るか、蜂でも追い払うときのような忌々しげな仕草をした。まるで恐れているかのように。前期中等学校の一年生で落第した少女のことを、大人たちはあたかも性質《たち》の悪い病でもあるかのように、あるいは触ると怪我をし、高熱にうなされて死んでしまう錆びた鉄の塊でもあるかのように話すのだった。

私はできるだけ高くブランコを漕ぎながら、マルナータが公園にやってくるのを見ていた。母はヒマラヤスギの木陰に座って、他の母親たちとお喋りをしていた。みんな白い手袋をはめ、木洩れ日が帽子に注いでいる。けれども、マルナータのお母さんは娘に付き添うことは決してなかった。その代わり、二十歳になって間もないお兄さんのエルネストが付き添っていた。エルネストは毎日、自転車を立ち漕ぎして中心街まで仕事に通っていて、上り坂でも車より速く走れるほど強靭な脚力の持ち主だった。大きな手に黒茶色の髪、顔の窪みには工場の埃《ほこり》が溜まって黒ずんでいた。ぽつんと離れたところにある日向のベンチに座り、煙草を吹かしながら妹のことを見守っていた。マルナータはオークの木に登り、ぶらぶらと枝を揺らしていた。誰よりも高いところまで登れるのだ。

どうして私も一緒に木登りをしてはいけないのかと母に尋ねたら、手首をぎゅっと握られ、マルナータと一緒に遊んではいけません、あの子は不幸を呼ぶのだから、と言われた。

マルナータのいるところにはよくないことが起こる。母が、難しい単語を発音するときのように声を潜めて言っていた「災厄」が起こるのだ。玄関に吊るすと厄介ごとを追い払えると信じられている馬の蹄鉄をうっかり逆さまに吊るしたがために、追い払うどころか招き寄せてしまった家に起こるようなことだ。母は、「悪魔《オ・サタナツソ》のように危険な子だよ」と、その頃にはほとんど口にしなくなっていた故郷《くに》の方言を交えて言った。方言を使うと、町のご婦人方に後ろ指を差され、優雅な手袋をはめた手で口もとを覆いながらこっそり笑われるのだ。

「そんなの嘘に決まってる。どうして友達になっちゃいけないの？」私は反論した。

すると母は、窓から落ちて二度と起きあがることのなかった男の子の話をしてくれた。それは、公園の木陰に座り、パタパタという扇子の音で拍子をとりながらお喋りに興じる母親たちの口から口へと伝わる噂の一つで、耳打ちされたり、又聞きしたりしていくうちに、際限なく尾ひれがついていく類《たぐい》のものだ。

七歳だったマルナータが、まだ四歳の弟のダリオと台所で遊んでいたときの出来事だった。母親のメルリーニ夫人は近所に塩を借りに行っていて、わずかのあいだ家には二人きりだった。メルリーニ夫人が戻ってくると、ダリオの姿が見当たらなかった。ベッドの下や洋服箪笥《だんす》のなか、洗濯物の山のなか、風でふくらんだカーテンの陰などあらゆるところを捜したが、どこにもいない。そこで、傍らで立ち尽くして、母親のすることを見ていた娘に尋ねた。「どこなの？　あなたの弟はどこ？」

マルナータは腕を伸ばし、窓を指差して言った。「あたしのせいじゃない」

メルリーニ夫人は慌てて窓から身を乗り出し、下を見た。

ダリオが四階下の中庭に倒れていて、口と耳から赤黒い血が流れていた。

4

母は「あの薄汚い娘」に対する恐怖心を煽《あお》り、私をマルナータと会わせないようにしていた。窓から落ちた弟の話をしたのもそのためだ。それだけでなく、授業で書きとりをしている最中、マルナータの隣の席の子がいきなり叫びだしたかと思うと、机に何度も額を打ちつけてインク壺を倒し、挙げ句の果てに額からは血を、口からはよだれを垂らしたことがあったという話もした。また、担任の先生が木製の物差しでマルナータを叩いたら、物差しが折れて先生の人差し指と中指のあいだに突き刺さり、イタリアの地図に血しぶきが飛んだという話もした。おまけに傷が化膿し、あやうく先生はチョークが持てなくなるところだったらしい。

そうした恐ろしい話を聞かせれば、私がマルナータと遊びたがらなくなるだろうというのが母の思惑だった。そうでもしないかぎり、いつか私もマルナータに呪いをかけられると信じていたのだ。魔女とはそういうものだから。

けれどもそれは逆効果で、私はますますマルナータに親近感を覚えるようになった。マルナータにも弟がいたのに、死んでしまった。だとしたら、きっと自分だけ生き残った罪悪感に苛《さいな》まれているにちがいなかった。私とおなじように。

母には弟の話はするなと言われていた。弟の名前を口にしていいのは、死者の日〔死亡したすべてのキリスト者を記念する日。十一月二日〕と、四月二十六日の命日だけだった。命日には毎年、プラタナスの並木道の外れにある白い墓に家族でグラジオラスの花を供えに行くことになっていた。

弟が生まれたとき、母は揺り籠のなかにマンダリンオレンジ二つときれいな色の紙に包まれた飴玉の入った袋を入れた。「コウノトリがうちに赤ちゃんを連れてきて、あなたにもお菓子をプレゼントしていったの」と言って。たとえコウノトリが私にもプレゼントを持ってきたとしても、私は弟が少しも好きになれなかった。とにかくうるさいし、赤くて肥《ふと》っているし、おまけに一人で立つこともできないなんて。毎晩泣きわめいてはみんなを起こすものだから、母はいつだってぐったりしていた。赤ちゃんの頃は私もおなじだったと言われたが、とうてい信じられなかった。弟がやってきた日から、家では私なんていないも同然だった。

その日、弟は熟しきったプラムのような色になり、やがて息をしなくなった。誤って呑み込んだサクランボの種が喉につかえたかのように。医者に、もはや救う手立てはありませんと言われた母は、打ちひしがれてシーツを噛んでいた。私は少しも悲しくなかったけれど、両親を失望させないために、無理やり涙を絞り出さなければならなかった。

あのときの母の様子を言葉にしろと言われたら、確かなのは幸せではなかったということだけだ。とはいえ、一年にも満たない期間だけ私の弟だった赤ちゃんの肺が病に侵される以前も、母は決して幸せそうではなかった。ごくたまに心穏やかなときには、映画館で観た映画や、お芝居で憶えた方言の台詞を諳《そらん》じてみせたり、洋服箪笥《だんす》を開けて、飾り房のついたとびきり美しい花柄のシルクのショールを肩に掛けたり、アルバムの古い写真を見せてくれたりした。かさかさと音を立てるアルバムの紙には、破れるからと言われて触らせてもらえなかった。「ほら、ママをご覧なさい。すごくきれいだったでしょう」よく虚構の世界の女性たちの話をしていたが、母にとっては、学校の先生よりもはるかに現実味のある存在だったのだ。王女ディードー、グレタ・ガルボ、マレーネ・ディートリヒ、王女メディア……。美しくも悲しい女性ばかりだ。「私も昔はあんなだったわ」というのが母の口癖だった。

父と知り合ったのは、ナポリのペトレッラ劇場でのことらしい。父は従兄弟《いとこ》たちと一緒に休暇でナポリに滞在していて、母は『婚礼』〔ナポリの劇作家、ラッファエーレ・ヴィヴィアーニの戯曲〕に出演していた。北部の霧の色を瞳に湛《たた》えたその若者に、どんなふうに心を奪われたかを語るのが母は好きだった。彼といればいつか映画女優になれると信じていたのだ。そんな夢を抱いていたことも、いまとなっては悲しい思い出がかすかに残るだけだった。当時の美しさは影が薄れ、代わりに父が欲しがった子供を産むためについた下腹部や頬の肉のたるみが、出産から何年か経ったあとも皮下脂肪となって残った。

弟を診察した医師たちは、休暇を過ごしに海へ行ったのがよくなかったと言った。海で罹《かか》ったポリオのせいで肺の機能が麻痺し、自分の体内で溺れたような状態になったらしい。病気が弟の命をむしばんだその夏以来、私たちは海で休暇を過ごすことはなくなり、父は「いい空気を吸うために」家族を山へ連れていくようになった。

母はしだいに外見にばかり気を配るようになった。自らに厳しい食事制限を課し、髪はフラッパー風に耳のところでくるりと巻いたボブカットにした。父は母のそんな髪型を嫌い、女が髪を短くするなんてけしからん、と怒鳴った。それでも母は、ファッション雑誌をマットレスの下に隠していた。母にとってのバイブルであり、教本でもあったのだ。鏡台の前の刺繍のほどこされたスツールに座り、人差し指をなめては、ヘアアイロンの温度を確認し、髪をカールしていた。

その頃には父は、ほとんど母と話さなくなっていた。まるでおなじ庭で長年一緒に暮らしたものの、もはや互いのにおいに辛抱しきれなくなった二頭の老犬のように、黙って距離を保っていた。父にだって、母を愛していたことを思い出す日もあったにちがいない。それは、階段を下りるときにふと母に腕を差し出す仕草や、ワンピースのリボンを結ぶ母の傍らで部屋をうろうろと歩きまわる様子から伝わってきた。父の顔はいつもパイプの煙に隠れ、髪は、愛用の中折れ帽《フェドラ》をかぶるたびに擦れて、こめかみのあたりが薄くなっていた。父には、苛々すると輪を描くように指の付け根の関節を撫でる癖があった。朝は食事もせずに出掛けていき、一日じゅう帽子工場で働き、夕飯の時刻になると魂が抜けたようになって帰ってくるのだった。

そのため、我が家はいつだって女ばかりだった。私と母と家政婦たち。そのうちに恐慌の波が押し寄せた。アメリカと、アメリカの銀行から端を発したものだと父は言っていた。一九三二年三月、私たちはとうとうジュゼッペ・マッツィーニ大通りの近くの小さな家に越さなければならなくなった。家政婦もカルラ一人になった。脚がむくむと愚痴ばかりこぼしていたし、田舎娘の雰囲気が抜けなかったが、安い給金で雇えたからだ。

それでも母は、自分で服を繕いなおしては寝室の化粧台の前に立ち、上流婦人のふりを続けようと必死だった。父はといえば、ますます工場で過ごす時間が増え、撫ですぎたせいで、指の付け根はつるつるになっていた。父の不在はもはや埋めようがなかった。

私はよく洋服簞笥の隅に隠れた。洗ったシャツや固形石鹸のあいだに、うずくまるのにぴったりなスペースがあった。隙間から射す光が細い筋となり、ドアがしっかり閉まったのを確かめると、私は父のシャツに顔をうずめて大声で叫ぶ。すると気持ちが落ち着くのだった。ただし長続きはしなかった。

私は孤独が好きだった。成長するにつれ、身体《からだ》は大きくなり胸や腿はふくらんでくるのに、私の命は縮んでいき、いつしか消えてなくなるのではないかという気がしていた。ところが、六月のその日、死ぬのではあるまいかという恐怖に怯えながらもサクランボの種を呑み込み、マルナータを見返したときから、すべてが変わった。

誰かから、「あんたに決めた」というように瞳の奥までのぞき込まれたのは、そのときが初めてだった。

5

翌朝、外から「サクランボの子、ちょっと来て」と呼ぶ声がしたので、バルコニーに出てみると、窓の下にマルナータが立っていた。ハンドルが二本の角のようにくるりと曲がった競技用の錆びた古い自転車を手で押している。着ている服が大きすぎるせいで、片方の肩がはだけていた。

私は裸足で、くるぶしまで覆うネグリジェを着ていた。彼女は陽射しをさえぎるために片手を眉のあたりに当てながら、こちらを見ている。

「おはよう」ふくらはぎをペダルに当てて、マルナータが言った。

「どうして私の家がわかったの？」

「たいていのことは知ってる」

私は手摺につかまり、じっとマルナータを見た。

「で、下りてこないの？」

「なにしに？」

「ランブロ川に行くの」

私はためらった。「一緒に？」

「じゃなきゃ、迎えに来たりしないよ」

家のなかからは、台所でカルラが皿を洗う音と、居間でかたかたと静かに動くシンガーのミシンの音がしていた。劇場のソプラノ歌手のような母の歌声も聞こえてくる。「おお、人生、僕の人生よ。おお、僕の想い、この想いよ。君は僕の初恋。僕の最初で最後の恋」

父は、私が目を覚ましたときにはとっくに出掛けていて、カーテンや絨毯に染みついたパイプ煙草の乾いたにおいだけが残っていた。

マルナータのすぐ後ろを路面電車が通り過ぎ、風でスカートがめくれたが、そんなことは少しも気にかけていないようだった。「来ないの？」電車の音に掻き消されないように、マルナータは大声を張りあげた。

「お母さんに駄目って言われる」

わざわざ訊くまでもなく、母の返事はわかっていた。「育ちのいいお嬢さんは、用事があるときと教会に行くとき以外は出掛けたりしないものです」

「だったら内緒で出てくればいいじゃない」

私は家のなかの様子をうかがい、それから外を見た。外したカーテンを利用してバルコニーから下りられるかなとか、雨どいを伝って滑り下りてみようとか、母のハンドバッグから鍵を盗み出し、こっそり外に出たらどうだろうなどと考えをめぐらせた。サンドカンや黒海賊《コルサーロ・ネーロ》〔イタリアの小説家、エミリオ・サルガーリの冒険小説の登場人物〕、モンテ・クリスト伯だったら、どうするだろうかとも考えた。だが、みんな私の部屋に並ぶ赤い背表紙の本のなかに閉じこもったまま、なにも言ってくれなかった。きっとどこか遠いところで自分たちの冒険に忙しいのだろう。片や私は、ネグリジェ姿で自分の家のバルコニーにいて、木にも登れない。それにサンドカンも黒海賊もモンテ・クリスト伯も男だけど、私は女だった。物語のなかでも女はいつだって助けられる役回りだ。

私はマルナータに向かって言った。「そんなことできるわけない」

マルナータは頬にある痣《あざ》が急に痛みだしたかのように掻きむしると、肩をすくめた。「好きにしたら」くるりと自転車の向きを変えるなり、片足をペダルの上に置き、勢いよく漕ぎだした。そしてお兄さんとおなじ立ち漕ぎで、背中を丸め、風にスカートをふくらませ、市場の立つ通りの外れまで猛スピードで走っていった。買い物籠を抱え、驚いた鳩のように二手に分かれて逃げ惑う主婦の集団のあいだを走り抜け、路面電車の裏へと消えていった。

私は部屋に入って窓を閉め、カーテンも引いた。居間の奥でミシンから顔をあげた母が、ペダルを踏んでいた足を止めて尋ねた。

「誰だったの？」

「誰でもなかった」

「だったらいいけれど……」母はすぐにまた手を動かしはじめた。「あなたにはまだ、求婚者が現われるには早すぎますからね」指で押さえていた真紅の生地に向かってつぶやいた。「自分の身体《からだ》を護る術《すべ》を身につけないと。あなたはまだ女にはなっていないけれど、男たちにはくれぐれも気をつけてちょうだいね」

「わかってる」母がしょっちゅう口にする「女になる」というのがどんな意味なのか、私にはよく理解できなかったものの、とりあえずそう答えた。もしかすると、いつかいままでの自分ではなくなり、別の私になる日が来るのかもしれない。私も母のように、礼儀正しい振る舞いをやたらと重視するようになるのだろうか。その言葉があまりに謎めいた羞恥心に包まれていたため、私は恐怖すら覚えた。

葉蘭《はらん》の鉢は母が水遣りを忘れたせいで土がからからに干からびていた。母は生物にはまったく関心のない人だった。私は身体を斜めにして、ウォールナット材の大きな家具と、居間全体をふさいでいるライオンフットのテーブルの隙間をかろうじて通り抜けた。

新しい家には四部屋しかないのに、母が所持品をなにも手放したがらなかったため、居間にはいくつもの家具や白鑞《しろめ》の像、浮き彫りの聖母像などが所狭しと置かれていて、骨董品店のようだった。ただし、どの品物も艶光りしていて、埃《ほこり》ひとつついていなかった。

私はキッチンへ行った。カルラがボールに入ったなにかを混ぜていた。水とバターで溶いた小麦粉が指にこびりつき、首には金の磔刑像《たっけいぞう》を下げている。カルラは丈夫で力もあり、週にたった三十リラの給金で働いてくれていたのに、母は、その粗野で無骨なベルガモ訛りのアクセントと、ずんぐりとした脚が気に喰わないらしかった。

私を見ると、カルラは顔じゅうに輝くような笑みを浮かべた。

「なにか悲しいことでもあったのですか、お嬢ちゃま《トゥーザ》。あたしになら話しても大丈夫ですよ」

私は肩をすぼめて頭《かぶり》を振った。小麦粉だらけの指でカルラに頬をつままれ、小麦粉のひげができた。

私は黙りこくったまま、テーブルに残っていた小麦粉の上にぐるぐると円を描いた。

カルラは長い溜め息をついて、ふたたび小麦粉を捏《こ》ねはじめた。「卵をとってくださいな」手をとめずに、流しの脇の棚を顎で指した。そこには牛乳の瓶と小麦粉の袋、そして六個入りの卵のパックが置かれていた。「卵はそれしかありませんから、割らないように気をつけて」

その瞬間、私にいい考えが浮かんだ。「はい、卵」そう言って、差し出された手に卵のパックを渡すときに、わざと少しだけ早く手を離したのだ。卵はパックごと落ちて全部割れ、べちょべちょになった。

「まあ、なんてことを！　他に卵はないから気をつけてってお願いしたじゃないですか。奥様になんと言ったら……」

私はさも申し訳なさそうに謝ってから、申し出た。「私が代わりの卵を買ってくる」

カルラは眉間に皺《しわ》を寄せた。「あんなに買い物がお嫌いだったのに……」

私は、流しの縁に掛けてあった濡れ雑巾を取り、床にしゃがんだ。

「ここはあたしが片づけますから」カルラが私を制した。「奥様から卵代をいただいて、買ってきてくださいな。お昼ごはんにはケーキが焼きあがっていないといけませんので」

息苦しくてひりひりする喉で、私は居間に戻った。そして、母のミシンのほうへと歩いていった。裸足がふかふかの絨毯に埋まる。あと一歩というところまで近づいたとき、ようやく母が頭を上げた。そしてペダルを踏む足をとめ、私を見定めた。「今度はなんの用なの？」

「カルラに卵を買ってきてって言われた」

「そんなはずありません。戸棚のなかを探すように言ってちょうだい。このあいだ届いたばかりでしょう」母は弾み車を回しながら鋳鉄《ちゅうてつ》のペダルを踏み、ふたたびミシンを動かしはじめた。

私は唾の塊をごくんと呑み込んでから、言い返した。「割れちゃったの」

「割れたですって？　どういうこと？」母が拳《こぶし》でテーブルを叩きながら、吐き出すように言った。

「奥様、私が割ったんです。どうかお赦しください」カルラがエプロンで手を拭きながら台所から顔をのぞかせた。

母の顔が引きつった。無言で立ちあがるなり、廊下にある姿見のほうへと小足で歩いていき、ガウンのベルトを締めなおした。

ぶつぶつ言いながら、ダチョウ革のハンドバッグのなかの小銭入れを探している。「だからお父様に言ったのですよ。カルラじゃなくてルチアを家においておきたいって。この女《ひと》ったら、へまばっかりするんですもの。まったく情けないったら」小銭入れを出して言った。

そして鷲《わし》の模様のついた五リラ硬貨を私の手のなかに叩きつけた。「どうせ行くのなら、十二個入りのパックを買ってきてちょうだい。お店の人に、私の使いで来たと言って、この硬貨で間に合わせてもらいなさい。すぐに帰ってくるのですよ」

私は着替えるために自分の部屋へ行く途中で、台所のドアのほうをちらりと見た。カルラが戸口に立ち尽くし、こちらを見ている。私は声を出さずにありがとうと口を動かすと、生卵の白身のようにぬるぬるした罪悪感とともに銀貨を握りしめた。


外は強烈な陽射しが照りつけ、空気が淀んでいた。

人でごった返した通りは、汗の臭いと喧騒に満ち、中心街へと向かう路面電車の立てる金属音が響いていた。

私はオークの葉をあしらった柄のワンピースを着て、首には聖体拝領式のときの金の十字架のネックレスを下げていた。指で髪を整えながら、ヴィットリオ・エマヌエーレ二世通りを速足で歩いた。そのときふと、通りすがりの人たちが私を指差して、「なんてきれいになったんだ！」とささやいてくれたらいいのにと思った。そんなことを考えるのは生まれて初めてだった。

トレソルディさんの店の前は、手で顔を隠し、背中を丸めて通り過ぎた。そして駆けだした。通りの奥では、前足を交差させたライオンの石像が二体、橋の両端の角柱の上から私をじっと見つめている。

私は橋の欄干から身を乗り出し、石だらけの川原や、幅の狭いリボン状の流れになったランブロ川を見た。三人ともそこにいた。フィリッポは靴も靴下も川べりに脱ぎ捨てて両足を水に浸け、拾った石を川面に水平に投げているし、マッテオは泥の真ん中に太い枝を突き刺している。マルナータはその近くでしゃがみ、トタンのじょうろをのぞいていた。

私の視線に最初に気づいたのはマルナータだった。片手をあげると、まるで私を待っていたかのように「下りておいで」とだけ言った。

「どこから?」

石垣が崩れ落ち、木蔦《きづた》で覆われた堤防の一角を指差した。

「あそこから下りるなんて、私には無理」

「大丈夫、下りられるって」それだけ言うと、マルナータはまたじょうろに手を突っ込んで、なにやら観察していた。

私は後ろを振り返り、道行く人たちの様子をうかがったが、私のこともランブロ川の岸辺にいる三人のことも、誰も気にかけてはいないようだった。

欄干に沿って橋を渡ると、石柱のあいだが他より広くあいていて、すり抜けられそうな場所があった。そこから欄干の外側に出ると、堤防の石が崩れ、土がむき出しになっているところまでたどり着けた。注意さえすれば、からまっている木蔦の枝に足をかけて、下まで行けそうな気もしなくはない。とはいえ、そんな冒険は一度もしたことがなかったし、橋から川べりまではかなりの高さがあり、万が一足を踏み外そうものなら、頭蓋骨がそれこそ卵のように割れて、二度と家に帰れないかもしれない。

「本当にここから下りるしかないの？」私は大きな声を張りあげた。

フィリッポとマッテオはげらげらと笑い、すぐにまた、この世の中にそれ以上大切なことはないとでもいうように、していた遊びに夢中になった。マルナータはといえば、私の存在など忘れているかのようだ。堤防の上からだと、彼女の背中と、服の襟ぐりから飛び出している尖った肩甲骨しか見えなかった。

私は仕方なく、深呼吸をして祈った。ただし、お祈りは手早く済ませ、神様への御礼にはなにも誓わなかった。なにも奇蹟をお願いするわけじゃないのだから。とにかく下まで落ちさえしなければいい。多少足を滑らせたとしても、マルナータに笑われなければそれでよかった。

私は橋の石柱につかまって、足を下に垂らしてみた。片足を思いきり伸ばしたが、枝には届きそうにない。そこで身体の向きを変え、川のほうに背を向けた。足が引っかかりそうな場所を探りながら、ゆっくりと石垣を下りていく。もう一度深呼吸して下を見たとたん、吐き気がこみあげた。慌てて首を伸ばしたが、へどろの臭気が鼻をついた。

ようやく川べりの地面に足が着いた瞬間、がくんと膝が折れた。スカートについた泥を払いながら立ちあがる。石のあいだを懸命に歩く私の姿を見たマルナータの顔に、その前日、サン・ジェラルディーノ橋の上で私を見たときとおなじ笑みが浮かんだ。彼女は立ちあがると、濡れた両手を腿で拭いながら言った。「きっと来ると思ってた」

「俺も思ってた」フィリッポが相槌を打ち、もう一つ石を投げた。石は弾んで川面に二つの円を描いてから流れに呑み込まれた。

「嘘つくな」マッテオが茶化した。

「嘘じゃない」

「嘘だろう」マッテオは枝を巧みに操って大きな岩を動かし、ひっくり返した。すると、蛆虫《うじむし》によって分解された黒くて湿った泥の部分に光が当たった。

「おまえだって、あいつにそんな勇気があるわけないって言ったじゃないか」フィリッポが言い返す。

「きっといまごろ死んでるぞ、って言ったのは誰だ？」

「どういう意味よ」私は心臓が喉から飛び出しそうだった。

「こいつが言ったんだ」マッテオが枝を持ちあげてフィリッポを指したので、フィリッポの洗い立てのシャツに泥が飛んだ。

フィリッポはまた水切りをしながら言った。「果物の種を呑み込むと、胃のなかで芽が出て、伸びた枝に鼻の孔や耳の孔をふさがれて呼吸ができなくなるんだって、父さんが言ってた。嘘をついてもおなじ目に遭うんだぞ」

私の目に驚愕の色が浮かんだのを、マルナータは見てとったにちがいない。つかつかとフィリッポに歩み寄り、拳骨で肩を小突いた。「あんたは黙ってな。なにも知らないくせに」

フィリッポは犬のように唸って上腕と肩甲骨のあいだをさすりながら、下唇を嚙んだ。前歯のあいだには指が一本通りそうなほどの隙間が空いていた。

それを見たマッテオがせせら笑った。「おまえ、女みたいに柔《やわ》だな」

すると彼女は、今度はマッテオに歩み寄り、その手から枝を奪い取るなり、くるぶしを叩いて尻もちをつかせた。ぶつぶつと文句を言うマッテオをよそに、マルナータは枝を投げ捨て、再度私の目を見据えた。「で、あたしたちと一緒に来る?」

「一緒に? どこへ?」

「見てればわかる」マルナータはじょうろを取りに行き、肘に提げて持ちあげた。

「蛆虫は捕まえないのか?」マッテオが川べりにできた黒い土の穴を顎で指した。

「もう要らない」マルナータはにべもなく答えた。「これで十分」屈んで自分のサンダルを拾いあげると、革ベルトをつかんで肩からぶら下げた。橋を背にして、川に沿って歩きはじめる。腰を片側に突き出して重みを支えながらじょうろを運んでいる。マッテオとフィリッポも、枝と靴をそれぞれ拾いあげ、あとについて歩きだした。二人とも、その重そうなじょうろを持ってやるとは言わなかった。

私も慌てて追いかけた。洗い立ての靴下に、底がつるつるの靴を履いた自分がひどく場違いのように思えたものの、マルナータの物怖じしない声色を真似て言った。「その中身はなに?」

「魚」マルナータが答えた。「今日は三匹しか捕まらなかったけど」

「どうするの?」銀色にきらめくものがちらちらと動いている黒っぽい水をのぞきながら、私は尋ねた。

「トカゲを捕まえるのに使うの」

「魚を?」

「そう、魚を」

「魚でトカゲが捕まるの？」

「魚は猫にあげるんだよ」マルナータは、空は上にあって大地は下にあるとでもいうような口調で説明した。

「猫に？」

「そのうちわかるって」そう言うと歩幅をひろげて歩きだしたので、彼女の背中と、腰にぶつかるじょうろ、そして石の上についた濡れた足跡しか見えなくなった。

私たちはまるで宗教行列のように、マルナータを先頭にして一列に並び、黙りこくって歩いていた。全員ついてきているか確かめようと彼女が振り向くたびに、こめかみから顎にかけてひろがる痣が見えた。父は「血管腫」といって、皮膚の下に病気があるのだと教えてくれた。だが母は、悪魔の唇の痕だと言い、マルナータのことなんて考えるだけで罪深いと私を諭した。病気なのか呪いなのかわからない痕なんて、他の子なら誰だって髪で隠すだろうに、マルナータは隠さなかった。

あたりにはランブロ川に棲む生き物たちの気配が感じられ、私は内心、怖くてたまらなかった。ドブネズミが這いまわる音、カモの嗄《しゃが》れた鳴き声、じめじめした橋の下で垂れる水滴の反響音……。

マルナータは「滝下り」と呼ばれている場所に着くと、立ち止まった。ランブロ川はその地点で半月形に湾曲し、増水のときには水が泡を立ててごうごうと流れる。ただし、水が少ない季節だったので、川は何本かの細い流れに分かれていた。マルナータは川べりにじょうろを置くと、目の前を指差した。石が乾き、雑草が生い茂るあたりに数匹の猫がいた。陽射しの照りつける岩の上で伸びをしているのがいるかと思えば、背丈のある草陰でじゃれまわるのや、唸り声をあげているのもいた。

「よく見てて」マルナータは腕まくりをすると、じょうろのなかに手を突っ込んで搔きまぜた。そして一匹の魚をつかんで握りしめ、小足で猫のほうへ近づいた。

私は腰を低くして一匹の猫に近づく彼女の一挙手一投足を、じっと観察していた。焦げたパンのように全身が褐色で、目だけがぎらぎらしたその猫は、尻尾をぴんと立てた。鮮やかな緑色の大きなトカゲを口にくわえている。マルナータが魚を振って、猫に差し出した。すると猫は、口にくわえていたトカゲを放し、彼女が魚を放り投げた瞬間、片方の前足をあげて叩き落とした。猫が魚めがけて飛びかかると同時に、マルナータも草むらにぱっと飛びついた。そして、すぐにまた立ちあがった。

「見て、特大だよ」マルナータの手のなかでトカゲがもがいていた。マルナータはもう片方の手で尻尾をつまみ、引きちぎった。親指と人差し指でつままれた尻尾は、切れたあともなお動き続け、指にからみついた。

次いでフィリッポとマッテオがじょうろのなかに手を突っ込んだ。「俺がもっとデカいのを捕まえてやる」フィリッポが挑んだ。

「決まって取り逃がすくせに、よく言うよ」マッテオがいつもの大声で笑いながら囃《はや》し、つかんだ魚を高く掲げた。フィリッポはまだ魚が捕まえられなくて、じょうろのなかを引っ搔きまわしている。

マッテオとマルナータは肘で押しのけ合いながら、坂道を転がるように走りだした。どちらが先にトカゲを捕まえられるかを競っているのか、どちらが多く猫に引っ搔かれるかを競っているのか、私にはよくわからなかった。

やがて二人は拳いっぱいにトカゲの尻尾を握り、両腕を高く掲げて互いに引っ掻き傷を数え合いながら戻ってきた。

ところがフィリッポは、シャツの袖を濡らしただけで、両手は空のままだった。隅で一人草むらを蹴り、猫を脅かしている。

「それをどうするの？」

「しまっておくの。トロフィーみたいにね」マルナータはトカゲの尻尾を大事そうにポケットに入れた。

「どこにしまうの？」

「ベッドの下の、酢の入った瓶のなか」マルナータは二本の指で自分の傷を撫で、その指をなめてから、私に尋ねた。「あんたもやってみる？」

「私には無理」

「怖がってやがる。女だからな」マッテオはその言葉を、まるでいくら噛んでも呑み込めない肉の脂身でも吐き出すように口にした。マルナータに対しては、絶対に「女だから」なんて言わないのに。

「怖がってなんかない」私は憤慨した。

すると、マルナータが勝ちほこった笑みを浮かべた。「だったらやってみせて」

「なにか別の遊びはしないの？」私はマルナータの視線を避け、一か八《ばち》かで言ってみた。

「別の遊びってどんな？」トカゲの尻尾を捕まえる競争にうんざりしていたフィリッポが私の質問に飛びついた。

「わからないけど、トカゲと関係のない遊び」私は肩をすくめた。「たとえばあれを船に見立てて、黒海賊《コルサーロ・ネーロ》の海賊ごっこをするとか」そう言いながら、私は坂に横たわっていた大きな木の幹を指差した。

「しない」マルナータはにべもなかった。いきなり真剣な面持ちになり、射殺すような眼差しで私を睨んだ。

「どうして?」そう尋ねながらも、私は口のなかがからからになった。

「あたしが決めたから」

「ごっこ遊びはしないのさ」フィリッポが肩をすくめて説明した。

「どうしてしないの?」

「危険だからだ」マッテオが手に握っていたトカゲの尻尾をいじくりまわしながら言った。

「危険って?」私はなおも喰い下がった。

マルナータはもう私のことなど眼中になかった。まるでなにか失《な》くしものを探しているかのように、橋の向こうの、ランブロ川の対岸に目をやっていた。

ちょうどそのとき、聖堂の鐘が鳴りだした。数えてみると、十二回。もう十二時だというのに、私はまだ卵を買ってもいなかった。

カルラのケーキは昼食には焼きあがらず、私のせいだと母に叱られるだろう。さもなければ、私のせいでカルラが罰を受けることになる。

「私、もう行かなくちゃ」私はポケットに手を突っ込んで、銀貨の感触を確かめた。

「どこへ行くんだ?」とフィリッポ。

「トレソルディさんのお店で卵を買うの」私はそう答えると、唾の塊をごくりと呑み込んだ。考えただけで恐怖がこみあげる。「外に出る口実を作るために、家にあった卵を全部落として割っちゃったんだ」マルナータに褒めてもらいたくて、言い添えた。

案の定、マルナータは噴き出した。「わざと落としたの？」

私はうなずく。

マルナータはくいと顎をしゃくって言った。「あたしも一緒に行く」

「怖くないの？」

「怖いってなにが？」

「トレソルディさん。あの人、サクランボを盗まれたことを根に持ってるよ。きっとあなたたちが盗んだんだって思ってるはず」

「あたしには怖いものなんてなにもない」

6

私たちは二人並んで、橋を背にしてヴィットリオ・エマヌエーレ二世通りを歩いていた。私は握りしめた両手をポケットに入れて、マルナータは自転車のハンドルを握り、片足だけをペダルに乗せて、けんけんしながら。道行く人たちがみんな振り返ってこちらを見た。私はそんな視線を向けられることに慣れていなかったので、背中に泥をなすりつけられたように感じたけれど、マルナータは少しも気に留めていないようで、堂々としている。

「血が出てるよ」

「だからなに？」彼女は片方の腕を持ちあげて、ミミズ腫れになった傷をなめた。手首のあたりから肘まで長い傷ができていた。「なめれば痛みも早く治まる」

トレソルディさんの店は通りの外れにあり、ブリキの看板が掲げられ、トマトペーストのポスターが貼られていた。ショーウインドーは水と新聞紙でざっと拭いただけで、曇っていた。

マルナータは入り口の前に積まれていた果物の箱のそばに自転車を立てかけて、三段の石段をのぼると、あんたを待っている時間はないというような仕草をして、「来ないの？」と言った。

私は彼女を追いかけ、勇気を出して店内に入った。ドアをくぐると、呼び鈴が鳴った。店内にはジャガイモの泥のにおいが漂い、陳列棚の高いところには缶詰が何列にも並べられ、足もとにはワインの丸底瓶《フィアスコ》が置かれていた。暑さと湿気とでむっとする。チリオ〔イタリアの食材会社〕のジャムの並んだ棚があり、統帥《ドゥーチェ》のカレンダーが貼られた壁に立てかけた梯子《はしご》の上に、ノエが立っていた。ズボン吊りのバンドをだらしなく垂らし、イチゴジャムの瓶を手に持っている。振り返って私たちを見たとたん、大きな溜め息をついた。

「すぐに参ります」店の裏から、トレソルディさんの声が聞こえてきた。

ほどなく、「立ち入り禁止」と書かれた磨《す》りガラスの扉から本人が現われた。扉の向こうからは、中庭で犬が吠える声や、ガアガアというガチョウの鳴き声がする。汚れた雑巾で指を拭きつつ、片足を引きずるようにしてこちらに近づいてきた。

トレソルディさんは、ショーウインドー越しに射し込むどんよりとした光のなかを店先まで進んだとき、初めて私たちの姿を認め、目つきが険しくなった。大きな手の甲はアーティチョークの刺《とげ》で傷だらけだし、爪のあいだには汚れが溜まっている。「おまえたち、なにをしに来た？」

私は酸化マグネシウムを飲まされたときみたいに口のなかが酸っぱくなった。

マルナータに肘で脇腹を小突かれ、ようやく恐怖を呑み込んで口から言葉を絞り出した。「卵を一パックください。大きいサイズのを。ストラーダ家の娘です。母に頼まれました」

「おまえがどこの娘かぐらい知っておる」トレソルディさんは雑巾を肩にかけると、言い返した。「それと、こいつが誰かもな。小娘だが、ずる賢さにかけては悪魔《ディアヴル》にも負けないやつだ」

その悪魔《ディアヴル》という言葉に、私は背すじがぞくっとした。

「お金なら、ちゃんと持ってる」マルナータが顎をしゃくって言った。「代金を払うんだから、卵を売ってあげて」

私は握っていた手をひらき、五リラ硬貨を見せた。

トレソルディさんは無言のまま、しばらく私たちのことを見定めていた。私は、クルミの袋のそばに掛かっている鉄のクルミ割りで頭を打ち砕かれるにちがいないと思った。ところが、トレソルディさんは舌で歯をなめまわしただけで言った。「盗っ人にはリンゴの芯一本だろうと売らんね。盗みを働いた者は、たとえ一度きりだとしても赦されない」

「あんただって、フォッサーティさんの精肉店を横取りしたくせに」マルナータが一気に言った。

トレソルディさんは鼻から荒い息を吐くと、表の通りを指差してがなりたてた。「二度とこの店に顔を出すんじゃない。今度来たら容赦しないぞ。ひねりつぶしてガチョウの餌にくれてやる」

私たちは店を飛び出した。私は息も絶え絶えに背中を丸めて、マルナータは床のタイルをわざと踏み鳴らしながら。店の奥からトレソルディさんの怒声が追いかけてきた。「マルナータ、せいぜい尻尾を切られないように気をつけるんだな！」

店の前の石段を下りると、私たちは立ち止まった。マルナータは店に向かってべーっと舌を出してから、私に言った。「泣くのはやめな。泣いたってなんの役にも立たない。バカのすることだよ」

「そんなの無理」私は洟《はな》をすすり、袖で涙をこすった。「なんであんなこと言ったの？」

「本当のことだもん」マルナータは吐き捨てるように言った。「卵なんて、その気になれば自分たちで取りに行ける。見てるがいい」

「トレソルディさんの言ったことが聞こえなかったの？　今度行ったら、ひねりつぶされてガチョウの餌にされるんだよ」

「見つからなければ大丈夫」マルナータの顔にいつものふてぶてしい笑みが浮かんだと思ったら、次の瞬間引きつった。

「どうしたの？」

彼女が指差したほうを振り向くと、ノエが立っていた。黒茶の縮れ毛が、手を入れたら埋もれそうなくらいもじゃもじゃにふくらんでいる。

「なんの用？」マルナータが言った。

ノエはしばらく躊躇《ちゅうちょ》していたが、近寄ってくると、「ほら、これ」と言って、十二個の卵の入った紙パックを差し出した。

「どうして？」私は受け取った卵を胸にしっかり抱きしめながら、尋ねた。

ノエは肩をすくめた。「これを買いに来たんだろ？」

「ありがとう」

彼の栗色の瞳にじっと見つめられ、思わず顔が火照った。私は硬貨を差し出したが、ノエは頭《かぶり》を振った。「すぐに店に戻らないと叱られる」ドアを閉める前に曖昧な笑みを浮かべて、かすかに手を振った。「じゃあ、またな」

卵のパックは生温かく、ノエとおなじにおいがした。動物と野山と、濃い煙草の葉のにおい。考えてみたら、私はそのにおいがそれほど嫌いじゃなかった。

「あいつ、信用できるのかなあ」マルナータがぼそりとつぶやいた。


私は家の洗面所で鏡に映る自分の姿をしげしげと眺めていた。家に帰るなり、母の平手打ちを喰らった。私がひどく遅く帰ったからだ。それで、ぶたれたほうの頬が赤くなっていた。ワンピースも台無しだし、靴だって汚れている。「まったく仕方がない子だこと、いったいどこへ行ってたの？」大声で怒鳴りつけられたが、私は頑《かたく》なに黙っていた。

そうして洗面台の縁につかまり、水がぽたぽたと垂れる汚れたワンピースをバスタブの縁に掛けて、下着だけの姿の自分を見つめながら、「あたしには怖いものなんてなにもない」と口にしてみた。

皮がむけてピンク色に光る傷口を観察した。崩れた石垣と木蔦《きづた》のあいだを下りているとき擦りむいたにちがいない。私はその傷を誇らしく思ったものの、引っ掻き傷だらけのマルナータの腕に比べると、たいしたことではなかった。

「あたしには怖いものなんてなにもない」顎をくいと持ちあげて、もう一度繰り返す。そして、平凡だと常々思っていた自分の顔立ちに、マルナータに似たところはないか探してみた。

一方には私がそれまで慣れ親しんできた人生があり、もう一方にはマルナータが垣間見せてくれる人生があった。すると、それまで正しいと思ってきたことが、洗面台に溜めた水に映った影のようにゆがんで見えてくるのだった。マルナータの世界では、競い合って猫に引っ掻かれ、痛みは血と一緒になめて取り除く。実際にそうではないもののふりをした「ごっこ遊び」なんてせず、男子とも目を見て話すのだった。

私はその境界線で彼女の世界をのぞき込み、いつでもあちら側に滑り落ちる覚悟ができていたし、早く滑り落ちたくてたまらなかった。

7

その週の土曜日、大切な客人を昼食に招待したと父が言った。それは特別な出来事だった。家が手狭になってからというもの、母は誰も家に招きたがらなかったのだ。

母はカルラに、背すじを伸ばして物音を立てずに歩くこと、口はきゅっと閉じておくこと、おいしい料理を準備することを約束させた。メニューは、第一の料理《プリモ・ピアット》がトルテッリーニ〔詰め物をしたパスタ〕のスープ。ただし、貧民用の食材である固形ブイヨンは使わずに、新鮮なお肉と野菜からスープをとること。第二の料理《セコンド・ピアット》は、私の大嫌いな詰め物をしたロースト肉。そして、制服を着てメイド帽をかぶるように言いつけ、「恥をかかせたら承知しませんからね」と念を押した。

　そのうえで、自分はウエストがくびれていて、くるぶしののぞくドレスを着て、真珠のネックレスにダイヤモンドのイヤリングでめかしこんだ。それから引き出しにしまってあったムッソリーニの写真を引っ張り出し、食器棚の目立つ位置に飾った。

　父のお客さんとその奥さんは、約束の時間に遅れてやってきたのに、詫びもしなかった。奥さんはソファの背もたれに掛かっているレースのカバーの前で鼻に皺《しわ》を寄せ、旦那さんはブーツを絨毯になすりつけ、底についていた汚れを落としている。私は、その人の傲慢な目つきから、コロンボさんであることに気づいた。母も含めたすべてのものが、自分のためにそこに存在するのだと言わんばかりの傲慢さなのだ。コロンボさんは母の指に軽く口づけをすると、背広の襟につけたピンバッジの向きをなおした。父は以前、コロンボさんも彼の車も虫が好かないと言っていたくせに、床に頭がつきそうなくらい深くお辞儀をして、「コロンボさん、ようこそ。どうぞお掛けください」と言った。

　私はお行儀よく振る舞うように命じられていた。肘を両脇にぴったりとつけ、膝にナプキンをかけ、大人たちが世間話をし、父がコロンボさんの言ったことに愛想笑いをするのを聞きながら、「育ちのよいお嬢さま」らしくじっとおとなしくしていた。終始上品な微笑みを浮かべ、「ありがとうございます」と、「お願いします」とだけ言い、なにか質問されないかぎり黙っている。スープは音を立てずに飲み、フォークは正しい順番で使う。

母はいつだって、テーブルマナーで気をつけるべきことを私に口酸っぱく言って聞かせたが、成績が悪いからと叱ったことは一度もなかった。母は教養のある娘よりも、お行儀のよい娘を望んでいたのだ。

あまりに多くの決まりごとがありすぎて、完全に食欲が失《う》せた私は、カルラに助けを求めた。カルラは私を元気づけようと、母の後ろで顔をしかめてみせるのだった。

どうあがいてもロースト肉だけは食べられなかった。緑色の詰め物はぐんにゃりしていて、見るからにまずそうだった。けれども、決まりごとのなかに、お皿は空になるまでテーブルから下げないというのもあった。そこで私は、よそわれたロースト肉を細かく刻み、膝にひろげたナプキンの上にフォークの先でこっそりと落とした。そのあいだも父は、しきりに手ぶりを交えながら、フランドルのフェルトや編み紐のことを話していた。父が帽子の形を整える方法や仮縫いの仕方について説明しても、コロンボさんは話がわかるふりをして相槌を打っていた。そして、「真のファシストたる者、一度口にしたことは必ずや実行いたします。ストラーダさん、確実に合意をとりつけますからご安心を」と、そればかり繰り返していた。

それで私は理解した。父は、工場を救うためなら悪魔の前でも頭を下げる覚悟なのだと。

話しているのはもっぱら男二人で、カーテンの色とか、銀食器の輝きとか、花嫁道具の一つであるテーブルクロスの複雑なマクラメ編みといった、些細なことをコロンボ夫人が見つけては褒めるくらいしか、女二人は口をひらかなかった。

ようやくカルラが私のお皿を下げてくれたとき、膝の上の生温かく湿った包みからは汁が滴っていた。母が、「コロンボさん、マラスキーノ〔マラスカ種のチェリーを原料としたリキュール〕を少しお飲みになりますか？　奥様はタルトをお一ついかが？」と尋ねているあいだ、私は席を立つ言い訳を探していた。思いきって椅子を後ろにひくと、「お手洗いに行ってきます。失礼をお赦しください」と言って立ちあがった。その瞬間、膝のナプキンがべちゃんと音を立てて床に落ちた。ワインのボトルを持って通りかかったカルラが片足でそれを踏み、一瞬バランスを崩した拍子に、手から滑り落ちたボトルがテーブルの真ん中に横倒しになり、お客様用の上等なお皿とグラスを割り、すべてを赤く染めた。胸のあたりとズボンがワインまみれになったコロンボさんは、慌てて立ちあがり、ひどい悪態を口にした。もし私が間違って口にしようものなら、天使祝詞《アヴェ・マリア》の祈りを十回唱えさせられ、十字を二回切らされるような言葉だ。それでも、母はコロンボさんになにも言わなかった。父も無言で私のことを凝視していた。まるで切れたトカゲの尻尾でも見るかのように。


翌日の日曜日、私は具合が悪いふりをした。

私は朝早くに目を覚ました。カルラが部屋に入ってきて、「さあ、お寝坊さん、いいかげん起きてくださいな」と起こされる前に。まず、摩擦熱で温まるまでおでこを何度もこすり、熱湯に浸けた布を絞って顔を拭いた。火傷《やけど》しそうなくらいに熱いのを我慢して。

それから、裸足にネグリジェのまま母の寝室へ行った。母は鏡台の前で、指に唾をつけてヘアアイロンの温度を確かめていた。サイドテーブルの上には、真ん中あたりのページをひらいた『妖精の手《マーニ・ディ・ファータ》』が置かれていた。お裁縫と刺繍の雑誌で、女性の手仕事をめぐる最新の流行に乗り遅れないために、毎月、母が定期的に取り寄せていたものだ。カーラーが転がり落ちないよう、雑誌の綴じ目のところに置かれていた。「スリッパを履きなさい。裸足で歩きまわるのは物乞いだけですよ」

「気分が悪いの」私は寒くてたまらないというように腕をさすりつつ言った。

母は鏡に映った私の姿を見た。「もう少しこっちへいらっしゃい」

私が歩み寄ると、母は熱したヘアアイロンを遠ざけてから、私の顎を手で持ちあげて、おでこに唇を当てた。「熱いわね。それに汗びっしょり！　泥のなかを歩きまわったりするから、こんなことになるのですよ。あれほど言って聞かせたのに……」

「ごめんなさい、でも……」

「言い訳は聞きたくありません。すぐにベッドに戻りなさい。カルラに疲労回復剤《イスキロージェノ》を持っていかせるから」一束の髪をヘアアイロンに巻きつけながら、そう言った。

父は洗面所で、顎から首すじにかけてをシェービングクリームで真っ白にしていた。「支度はしないのか？」自分の寝室に戻ろうと前を通りかかった私に、尋ねた。

「熱があるの」

すると父は手をとめた。洗面台に泡がぽたぽたと垂れている。「お母さんには言ったのか？」

私はうなずいた。

「ならいい」洗面台の縁で髭剃りを叩くと、今度は首すじを剃りはじめた。

カルラは夜のあいだに使っていた簡易ベッドを折りたたみ、ソファの後ろにしまった。「なにか食べるものをお持ちしましょうか？」

私は手ぶりで要らないといい、部屋に入る前に咳をするふりをした。

そしてそのままベッドで横になり、胸に手を当てて息をしながら、日曜の朝のいつもの家の物音に耳を傾けていた。キッチンからはカップの音がし、廊下からはスリッパを引きずる音が聞こえてきたが、やがてそれは母の低いヒールの音にとって代わられた。「遅刻するぞ」と父が急《せ》かせる。「ハンドバッグが見つからないの」母の声がする。「それに帽子も。私の帽子はどこかしら？　いいえ、それじゃなくて、ターコイズブルーのヴェールがついているやつよ」

二人とも、私の様子を見に来ることはなかった。

二人が出掛ける音がするなり、私は起きあがった。ネグリジェを脱ぎ、母が繕いなおそうと箪笥《たんす》の奥にしまっていた古いワンピースを引っ張り出した。鏡の前に立つと、思いがけないふくらみがあり、腰と腿の周辺が柔らかな曲線を描いている、見慣れない私の姿が映っていた。腕やふくらはぎにある紫の痣《あざ》が、私には誇らしく思えた。ワンピースに袖を通すと、胸と腋の下のあたりで生地が突っ張った。靴は履かずに手に持ち、忍び足で廊下を通り抜ける。

カルラはキッチンで片づけものをしながら、調子っぱずれの歌を歌っている。「キスをしてくれたら、はいって言うわ。恋はいつもそんなふうに始まるの」ラジオから曲が流れていた。父はもっぱら、ローマの政治家たちの勇ましい演説を聴くためにラジオを使っていたけれど、カルラが家に一人でいるときには、音楽が流れてくるのだった。

私はずっと息を殺していたので、玄関にたどり着く頃には本当に気分が悪くなっていた。ドアの取っ手を静かに下げた瞬間、後ろから声がした。「ずいぶんと早く風邪が治ったのですね。聖アレッサンドロが奇蹟でも起こしてくださったのですか？」

カルラが握り拳《こぶし》にした両手を腰に当てて立っていた。私のことをじろじろ眺めまわすと、笑いだした。「なんというお名前でしたっけ？」

私はなにか言おうとして口ごもったが、そのとき初めてマルナータの本名を知らないことに気づいた。

「すぐに手を出してくるようなお相手じゃないでしょうね？　どちらにしても、まだ子供のお嬢ちゃまには関係ないでしょうけれど」

それで私はやっと、カルラが言っているのは、母がよく、「あなたはまだ子供なのだから、そうしたことは考えちゃいけません、でないと罪を犯すことになりますよ」と釘を刺していた、男子と女子の秘めごとのことなのだと理解した。カルラは母とは違い、男女のあいだでは自然なことだから、恥ずべきではないけれど、私のことはまだまだ子供だと思っているらしかった。

「ノエよ」私はあまり深く考えずに答えた。「ノエ・トレソルディ」

カルラは改めて私を見据えた。「ミサが終わる前に家に戻ってきてくださいね。さもないと、あたしが厄介な目に遭いますから」

私は、聖堂広場《ドゥオーモ》へと向かう余所《よそ》行きの服を着て髪を結いあげた町の人たちには目もくれず、ヴィットリオ・エマヌエーレ二世通りの外れまで一気に駆け抜けた。両親には絶対に会わないだろうと確信していた。歩くのが速い二人のことだから、もう教会に着いているに決まっている。橋にたどり着くと、私はようやく息をついた。頰とふくらはぎがひりひりする。

橋の欄干から身を乗り出してみたものの、マルナータの姿は見当たらず、マッテオがいるだけだった。上半身裸で半ズボンを穿き、裸足で岩の上に乗って、前屈みになっていた。両手をランブロ川に沈めては、空の手を引きあげて悪態をついている。私は堤防が崩れているところから顔をのぞかせて、マッテオを呼んだ。すると彼は、口のなかに不快な味がよみがえったというような顔つきで私を睨んだ。「下りてきても無駄だ。今日はここには来ない」

「どうして？」

「おまえに関係ないだろ」

「どこへ行くって言ってた？」

「来ないって言ったら、来ない。それだけだ」

私はどうすればいいのかわからなかった。家には戻りたくない。走ったのと熱が出たふりをしたせいで、気持ちが昂《たかぶ》っていた。

聖堂《ドゥオーモ》の鐘が十一時を告げた。足もとを見ながら走って橋を渡り、反対側からもう一度、川べりをよく見なおした。もしかするとどこかに隠れているのかもしれない。

そのとき、キーッというブレーキ音と怒声がした。私は驚いて飛びのき、道の真ん中で動けなくなった。私の鼻先から手のひら一つ分のところで、黒塗りの車が歯をむいている。光るライトのなかに私の恐怖が照らし出されているのがわかった。首にスカーフを巻いた女の人が助手席から顔をのぞかせ、私を怒鳴りつけた。「あなた、轢《ひ》かれたいの？」

「ストラーダの家の娘じゃないか？」運転席の男の人がクラクションから手を離し、窓から身を乗り出した。コロンボさんだ。ねちっこい笑みを浮かべて続けた。「君の父親は、娘に浮浪者みたいな恰好をさせて街をうろつかせるのかね？」

「食べ残したお料理をあんなふうに隠しておくように教育している家庭ですもの、不思議はないわよね」コロンボ夫人はそう嫌味を言うと、厳しい目つきで睨んだので、私は怖くなった。昨夜《ゆうべ》は母のことを侮蔑するように見ていたコロンボ夫人だったが、母に恥をかかせたくて、お古のようなワンピースを着て一人で歩いているお嬢さんを道端で見かけましたわよと、嬉々として告げ口するかもしれない。

　私は端に寄って二人の車を通した。二人がミサのときに両親に耳打ちしたら、私のしたことが全部知られてしまうと思うと、居ても立ってもいられず、顔がのぼせてきた。後部座席にはフィリッポが、バリッラ少年団〔ファシズム政権下の青少年の教育組織〕の制服を着て、黒の房飾りのついた帽子をかぶって座っていた。その服装が恥ずかしくてたまらないというように身を縮めている。隣には、お兄さんのティツィアーノが座っていた。フィリッポとおなじ金髪を、まるで一つの塊みたいに見えるほどポマードでかっちりと固め、黒シャツを着ていた。肌の色だけが異様なほどに白く見えた。車はふたたび走りだし、聖堂《ドゥオーモ》へ続く坂道をのぼっていった。ミサの始まる時刻ぎりぎりだ。ティツィアーノは軽く手を振って私に挨拶したが、フィリッポはシートに深く身体《からだ》をうずめ、両手で顔を隠していた。

　マルナータと一緒のときは、父親が誰だろうとまったく関係なかった。なにを憎み、なにを信じるよう教わったかも。マッテオの父親が「アカ」と呼ばれていようが、フィリッポの父親がいつも束桿《ファスケス》のバッジを磨き、ムッソリーニの肖像の前では欠かさず敬礼する人だろうが、関係がなかった。それなのに彼女がいなくなったとたん、二つの世界は互いに相容れないものとなってしまうのだ。

　ひょっとするとマルナータは本当に具合が悪いのかもしれないと心配になり、どこに住んでいるのか知っていたら会いに行って、傷だらけの腕が化膿していないか確かめるのにと私は思った。猫は爪のあいだに病原菌を持っていて、引っ掻かれると血管に入ると母が言っていた。

　歩道にしゃがみ込み、膝の上においた両手でその恐怖を握りつぶした。

「そんな恰好でなにしてるんだ？」ノエが自転車のサドルから私を見下ろしていた。荷台には果物の箱が積まれ、肩からずり落ちたサスペンダーが腿のあたりで揺れている。「どうかしたのか？」

「なんでもない」

「なんでもない？」

私は肩をすくめた。

「ならいい」ノエは姿勢を戻し、ペダルを踏み込んだ。

私は慌てて立ちあがった。「ちょっと待って」

彼は自転車が倒れないように、ふたたび地面に足をつけた。

「どこへ行けばあの子に会えるかわからないの」私は用心しながら口にした。

「あいつには近づかないほうがいいって皆が言ってるの、知らないのか？」

「知ってる」

「気にならないのか？」

「気にならない」

ノエは声を立てて笑った。「家ならわかるけど、教えてやろうか？」

「本当？」

「ときどき、あいつの住んでいるアパートに配達に行くからな。マルサラ通りにあるシンガーミシンの工場の近くに住んでる。再開発の前には、サンタンドレア広場のアパートの五階に住んでたんだけど、建物が取り壊されて、いまのところに引っ越した」そう言うと、自転車のフレームを手で叩いた。「乗せてってやる」

「いま？」

「ああ、いま」

「ありがとう」私がそう答えると、彼は自転車に飛び乗るのを手伝ってくれた。まるで恋人どうしのようにフレームに横向きに腰掛けて、バランスをとりながら男子の自転車に乗るなんて、初めての経験だ。私は両手でハンドルにしがみついた。ノエは、私のスペースを確保するために肘と膝を外側に向けた恰好でペダルを漕ぎだした。「しっかりつかまってろよ」

朝ごはんを抜いたというのに、胃が重く締めつけられ、噴き出す汗で首の後ろと腋の下がじっとりと濡れた。自転車のフレームが腿に食い込んで痛い。

ノエは立ち漕ぎで教会までの坂道を難なくのぼっていき、そぞろ歩く人々を追い越しながら、イタリア通りへと入っていった。駅のそばまで来るとふたたびサドルに座った。彼の脚が私の腰をかすめる。私は生まれてこの方、駅の向こう側の界隈《かいわい》に行ったことがなかった。その向こうは郊外だ。そんなふうに誰かと身体を触れ合っているのは初めてだったので、どぎまぎしてなにを話したらいいのかわからなかった。ありがたいことにノエも無言で、あたりに気を配りながら慎重に運転していた。彼の鎖骨が私のうなじに触れ、私の髪が彼の顎をかすめる。彼の頬はほんの少しだけざらざらしていて、耳には手巻きの煙草が挟まれていた。

「着いたぞ」という声がしたものの、私は途中からどの道を通っているのか確認するのを忘れていた。肌の下で盛りあがる彼の腕の筋肉に目を奪われ、労働と煙草のにおいのする体臭を嗅いでいた。

私は視線をあげて、呆然《ぼうぜん》とあたりを見まわした。マルサラ通りの建物はどれも大きくて直線的で、バルコニーが長く連なり、客船の舷側《げんそく》のように似通った四角い窓が無数に並んでいた。

道の反対側では、稼働しはじめてまだ二か月にもならないシンガーミシンの工場が静かな威容を誇り、閉ざされたフェンスにはミシンのポスターが貼られていた。

「ここがアパートの入り口。あいつの家は七階だ」ノエは私を自転車から降ろした。

「ノエは来ないの？」

彼はきれいな歯を見せて笑った。「俺は配達がある」そう言うと、親指で荷台の果物の箱をさした。

お父さんと一緒に店にいるときには一度も見せたことのない笑顔だった。

「帰り道はわかるだろ？」

「うん」私は子供だと思われたくなかったので、そう言ってごまかした。

ノエが勢いよくペダルを漕いで行ってしまったので、御礼を言う暇もなかった。

家からそれほど離れた場所に一人で来るのは初めてだった。おまけに高い建物が立ち並ぶその界隈は、人通りが少なく、陰気臭い。私は不安で押しつぶされそうだった。暑さのために開け放たれた窓からは、住人たちの声や料理のにおいがする。

建物の入り口には守衛室もなく、門扉は開け放たれていた。入ってもいいか許可を求める相手を探したものの、誰も見当たらない。

私は踊り場で立ち止まっては息を整えつつ、六階分の階段をのぼった。どの通路も自転車でふさがり、廊下の突き当たりにあるトイレの臭いが階段にまで漂っていた。

マルナータの家は、廊下の手摺に立てかけられた自転車に見憶えがあったので、すぐにわかった。ハンドルがぐるりと曲がり、錆びている。現に、「メルリーニ」と書かれた真鍮の表札が掛かっていた。

私は片手を宙にあげたままの姿勢で、しばらく呼吸を数えた。十まで数えたらノックするのよ、と自分に言い聞かせたが、途中で数がわからなくなり、そのたびにまた最初から数えなおすのだ。戸の向こう側から笑い声が洩れてくる。

勇気をふりしぼって戸を叩いた。最初はそうっと、そしてしだいに強く。笑い声がやみ、誰かが言った。

「マッダレーナ、見てきて」

私は息を呑んだ。足音がこちらに近づいてくる。思わず逃げ出したくなった。ノックする家を間違えて、見ず知らずの人が顔を出すのではないかという恐怖に駆られたのだ。だがなにより怖かったのは、家は合っているのにマルナータに追い返されることだった。

ドアが開いて、目の前にマルナータが現われた。薄地の服に裸足で、小ざっぱりした顔をしている。手には象牙色のリボンとレースの端切れを握っていた。

「なにしに来たの？」

「名前、初めて聞いた」私は口ごもった。「マッダレーナって、素敵な名前だね」

マルナータの顔が引きつった。「なにしに来たのか訊いてるの」

「ランブロ川に行ったんだけど、いなかったから、病気にでも罹《かか》ったのかと思って」

「私は病気には罹らない」彼女はぶっきらぼうに答えた。「捜しになんて来ないでよ」

家の奥から男の人の声がした。「マッダレーナ、誰なんだ？」

私は後退《あとずさ》りし、そのまま走って帰ろうとした。

すると彼女が大きく息をついた。「しょうがないなあ。ここまで来たんなら、あがってけば?」

あとについてむき出しの壁に挟まれた狭い廊下を抜けると、明るい小さな部屋に出た。鋳鉄《ちゅうてつ》の天板と薪を入れるための扉のついた琺瑯《ほうろう》引きのクッキングストーブが鎮座している。壁の磔刑像《たっけいぞう》と聖母像の脇に、小さな黒板のついたブリキの板が掛かっていた。「足りないものは?」と書かれている。その下に、チョークで「なにもかも」といたずら書きがしてあった。さらにその下には別の人の筆跡で、「とりあえず牛乳」とあった。食器棚のガラスと板のあいだには、数枚の古ぼけた写真とオリーブの枯れ枝が挟まっていた。

部屋の中央に置かれたテーブルの上に、花嫁衣裳を着た若者が立っていた。ドレスの裾がふくらはぎまでしか届かず、下から作業着のズボンと黒い靴下がのぞき、頭はむき出しの電球をかすめている。私を見ると笑みを浮かべ、「やあ」と片手をあげた。

テーブルの上には、待ち針の刺さった針坊主や端切れ、裁縫用の巻き尺などが散らばっていて、その向こうの籐《とう》のスツールに、若い女の人が二人腰掛けていた。熱心に花嫁ドレスの裾を仮縫いしているのだ。一人は口紅を差し、ショートカットの黒茶の髪を耳のあたりでくるりと巻いて、マッダレーナとおなじ黒い瞳をしていた。

「少しはじっとしててよね。じゃないとまた最初からやり直しだわ」

もう一人の眼鏡をかけた女の人は、きれいな髪を肩に垂らし、豊かなバストをしていた。膝の上に生地をひろげ、首には巻き尺をかけている。「急がなくてもいいから助かるけど」白い糸を親指のまわりに巻き、歯で切りながら言った。

「だけど、この仕事は日曜日しかできないから」口紅を差したほうの女の人が言った。

花嫁衣裳を着ている若者がマッダレーナのお兄さんのエルネストであることに、私はようやく気づいた。以前はよくマッダレーナを公園に連れてきては木登りをさせていたけれど、一か月前からシンガー社で働きはじめたそうだ。腕っぷしはたくましいが顔の輪郭は柔らかく、黒茶色の髪はぼさぼさで、長い睫《まつげ》が頬骨に影を落としていた。

けれども、女の人二人は見たことのない顔だった。中心街に婦人帽のお店を構えているマウリ夫人のところで二人が賃仕事をしていると知ったのは、のちのことだ。口紅を差している女の人はドナテッラという名前で、マッダレーナのお姉さんだった。もう一人はマッテオのお姉さんで、ルイージャ・フォッサーティ。三月にエルネストと婚約し、今度の春に結婚式を挙げることになっていた。ここ数か月というもの、ルイージャは夜なべをしては帽子に裏地を縫いつけたり、ボタンつけをしたり、旅行用のジャケットを繕ったりして、列車の往復運賃とネルヴィ〔ジェノヴァの漁村を中心とした地区〕の大きなホテルの一室の宿泊代を貯めようと懸命に働いていた。式のあと、一週間でいいからテラス付きの部屋を借りて、海の景色を眺め、陽射しを浴びながらコーヒーを飲むという豊かな時間を過ごしたかったのだ。そのため、自分の花嫁ドレスの仕立てに充《あ》てられるのは日曜日しかなく、ドナテッラに手伝ってもらっていた。そして、腰まわりが女性のようにどっしりしていたエルネストが、マネキン役を務めていたのだ。ひょっとすると、みんなとわいわいするのを楽しんでいただけなのかもしれない。

マッダレーナは私を三人に紹介した。私は一度も名乗ったことがなかったはずなのに、なぜかちゃんと名前まで知っていた。友達なの、と紹介されて、そんなふうに思ってくれていることを誇らしく思ったのと同時に、戸惑いもした。正直なところ、私にはそれまで友達なんて一人もいなかったのだ。

私は、「よろしく」と言って小さくお辞儀をした。

エルネストが、こんな恰好で悪いね、と言うと、みんながどっと笑った。マッダレーナが家に友達を連れてきたのは初めてよ、とドナテッラが言った。そして、もしかするとあたしたち兄姉《きょうだい》を見られるのが恥ずかしいのかもしれないわね、と冗談めかして言い添えたので、マッダレーナはむすっとした表情になった。

「まあ、一理あるよな。そりゃあ、こんな恰好の兄貴なんて、あんまり見られたくないだろう」エルネストが笑った。彼の笑い声は、お祭りの鐘のように陽気だった。

「笑わせないでよ。裾が曲がるでしょ」ドナテッラが文句を言った。親指と人差し指で針をつまみ、糸の先端をなめて湿らせ、針の孔に通そうとしている。

ルイージャも口を開けて笑いながら、きらきらした瞳でエルネストを見つめていた。

「式の前に花嫁衣裳を花婿に見せるのは縁起が悪いって聞いたことがあるけど……」私は言った。

「どのみち結婚するんだもの、大丈夫。いまさら考えを変えようにも、間に合わないし」

「ドレスを着せられたら、足にからまって逃げられない」

ドナテッラが、食器棚の上の金色の紙皿に盛られたシュークリームを一つ私に差し出した。

私は、その前にトイレに行きたいと言った。トイレは通路にあったため、マッダレーナがついてきて、戸の外で待っていてくれた。

ひどい臭いだったので、私は鼻をつまんで入った。便器はなく、真ん中に孔のあいた陶器と足を乗せるための台が二つあるだけの簡素なものだった。水を流す水槽もなく、代わりに古くてぼろぼろのブラシが置かれていた。掛け釘に新聞紙の束がぶらさがっている。戸は閉まったものの、鍵も錠もなかった。内側の壁には「真ん中に命中させなくてもいいですが、せめてはみださないようにお願いします」と書かれていた。

「いい家だね」戻る途中で私が言うと、マッダレーナは苦々しく笑った。

「あんたみたいなお嬢さん育ちに、なにがわかるっていうの？」

台所の流しで手を洗うように言われた。洗濯屋さんの匂いのするマルセイユ石鹸が置かれていた。戻ると、ルイージャとドナテッラは、エルネストの花嫁衣裳を脱がせていた。仮縫いが台無しにならないように慎重に脱がせ、たたんで椅子の背もたれに掛けた。ルイージャが指の先でそっとドレスを撫でている。

私たちは食卓を囲んで座り、みんなでシュークリームを食べた。部屋じゅうにバニラの香りが漂った。

「食後に食べるつもりだったんだけど、あんまりいい匂いだから我慢できなくて」

「母さんの分も一つとっておいてよ」ドナテッラがエルネストの腕をぴしゃりと叩いた。シュークリームをたて続けに三つ平らげようとしていたのだ。

エルネストが勤めだしてまだ一か月だったが、シンガー社は給料がよく、近いうちにまた上がるから、シュークリームはその前祝いだった。現場主任への昇進が決まっているそうだ。いまは、二人で住むための賃貸物件を探していて、アニェージ通りにおあつらえ向きのアパートが見つかったらしい。二部屋だけの、小ぢんまりとした明るいアパートだと言っていた。エルネストの給料とルイージャのお針子仕事の給金があれば、きちんとした家具をそろえることも夢ではなく、無駄遣いさえしなければ氷の冷蔵庫だって買えるだろう。

「急いで子供を産めば、ムッソリーニからたくさんお金がもらえるわよ」ドナテッラが言った。

ルイージャは頬を赤らめた。唇が粉砂糖まみれになっている。

「たとえ百万リラくれると言われても、あんな奴からは受け取らないね」エルネストが言った。

「つべこべ言わないの」ドナテッラが鼻息を荒くした。「そんなことでもないかぎり、まとまった金額なんて手に入らないでしょ。お金は余計にある分には邪魔にならないんだから。そのお金でルイージャに素敵な家を借りてあげたらいいじゃない。それくらいしてあげて当然でしょ」

「兄さんなら、誰の力を借りなくても家くらい借りられるよ。シュークリームだって買えたんだから」マッダレーナは機嫌を損ねたように言い、食べるのをやめてしまった。

その場の空気を和ませたのは、他でもないエルネストだった。窓を開けてカーテンを寄せると、熱風とともに、アパートの別の家のラジオから流れる音楽が聞こえてきた。エルネストはバルコニーに出て、私たちと順に踊ってくれた。聞こえてきたのはベニャミーノ・ジーリ〔イタリアのテノール歌手〕のアリアや、ヴィットリオ・デ・シーカ〔イタリアの映画監督、俳優〕の歌だ。私はまるで箒《ほうき》のように身体が強張《こわば》り、ぎこちない動きしかできなかった。マッダレーナはどんなステップでも上手に踏めて、軽やかに踊った。陽気なエルネストが笑うと、マッダレーナもたちまち機嫌をなおした。

ルイージャと踊る番になると、エルネストはしっかり抱き寄せ、おでことおでこをくっつけた。そしてそのまま瞼《まぶた》を閉じて指をからませながら、二人はいつまでもゆっくりと揺れていた。

私はその家が羨ましくてたまらなかった。狭くて、壁にはなにも飾っていなかったけれど、そんなふうにみんなで踊れるなんて。「愛の言葉《パルラミ・ダモーレ》を、マリウ」のイントロが流れると、ボリュームが大きくなった。

「あたし、この曲大好きなんだ」マッダレーナがそう言って、私の手をとった。「そうじゃないよ。あたしのステップを真似してごらん」私には彼女のように軽やかなステップは踏めなかった。操り人形みたいにぎくしゃくとしか足が動かないのだ。腕をどこにやればいいのかもわからない。マッダレーナは両腕を私の腰にまわして支えながら、靴を脱いで自分の足の上に乗るようにと言った。彼女のほうが背が低かったので、私は軽く前屈みにならないとバランスを保てない。そうして身体を寄せ合っていると、息が止まりそうだった。石鹸の匂いがまとわりつき、心臓が激しく高鳴る。彼女の湿った手のひらを背中に感じ、背すじがぞくりとした。

「幻ではないと言っておくれ《ディンミ・ケ・イッルジオーネ・ノネ》。君は僕だけのものだと言ってほしい《ディンミ・ケ・セイ・トゥッタ・ペル・メ》」マッダレーナは笑いながら歌っていた。

私が断りもなく家まで訪ねていったことも、とっくに赦してくれたらしかった。

そのとき、いきなりドアが開いて風が起こったため、窓がばたんと閉まった。ガラス窓の向こうで音楽が遠くなる。ドナテッラはナプキンでさっと口紅を落とし、ルイージャはエルネストから身体を離すと、指で髪を整えた。私は人差し指を靴べら代わりにして踵《かかと》を滑り込ませながら、急いで靴を履いた。

木靴を履き、黒い木綿のワンピースを着た女の人が入ってきた。「タマネギがまた値上がりしたよ。一キロ八十チェンテジミだって。インゲンマメは三リラ。まったく正気とは思えないね。そのうち、金持ちしか市場で買い物できなくなっちまうよ」買い物の袋を食卓の上に置きながら、嘆いている。「なにしてたの？　食事の支度はまだなのかい？　みんなしてシュークリームを食べてたんだね」

「母さん、すぐに支度をするよ」エルネストが言った。

「食事の支度はあたしがするから、買ってきた物をしまっておくれ。それにしても、ひどい散らかりようだね。少し片づけたらどうなんだい。これじゃあ、まるで泥棒の巣窟だよ」

まずエルネストを指差し、それからルイージャ、そして食卓の上に散らばっている生地や裁ち屑を指差した。仕舞いに、「恋に落ちると、まともな判断ができなくなるんだね」とつぶやいた。

私はメルリーニ夫人があまり好きになれなかった。復活祭《パスクア》の日の仔羊のように血の気がなく、薄い色の飛び出し気味の目でこちらを見たものの、その視線は私をすり抜けていた。自己紹介もしないし、私にもなにも尋ねない。マルセイユ石鹸から彫り出したような黄ばんだ身体を引きずって、気怠《けだる》そうに歩いていた。

母はよく、女の人はスカートの下に穿いているもので区別できると言っていた。母はいつもシルクのストッキングを穿き、伝線が入らないように細心の注意を払っていた。一方、マッダレーナのお母さんは素足だった。

「お昼ごはんを食べていく？」泥のついた野菜を流しで洗いながらルイージャが尋ねた。見まわすと、窓の近くに壁掛け時計があった。いつの間にか十二時を四十分も過ぎていた。「せっかくだけど、もう家に帰らなくちゃ」カルラの困った顔が頭に浮かんだ。いまごろきっと、爪を噛みながら私の帰りを待ちわびているにちがいない。「シュークリームご馳走様でした」

マッダレーナのお母さんはビニールクロスをひろげ、その上にお皿やコップを並べながら、相変わらずすり抜けるような視線を私に向けた。五人いるはずなのに、誰か一人の存在を忘れているのか、四人分の食器を並べた。そんな勘違いには慣れっこらしく、エルネストがなにも言わずに食器棚から皿とコップを一つずつ出した。

　食器棚には、聖人画と、結婚式や聖体拝領式のときの記念写真、そして水兵帽をかぶった三歳ぐらいの男の子の写真が飾られていた。ひょっとすると、窓から落ちたというのはこの子かもしれない。

「お店のツケは払えた？　支払い期限は今日だったはずだけど」縁まで水の入った水差しを食卓の真ん中に置きながら、ドナテッラが尋ねた。

「支払いになら、七時のミサの帰りにエルネスト兄さんが行ったよ」マッダレーナが答えた。

「きちんと済ませてくれたかい？」まるでマッダレーナのことが目に入っていないかのように目の前をすっと通りすぎながら、お母さんが確認した。「あたしは借金が嫌いなんだよ」

「俺が行ってきたから大丈夫」エルネストが請け合い、野菜を洗っているルイージャを手伝うために並んで流しに立った。

　お母さんはまたしてもスプーンを四本とナプキン四枚を食卓に並べた。今度はドナテッラが足りない分をさりげなく補う。

「なんであんなふうなの？」私はマッダレーナのそばへ行き、耳もとでささやいた。

「あんなふうって？」

「まるであなたが見えていないみたい」

「前に、あんたなんかもううちの娘《こ》じゃないって言われて、それからずっとあんな感じ」マッダレーナは肩をすぼめた。お母さんに聞こえようとおかまいなしで、大声で話している。「うちの母さん、前は怒鳴りちらしたり泣きわめいたり、壁に頭を打ちつけたりすることもあったけど、最近はずいぶん落ち着いてるの」

私は食器棚のガラスに挟んであった水兵帽をかぶった男の子の写真を指差して、ふたたび小声で尋ねた。「あの子が原因なの？　あの子が窓から落ちたから？」

マッダレーナの目つきが険しくなった。「なにも知らないくせに」

「ごめん」私は気まずさを取り繕おうとしたものの、マッダレーナがそんな隙を与えなかった。

私は手首をつかまれて廊下を引きずられ、玄関のドアから外に押し出された。

「事故の話はお母さんから聞いたの。べつに私は……」

「事故なんかじゃなかった」マッダレーナが冷ややかに言った。「父さんが自動車整備工場で足を挟まれ、傷が化膿して死んじゃったのも、事故じゃなかった」紅潮した顔でなおも続ける。「全部あたしのせい。不幸を呼ぶのはあたしなの。あんただってそう聞いてるんでしょ？」

「マッダレーナ、ごめん……」

「あたしの名前を呼ばないほうがいいよ」毒入りの木の実でも噛みつぶしたかのように言った。「あたしに近づくなと言う人たちが正しいの。あたしと一緒にいたら、あんたにまで不幸が降りかかる」

私はぎゅっと拳を握りしめた。手のひらに爪が食い込む。

「他の人の言うことなんてどうでもいい」そう言い放ち、泣いている顔を見られないように踵《きびす》を返すと、腕で顔を拭いながら階段を駆け下りた。

「フランチェスカ」六階まで下りたところで、マッダレーナの呼ぶ声がした。私は手摺につかまって立ち止まった。こちらを見下ろす彼女の額に、髪がカーテンのようにかかっていた。「明日、来る？」

私は答えに詰まり、下唇を噛んでいたが、やがて言った。「もう私たち友達じゃないのかと思った」

「どうして？」

私は階段の上で爪先立ちになって身体を揺らした。「どこへ行けばいいの？」

「ランブロ川。魚のつかまえ方を教えてあげる」マッダレーナが答えた。

8

飛ぶように過ぎていったその夏が、私の生涯でもっとも幸せな日々となった。

私はしだいに嘘が上手になった。カルラが味方になってくれたこともあり、ほぼ毎日のように家を脱け出してはランブロ川へ行き、マルナータとその仲間たちと過ごした。

私たちは膝まで水に浸かり、泥をはねあげながら裸足で川を歩いた。川へ行くとき、私はいつもおなじ色の褪《あ》せた古いワンピースを着ていた。そして、家へ帰るなり洋服簞笥《だんす》の奥に放り込む。夜になって皆が寝静まってから汚れを洗い流し、自分の部屋の窓の外に干した。家では暑い日でも必ず長袖のブラウスを着て傷だらけの腕を隠し、膝小僧のかさぶたは、なるべく早く剝がすために石鹼水につけて軟らかくした。

とはいえ、実際にはそんな用心など要《い》らなかった。父はコロンボさんに確約された入札の準備でたいそう忙しいらしく、帽子工場からほとんど帰らず、家からは父のパイプ煙草の乾いたにおいが消えかかっていた。

父は昔から私よりも仕事を優先した。プレス機や成形機、フェルトやバックルといったもののほうが、私よりもよほど大切だったのだ。それでも、あれほど体面にこだわっていながら悲劇的な結末に終わった昼食会の一件以来、私を避けるようになった父の機嫌や苛立ちに、私はひどく敏感になっていた。もしかすると私のせいで取引がなくなり、一生父に恨まれることになるのかもしれないと思うと、気が気でなかった。

一方、母はなぜか知らないけれど終始ご機嫌で、目下ミシンをかけている真紅のワンピースのことで頭がいっぱいのようだった。生まれ故郷のメロディアスな方言で歌を口ずさみながら完全に上の空で、カトラリーに膜のような汚れが残っていても、シーツの角が折れていても、カルラを叱ることもなかった。耳たぶの裏にラベンダーの香水を数滴吹きつけ、午後になると急ぎの用事があると言っていそいそと出掛けていった。何時間かすると帰宅するのだが、買い物の袋は空だし、髪は乱れていた。そして、そのまま寝室に籠もり、夕飯の時間まで出てこなかった。

母は私に対しても無関心だったが、お蔭で私は自由が謳歌できたので、気にならなかった。むしろそれをいいことに私は足繁く川に通い、マルナータとその仲間たちと魚をつかまえ、皮がむけて肌がぼろぼろになるまで日に焼け、誰がいちばん変な形の雲を見つけられるか競い合った。

ランブロ川に行かれないときでも、私の頭はマッダレーナでいっぱいだった。いつだって彼女のことばかり考えてしまうのだ。自分でも恥ずかしくなるほど妄想がふくらんでいく。炎をあげて燃えさかる家の最上階から私を助けてくれるマッダレーナ、爆弾が降りそそぎ、あたり一面に血しぶきが飛ぶ戦闘地から、私を抱きかかえて救い出してくれる兵士のマッダレーナ、くるくる回転してワンピースの裾を円形にひろげる私を見て、きれいだね、と褒めてくれるマッダレーナ……。そうした空想のなかでの出来事を、私は自分の胸の内だけにとどめていた。

理由は教えてくれず、私のほうでも敢えて尋ねようとはしなかったが、マッダレーナは、ごっこ遊びを危険だと言い張った。彼女が提案する遊びは、息が切れるほどに大地を走りまわり、ジャンプをし、木登りや追いかけっこをすることだった。どれもみんな生身の自分だ。他の人や物になったつもりで遊んだり、お話をつくったりすることは禁じられていた。私は、たとえばサンドカンの世界で生きられるのなら、どんなことだってしただろう。そこでは誰も靴下の繕いものやお金の話はせず、祖国だとか、他の虚しく響く偉大な理想のために自分を犠牲にすることもなかった。ヒロインはいつだって「死の危険」に晒され、大切な人のために命を懸け、間一髪のところで助け出されて口づけされ、愛する人の腕のなかで息を吹き返す。私は、ときどきランブロ川の干上がった川床を駆けまわり、棒を振りまわして戦っているあいだ、誰にも言わずに、心のなかで別の人間になったつもりで遊んでいた。マッダレーナのことをこっそり観察し、走りながら肩を動かす癖や、「あたしには怖いものなんてなにもない」と言うときの身振りを真似ていた。

マルナータとその仲間たちと一緒にいると、少しも退屈しなかった。裸足で街なかを歩きまわり、呼び鈴を鳴らしては建物のなかに忍び込んだ。衛生環境改善計画で街の中心部の建物は少しずつ取り壊されていたが、まだ残っていた古い家々は、錠を回すだけで戸が簡単に開けられた。

暑くてどうにも我慢できない日には、ローマ広場にある蛙の噴水で水浴びをした。灰色の石柱で支えられた赤いレンガ造りの建物――かつて市庁舎として用いられた建物で、公共広場《アレンガリオ》と呼ばれていた――の裏にある噴水だ。大理石の深い水盤があって、足を浸けられるその噴水は、私たちのお気に入りだった。手に蛙を握った女の子のブロンズ像が中央に立ち、その周囲をとり囲むようにして何匹もの蛙が口から水を噴いている。私たちはそれぞれの蛙の下で思いっきり口を開け、いっぱいに水を含んでから、誰がいちばんその水を遠くまで飛ばせるかを競い合った。そして憲兵の姿が見えると、笑い声をあげて逃げ出した。

公園まではいつも自転車で行っていたが、二台しかなかった。マッダレーナの、ハンドルが二本の角のようにくるりと下向きに曲がった錆びた自転車と、ジーロ・ディタリア〔イタリア全土を舞台とするプロの自転車ロードレース〕の選手みたいにぴかぴかのフィリッポの自転車だ。フィリッポはタイヤを支えるフロントフォークに古い絵葉書を洗濯ばさみで固定して、タイヤが回転するとバイクのモーターに似た音が鳴るようにしていた。私はいつも、マッダレーナの自転車の前に横向きで腰掛けた。腿にフレームが食い込み、彼女の吐く息がうなじにかかる。スカートがスポークに巻き込まれないように手で押さえながら、「もっと速く!」とけしかけた。

マッダレーナと一緒なら、怪我をすることも怖くなかった。

どちらのチームがより早く王宮《ヴィッラ・レアーレ》の庭園に着くかという競走では、三回に二回は私たちが勝った。「踏まないでください」と書かれた立て看板を無視して四人で草原に寝そべり、豚の脂身《ラルド》を塗ったライ麦パンを食べ、噴水の水を飲んだ。

長いあいだ遠くから眺めるだけだった三人と、ようやく一緒にいられる。私には世界がそこから始まるように思えた。人生を最初からやりなおすのだ。

私たちはぞくぞくすることが好きだった。ドブネズミが潜んでいるランブロ川の岸辺の薄暗い隅っこや、店の裏で悪態をついているトレソルディさんの、不揃いな足音。

マッダレーナと二人きりになったある日、トカゲの尻尾集め競争と、切り傷の数の競い合いを実際にやってみた。猫たちと喧嘩しながらトカゲを追いかけたあと、集めたトカゲの尻尾の山の脇に並んで寝そべって、太陽に熱せられた石の上で腕を伸ばし、血がにじんでミミズ腫れになった傷を見比べた。マッダレーナは、尻尾をしぼって血を出していた。

「気持ち悪い」そう言いながらも、私も真似をした。それくらいでは怖気づいたりしないことを証明するために。

するとマッダレーナは言った。「あたしたち女子は、血を気持ち悪いなんて言ってられないんだよ」

「どうして？」私には男女の違いをめぐる話がさっぱり理解できなかった。

私は男の人が怖かった。どういう子か少しずつわかってきたフィリッポとマッテオもまだ怖かったし、きついけれど決して嫌いではないにおいのするノエも、やっぱり怖かった。

男の人に対する恐怖心を私に植えつけたのは母だった。母が、ことあるごとに男はケダモノだと言うものだから、そのたびに私はトレソルディさんの店の裏庭につながれた、かすれた声で吠える老犬のことを思い出した。昼夜を問わず、人が通るたびに喉に咬みつこうとし、鎖に引き戻されて窒息しかけていた。「男の手にかかったらね、あなたなんて生きたまま食べられてしまうのですよ、フランチェスカ」母は私にそう忠告した。

マッダレーナの世界には男女の区別なんて存在しなかった。ただし、「あたしたち女子は、血を気持ち悪いなんて言ってられないんだよ」と言うときだけは例外だ。理由を尋ねると、彼女は肩をすくめてこう言った。「女子は大人になったら、嫌でも血が流れるから」

私はバカにされたくなくて、わかったふりをしたものの、内心では、大人になったら流れるという血のことが不安でならなかった。どこから出てくるのかもわからない。ひょっとすると奇蹟の聖母像みたいに目から血の涙を流すのかもしれない。さもなければ窓から落ちたマッダレーナの弟みたいに、耳や口からだろうか。

「あたしの勝ちね」マッダレーナの声がした。肘の内側と指のあいだに引っ掻き傷があり、血がにじんでいる。彼女はそれを指の腹で拭い、サクランボの果汁のようになめた。

「次は私が勝つから」無理だとわかっていながら、私はそう言った。目が見えなくて気性のものすごく荒い猫がいるのだが、マッダレーナはその猫の尻尾を引っ張っておもしろがっていた。ちょっと触っただけで、牙をむき出して唸る。それでも彼女が怯《ひる》まずにお腹を撫でるものだから、猫は四本の肢でしがみついて引っ掻き、思いきり咬みついた。片や私は、猫が軽く爪をむいただけで後退《あとずさ》りした。

「わかった。じゃあ次ね」マッダレーナはそう言って私の手首をつかんだ。そして腕の上に顔を持ってきて、腕の傷をなめてくれたのだ。「こうすれば痛みが早く治まる」そのまま二人して仰向けに寝そべり、空が変化し、雲が堤防の上まで伸びていくのを眺めていた。

そのとき、新学期からはもう中等学校に通わせてもらえないかもしれないの、とマッダレーナが言った。生活態度の評点が悪く、前の年は落第していたのだ。

もう学校なんて行かなくていいと言ったのはお母さんだそうだ。あの子はなるべく早く働かせて、家にお金を入れさせたほうがいいんだ、そうすれば頭もまともになるからね、とエルネストに言ったらしい。べつに高等学校になんて進学しないのだから、職業専門学校に行けばいいだろうというのが、お母さんの意見だった。だがエルネストは、勉強を続けさせるべきだと言い張った。「学問は世の中から自分の身を護る唯一の手段だ」というのがエルネストの口癖だった。だから、妹にも中等学校を卒業させ、たとえお金がかかろうと進学させるべきだと考えていた。

もしマッダレーナが学校に戻れたら、私とおなじクラスになるはずだ。私は毎晩、神様が私の願いを叶えてくれるように祈り続けた。学校にいる長い時間をマッダレーナなしで過ごすなんて、もはや耐えられなかったのだ。

「教科書代やその他いろいろな費用はすべて工面するから、なにがなんでも勉強を続けろってエルネスト兄さんに言われたの」

「学校は通わなくちゃいけないんだよ。行くのが義務なんだから」

「お金がなければ、義務だって言われても通えないよ。でも、お金のことなら兄さんがなんとかしてくれるって」

「それで、マッダレーナはなんて答えたの？」

「生活態度でまた低い評点をつけられないように気をつけるって約束した」彼女の指のあいだで、緑色に輝くトカゲの尻尾がくるりと丸まった。

「なんでそんなに評点が悪かったの？」

マッダレーナは一瞬言い淀んだ。「ジュリア・ブランビッラの顔を拳骨で殴ったら、歯が一本折れて、大きな痣《あざ》ができたの。それで、ジュリアが校長先生に言いつけたんだ。先生たちは私にはなにも尋ねないで、泣きじゃくるジュリアの言い分を鵜呑みにしたってわけ」

「どうして？」

「ジュリアがずる賢いからに決まってる」

「でも、どうして殴ったの？」

私のことを見返すマッダレーナの目が小さくなった。「あたしが押したって、みんなに言ってまわってたから」

「押したって誰を？」

マッダレーナは親指の爪を噛みちぎり、ぺっと吐き出すと、またトカゲの尻尾をいじくりだした。

「弟のダリオ。窓から落ちた弟だよ」

私はすぐにはなにも言えなかった。しばらくして身体《からだ》を横に向け、尋ねた。「本当は、なにがあったの？」

「落ちたの」

「それだけ？」

「そう、落ちただけ」

「だったら、なんで自分のせいなんて言うの？」

「だってそうだから。不幸を呼ぶのはあたしだもん」

「罪悪感があるからそんなふうに言うんでしょ？　弟は死んだのに自分は生きてることに、責任を感じてるんだよね？」

マッダレーナはくるりと背を向けた。「あんたになにがわかるっていうの？」

「私にも弟がいた」

すると、彼女はふたたび向き直った。「だけど死んだの？」

「うちの弟の場合、窓から落ちたわけじゃないけどね。ポリオで天国へ行っちゃったの。まだ話せないくらい小さくて、言葉にならない声を出していた。死ぬ間際に、肺のなかのものを全部吐き出したいみたいに大きな声でわめいたと思ったら、そのまま動かなくなっちゃった。いつも家族でお墓に行ってお花を供えるの。お母さんは私に蠟燭《ろうそく》を灯させる」

マッダレーナはトカゲの尻尾をポケットに突っ込んで、言った。「べつにあんたが悪いってわけじゃないでしょ」

「そうだけど……」私はまた仰向けに寝転んだ。陽射しがまぶしいので目をつぶり、それまで自分の胸だけに秘めてきたことを打ち明けた。そのせいで地獄に堕ちても仕方のないことだと私は自覚していた。「弟が死んだとき、みんな悲しんでた。でも、私はもう限界だったんだ。弟が息をしなくなったとき、これでやっと息がつけるって思った……」

マッダレーナは息もせずに聞いていた。あたりには川の流れる音と、遠くで鳴く猫たちの声が聞こえるだけだった。こんな話をするんじゃなかった。きっと私は追い払われるだろう。ケダモノだ。あんたみたいな狂犬は棍棒で打ちのめすべきだと言われるにちがいない。

「そういうこともあるよね」マッダレーナがこともなげに言った。

「そういうことって？」

「誰だって他人《ひと》には言えないことや、間違ったことや、悪いことを考える。でも、だからって、あんたが悪い子ってわけじゃないでしょ」

それまでしまっていた秘めごとの焼けつくような重みが胸にのしかかり、私は吐きそうになった。

「弟は一生懸命生きていただけで、悪いことなんてなにもしなかった。なのに私は弟を憎んでた」

そこでふうっと息を吐き、上半身を起こして座った。「こんな話、いままで誰にもしたことがなかった。もしも他の人に知られたら、私はいままでとは違った目で見られるようになる」

マッダレーナも起きあがった。膝の上に顎をのせ、真剣な眼差しで私を見た。

私は腕の傷口で粒状にふくらむ血をぼんやりと眺めながら、つぶやいた。「きっと私も、あなたのことを見るような目で見られるようになるんだ」

9

気づいたら九月になっていた。八日の日曜はサーキット場でグランプリレースが開催される。モンツァの町にとっては欠かせないお祭りの日であり、他の祭日と同様、至る所にイタリアの国旗が掲げられた。バルコニーにも窓辺にも、天井裏の窓にまでも旗がひるがえっていた。旗を掲げたからといってノファシストであることを意味するわけではないが、旗を掲げないと「非国民」と見なされる。それは疥癬《かいせん》にかかるよりもはるかに重大事だった。とはいえ、その日モンツァの人々が三色旗を飾ったのは、ファシストのためではなく、タツィオ・ヌヴォラーリを応援するためだ。スクデリア・フェラーリのアルファロメオのドライバーで、ドイツのチームを打ち負かし、雪辱を果たせるのは彼しかいなかった。

　私たち家族は早朝のミサに参列した。母が催しを最初からすべて逃さず楽しみたがったからだ。前日の夕方、食器戸棚の引き出しにしまわれていたナフタリンの臭いのする旗を取り出したときから、母はグランプリレースの話をしていた。旗は、ナフタリン臭を消すためにソファの上にひろげておかれた。そして翌朝カルラが、家の前の道を通る引き売りの氷を買いに下りる前に、その旗をベランダの手摺にしばりつけた。

　朝からサーキット場でエンジンを吹かす音がうちまで鳴り響き、窓ガラスをびりびりと震わせた。その一週間前には、グランプリ開催の祝賀パレードへの招集の葉書がモンツァ・ファッシの代表者の署名入りで送られていた。「当局は、サーキットの開催に先立っておこなわれる祝賀パレードへの参加を誇りとします。あでやかな部隊は観衆を魅了することでしょう」

児童、生徒のパレードも予定されていた。バリッラ少年団が前で、イタリア少女団《ピッコレ・イタリアーネ》〔ファシズム期の少女たちの組織〕がその後ろに続き、レースの終わりに振られる白と黒のチェッカー模様の旗を掲げて聖堂《ドゥオーモ》広場を行進したあと、司祭長の祝福を受けるのだ。

　私は、もう一人の子と一緒に、大きな声で「イタリア少女の十戒」を暗唱する役に選ばれていた。なにかにつけ父が口にする町の「有力者」に交じって特設の演壇にあがることを、私は秘かに得意に思っていた。スカートがきつすぎるとか、白いピケ織のブラウスは暑いし、腋《わき》の下がちくちくするといったことが気にならないほどに。

母は、私を客間の椅子の上に立たせて、念入りに服装を整えてくれた。ブラウスの裾をパンツの内側にしまい、黒いスカートの襞《ひだ》をぴっちりさせた。そして、失《な》くさないようにと念を押しながら、白い手袋を持たせた。

「あなたはいらっしゃらないの？」ソファに深く腰掛け、パイプ煙草をくゆらせていた父に、母が尋ねた。

「あまり気乗りがしないな。自動車は音がうるさすぎて好きになれん」

「余所様《よそ》の噂の種になりますよ」

「言わせておけばいい」父は、バルコニーに並ぶ葉蘭《はらん》の植木鉢を一瞥《いちべつ》しながら、吐き捨てるように言った。

「お好きなようになさってください」母は、父にくるりと背を向けた。そして「行くわよ」と言って私の手をとり、椅子から下ろした。靴底が床にこすれてきゅっと音がした。

父は本当の意味でのファシストだったことは一度もなかった。ファシストは統帥《ドゥーチェ》の肖像画を見るたびに敬礼をし、土曜の集会での合唱のときには、「エイヤ、エイヤ、アララ」と斉唱するが、父はそのどちらもしなかった。党に加入したのは、誰もが知るように、党員証があったほうがなにかと都合がよく、商売もうまくいくからだ。帽子がよく売れるのならば、女子体操の団体だろうがお針子の団体だろうが、とにかく加入しただろう。

父は新聞を読んだりラジオを聴いたりしながら、思わず文句をつぶやき、否定的なコメントを洩らすこともあったが、もはや自由は、不愉快な注目を集めずに行動できる限られた範囲内にしか存在しないことを理解していたし、心の底では軽蔑している人たちを「友」と呼ぶことにも慣れていた。それでも、公の祝賀行事やパレードにはできるかぎり参加しないことにしていた。そのたびにいそいそと着飾り、町の随所に漂う荘厳な雰囲気に歓喜するのは母のほうだった。ファシスト式敬礼をするときには指や肘をどのような形にすればいいのかを私に説明し、こんなふうに言っていた。

「私たちはいま、自分たちよりもはるかに偉大なものの一部なのですよ。だから、よい印象を持たれるように努力しないとね」

その日、母は「清らかな女神よ《カスタ・ディーヴァ》」〔ヴィンチェンツォ・ベッリーニのオペラ『ノルマ』のアリア〕を口ずさみながら白粉《おしろい》を塗りたくっていた。前の晩には、夏じゅうかけて仕立てあげた真紅のワンピースを洋服箪笥《だんす》に掛け、生地をそっと撫でてからベッドに入ったのだった。いま、そのワンピースを誇らしげにまとった母と一緒に、私は中心街へと足早に向かう群衆のなかに分け入った。

町じゅうの人が通りに繰り出したかのようだった。金糸の刺繍をほどこしたボートネックのワンピースに、ふくらはぎをシルクのストッキングで覆った母は、男たちの視線を一身に惹きつけていた。

街の至る所にヌヴォラーリの顔と愛車のアルファロメオをあしらったポスターが貼られていた。馬にまたがって戦いに挑む君主になぞらえた構図で、スピード感を表現するために何本もの斜めの線が入っていた。

広場はレースを待ちわびる人々の熱気でむんむんしていた。男たちは脱いだ上着を腕に持ってパナマ帽のつばであおぎ、女たちは日陰に集まっていた。「マウリ夫人を見かけたから、修理をお願いしたい帽子のことを話してくるわね」と、母が言った。「あなたはお友達のところへ行きなさい。しっかりやるのですよ」

「私が演壇にのぼって暗唱するの、見ててくれるよね？」

「そりゃあ見るに決まってるでしょう。ほら、行ってらっしゃい」母はそう言って、私の手を離した。私は、母の真紅のワンピースが人混みにまぎれて消えていくのを見送ってから、教会の前庭で整列している級友たちのもとに向かった。白と黒の制服を着た子たちは、よく調教されたツバメの群れのようにも見えた。

　私は爪先立ちになって首を伸ばし、マッダレーナの姿を捜した。いつもだったら、早起きをするのも、つんつるてんの制服を着るのも嫌だと言って、集会には参加したがらないのだが、その日は来ると言っていた。お兄さんのエルネストがレーシングカーの熱狂的なファンで、グランプリが開催されるたびに、サーキットコースのなかでももっとも危険なシケインにへばりついてレースを観戦していたからだ。エルネストは、目と鼻の先をレーシングカーが走り過ぎる瞬間に巻き起こり、帽子を飛ばす風を間近で感じ、耳をつんざかんばかりのエンジンの爆音や観衆の歓声を聞き、強烈なガソリンのにおいを嗅ぎ、レースの昂奮に酔うのが好きだった。けれども、白と黒の制服を着た子供たちは誰もがおなじように見え、私はマッダレーナを見つけられなかった。

　聖堂《ドゥオーモ》の鐘が九時を知らせると、左腕に腕章をつけた上級生の女子たちが先頭に立って私たちを整列させ、教会のファサードの前まで行進させた。砂利を敷きつめた地面に踵《かかと》を打ちつけて、「エイヤ、エイヤ、アララ！」と三回叫ぶのだ。

　私たちの列は、三色旗と束桿《ファスケス》の形をした木の柱のある演壇が設置されている広場の一角に行った。群衆は、まるで聖書のなかの紅海の水のように両側にさっと分かれ、私たちは声をかぎりに「ジョヴィネッツァ」〔国家ファシスト党の党歌であり、イタリア社会共和国の国歌〕を歌いながら、そのあいだを一列縦隊で行進した。最上級生の女子がチェッカー模様の旗を掲げて先頭を歩いている。

演壇には、この日のためにわざわざミラノからやってきた国家ファシスト党の視察官たちと、モンツァ・ファッシのメンバーがいた。居並ぶ来賓のなかには、祝賀行事用の荘厳な祭服をまとった司祭長の姿もあった。その周囲を、紺の軍服を着て、羽根飾り付きの黒の三角帽をかぶった六人の斧槍兵がとりまいている。私にはその帽子がひどく滑稽に思えたし、父はいつも「派手すぎる」と言っていた。コロンボさんも来賓として招かれているはずだったが、なぜか空席だった。

私はたいそう緊張しながら、お下げ髪の子——名前は忘れてしまった——と一緒に壇上にあがる番が来るのを待っていた。視察官の演説が始まった。「いよいよイタリアのモータースポーツ界の運命を決する猛攻撃の幕開けです。我々はドイツのレーシングカー業界によって征服された地位を奪い返すのです。モンツァ・サーキットは、世界の熱い視線が注がれる戦いの場となるでしょう」

拍手が湧き起こった。

やがて私たちの番になったが、その頃には早くも観衆の数が減りはじめていた。というのも、十一時からレースのリハーサルがおこなわれることになっていて、広場からサーキット場まで歩いて三十分はかかるからだ。

演壇にあがった私は、口じゅうがねばねばしていた。分隊長の合図でマイクの前に立ち、暗記した文章を唱えはじめた。「平和のために祈り、全力を尽くしながらも、汝の心を戦に備えよ」背中で両手を組み、群衆のなかに母の姿を捜しながら続けた。「汝の家を掃き清めることも祖国に仕えることにつながる」そして、断固とした大きな声で締めくくった。「女性は、人民の運命の第一責任者である」

拍手が聞こえはしたものの、児童生徒の暗唱に対するお情け程度のものだった。その後、チェッカー模様の旗が祝福され、集まっていた観衆は散り散りになった。

真紅のワンピースはどこにも見当たらなかったが、もはや私は母のことなどどうでもよくなり、マッダレーナを捜した。

ようやくアレンガリオの柱廊《ポルティコ》でマッダレーナの姿を見つけた。エルネストとルイージャと一緒だった。制服は皺《しわ》だらけだし、ブラウスがスカートからはみ出しているし、襟もとにはジェラートの染みまである。下の尖ったほうからコーンをかじり、垂れてくるジェラートをなめていた。

ルイージャは、少しでも涼を感じたいというように、両手を瓶に押しつけてシトロンジュースを飲んでいた。ふくらはぎまですっぽり隠れるロング丈のスカートを穿き、男物のワイシャツの裾をベルトの内側に入れている。髪はヘアバンドで留めていたので、丸くかわいらしい耳が見えていた。

その傍らでエルネストがなにかささやき、ルイージャは声をあげて笑っていた。

マッダレーナが私の姿に気づき、手をあげて挨拶をよこした。

「パレードには来てなかったんだね」私は彼女のほうに歩み寄り、話しかけた。「開会式にもいなかった」

彼女は肩をすくめた。「行く気になれなくて……。エルネスト兄さんにジェラートを買ってもらって、一緒に食べてたの。でも、あんたのことは見たよ」

「本当？」

「暗唱、上手だったね。全部暗記してるんだ」

「ありがとう」聖堂《ドゥオーモ》広場の壇上で、来賓に交じり、まるでローマのバルコニーで演説する男の人たちみたいにマイクを通して暗唱していた私を、マッダレーナは誇らしく思ってくれたにちがいないと考えたら、顔が火照った。

「けど、あんた、本当に信じてるの？」マッダレーナが真面目な面持ちで尋ねた。

「信じてるってなにを？」

「壇上で言ってたこと。祖国の話だとか、女性の役割だとか……」

私は答えに窮し、下唇を噛んだ。「わからない。考えたこともなかった」

「危険だと思う」

「なにが？」

「言葉。考えもしないで口にする言葉は、危険だよ」

「そんなの、たかが言葉じゃない」マッダレーナがしだいに険しい表情になってきたので、私は笑って受け流そうとした。言い争いたくはなかった。

ところが彼女は、私をじっと見つめて言った。「たかが言葉だなんてあり得ない」

「君も一緒に観戦する？」エルネストが私に尋ねた。

「お弁当も持ってきたのよ」ルイージャが腕に提げた籐《とう》の籠を持ちあげてみせた。

「私、一度もレースを近くで観たことがないの。お父さんがいつも、自動車の音がうるさすぎるって言うから」

「一度も観たことないの？　まさしく、その音がいいんだけどなあ！」エルネストが反論した。

「だったら、いままでの分も取り返さなきゃ」

私は、その頃にはもう平気で嘘がつけるようになっていた。母に対してはなにか口実を見つければいい。娘の晴れ舞台を見届ける暇もないということは、とどのつまり私なんてどうでもいいのだろう。

会場に向かうあいだエルネストは、サーキットコースのレイアウトに加えられたシケインのことや、レース中のマシンが直線コースとカーブとでそれぞれどれくらいの最高速度が出せるのかを延々と語った。一九三三年のレース中に起こった事故のことも話してくれた。カンパーリとボルザッキーニという二人のレーサーがコースアウトして死亡したのだ。一人は胸部を強く打って即死、もう一人は病院に運ばれたものの、数時間後に亡くなったらしい。大勢の人たちが我先にとサーキット場に急ぐのは、剣闘士《グラディアトル》目当てに詰めかけた古代ローマ人と同様、死のスペクタクルを期待してのことだろうか。

エルネストは目をきらきらと輝かせ、早くしろと急《せ》かしながらルイージャの手を引っ張った。飴の屋台を見つけた幼子さながらに。予選も含めて、最初から最後まで一部始終を見届けたいのだ。ルイージャは、そんな彼を見て微笑んでいた。好きな人と手をつなぎ、その人の喜びを分かち合っていると感じられるだけで、人はこんなにも幸せになれるものなんだな、と私は思っていた。

コースの近くの草原には、灼けつくような陽射しを避《よ》けるために大きな白い布が掛けられた車が何列にもなって駐《と》まっていた。人々は観客席を埋めつくし、駐車場とサーキットコースを仕切るネットにまで群がっていた。踏みつけられた草と汗のにじんだジャケット、それに家から持ち寄ったお弁当のにおいが入り混じっていた。

私たちは、地面に敷かれた家族連れのブランケットや、立ち入りを制限するために置かれた藁《わら》のブロックの近くまで押し寄せていたファンの集団のあいだをジグザグに通り抜けながら、空いたスペースを探して草原を歩きまわった。

ニュース映画を撮影しているカメラの前を通るときには、自分も映り込みたくてわざと飛び跳ねた。次に映画館へ行くときには、スクリーンを指差して「見て、私も映ってるよ」と言えるかもしれないと期待しながら。

ルイージャはひろげた雑誌を頭の上にかざして陽射しをさえぎっていた。先頭に立って歩くエルネストは、ヒールが地面に埋もれないようルイージャに足の置き場を示しながら、「すみません」と人々のあいだを掻き分けて進んでいく。レースのスタートを観るために、できるだけいい場所を確保しようと懸命だった。

白いつなぎを着たエンジニアたちに囲まれたフォーミュラカーがコースに現われた。どれも魚雷のように細長い、ぴかぴかの車体をしている。赤のアルファロメオを駆るヌヴォラーリは、ゼッケン20。ドイツチームを打ち負かすのは彼しかいないという全観衆の期待を一身に背負っていた。

レースが始まる前、スタート順を決めるために予選がおこなわれた。とにかく暑い日だった。私とマッダレーナは早くお弁当が食べたいと騒いだが、エルネストに決勝が始まるまで待つように言われた。当初の昂奮も冷め、しだいに退屈してきた私たちは、仰向けになって草むらに寝そべり、閉じた瞼《まぶた》の裏に浮かぶオレンジ色の輪を数えていた。ルイージャが、べとついた紙でくるんだ豚の脂身《ラルド》のパニーノをこっそり渡してくれた。ほどなくエルネストの「始まるぞ」という声がして、私たちはぱっと起きあがった。エンジン音がけたたましく響き渡り、観衆が一斉にコースを指差した。

レースの幕開けだ。

束桿《ファスケス》を象《かたど》った塔に旗が掲げられ、ローマ式敬礼で敬意を表する儀式に続いて、軍当局が、スタートラインに並ぶフォーミュラカーや観衆を警備する二角帽をかぶった憲兵を観閲した。会場にはぴりぴりとした空気が漂っていた。エンジンの爆音に鼻の奥まで振動し、頭ががんがんした。私とマッダレーナは笑いながら両手で耳をふさいだ。レーシングマシーンが一斉にスタートすると、観衆のあいだから歓声が湧き起こり、次の瞬間には視界から消えていた。レーサーたちは死など恐れていないらしく、猛烈なスピードだ。

いったいなにが楽しいのか私には理解できなかった。エンジン音は大きくなったり小さくなったりを繰り返しているが、私たちのいる場所からでは車は蠅《はえ》ほどの大きさにしか見えず、レースの様子もわからない。

「ものすごい走りだな」エルネストがつくづく感心している。昇進したらお金を貯めてフィアット・スパイダーのオープンカーを買い、ジェノヴァやサンレモの海に連れていくとルイージャに約束していた。

そのとき聞き憶えのある声がした。「私たちも仲間に入れてくれない？」

胸のふくらみを強調するウエストのくびれたワンピースを着て、珊瑚のような情熱的な色の口紅を差したドナテッラが、コロンボ家の長男と腕を組んで歩いていた。

彼が軽い会釈をした。ズアーブパンツに白いゲートル、束桿《ファスケス》にMの文字がからまった紋章に黒シャツ、そして「勝つ《ヴィンチェレ》」というスローガンの入ったバンダナを首に巻いた制服姿だった。色白のつやつやした顔に、おそらくオーデコロンをふりかけたのだろう、しっとりとなめらかな頬をしていて、髪にはポマードを塗り重ねていた。「邪魔してすまないね。ドナテッラがどうしても挨拶したいと言うものだから……」

「大丈夫よ。詰めればスペースなんていくらだってできるわ」ルイージャがそう言って、ドナテッラとその恋人も座れるよう、エルネストのほうに寄った。彼は一音ずつ丁寧に発音しながら、ティツィアーノ・コロンボと名乗り、みんなに向かって言った。「どうぞよろしく」

それから私に視線をとめ、観察するように長々と見定めた。あまりにじろじろ見つめられたものだから、私は気恥ずかしくなって両腕を組み、ブラウスの布地が突っ張っている胸のあたりを隠した。

「ストラーダさんのうちの娘《こ》だね。親父が君のことを話してたよ」にやりと笑って言うと、胸のバッジを親指で磨いてから、さらに続けた。「親父は君のことをまだまだ子供だと言ってたけど、僕には、きれいなお嬢さんとしか見えないね」

私は、なんと返事をしたらよいかわからなかった。口のなかに綿をいっぱい詰められたような感覚だった。

暑さや車、夜も眠らせてくれない蚊、ドイツ人レーサーは最低だといった話題で、ひとしきり盛りあがった。ルイージャは残っていたパニーノ――サラミとチーズが入ったもの――と、シトロンジュースを振る舞った。

男二人が戦争のことで口論になるまでに、さほど時間はかからなかった。

「なに言ってるんだ。戦争になんてならないよ」とエルネストは言った。「協定〔一九三五年に結ばれたローマ協定のこと。仏伊両国のあいだで、アフリカにおける植民地の調整がおこなわれた〕が結ばれてからもうすぐ一年になる。ワルワルの井戸のこと〔エチオピアのワルワルにある井戸をめぐって一九三四年に起きた、イタリア軍とエチオピア軍との紛争〕なんて、もう忘れられているさ」

エルネストの口から発せられたその地名は、なにかの鳴き声のようだった。何か月か前、父からその話を聞いたことがあったが、すっかり忘れていた。たしか井戸のある地域の所有権をめぐって、イタリア軍とエチオピア軍が衝突したのだ。私が知っているのはそれだけだった。

「屈辱を晴らさないわけにはいかないだろう。イタリア人の誇りはどうなる？」ティツィアーノが反論した。

「そんなものはイタリアの国内にとどめておけばいいのさ」エルネストが笑い飛ばした。「わざわざアフリカの砂漠まで砂粒《グラーネ》を拾いに行かなくとも、厄介《グラーネ》ごとなら国内にいくらでも転がってるじゃないか」

「もしも戦争になったら、メルリーニ、君は出征するのか？」ティツィアーノが挑むような口調で尋ねた。

「戦争になんてなるわけない」ルイージャがエルネストの手を握り、張り詰めた口調で言った。

二十歳だったエルネストは、徴集されてもおかしくない年頃だったが、結婚式が控えているからという口実で、入隊を先延ばしにするつもりでいた。

「僕は、できることなら、迷わず軍隊に行くがね」ティツィアーノが目をうるませた。風に乗ってオーデコロンの香りがする。

「望んだってどのみち行かれないんだから……」ドナテッラが彼の腕を引っ張った。「こんな話はもうよしましょう。せっかくの日曜が台無しじゃないの。じゃないと心配ごとが増えるばかりよ」

ティツィアーノは微笑んだ。「お嬢様方、これは失礼。君たちを動揺させる気はなかったんだ。いやあ、このパニーノ、じつにうまいね、ご馳走さま」軽く会釈して、ルイージャに礼を言った。

「望んだって行かれないって、どういうこと？」マッダレーナが横から口を挿んだ。

みんなが一斉に振り向いた。マッダレーナは深刻な話題について話すときの真面目な表情をしていた。「そんなに戦いたいんなら、行けばいいのに」

「マッダレーナ、やめてちょうだい。もうその話はおしまいって言ったでしょ。まだ誰も宣戦布告なんてしてないのよ」ドナテッラがそう言いながら、手を伸ばしてシトロンジュースをとった。

「勇気は人一倍あるんだが、心臓が言うことを聞いてくれないのさ」ティツィアーノが観念したような口ぶりで言った。

「どういうこと？」マッダレーナは引き下がらない。

「じつは僕、心不全なんだ」ティツィアーノはとんだ恥さらしだとでも言うように、その言葉を吐き捨てた。「僕の心臓には生まれつき欠陥があってね、心音に雑音が交じってると医者に言われてる」彼は、望みを断たれたというような悲しげな表情で話を続けた。「たとえ志願兵として入隊を希望したとしても、追い返されるだろうね。要するに、僕は不適格者なんだ」

「もうやめて。あなたは幸運だわ。安全な家にいられる理由があるんですもの」パニーノをかじりながらドナテッラが言った。「男の人たちって、どうしてそんなに戦争をしたがるの？」

「祖国のために決まってるだろう」ティツィアーノは即答した。

「祖国は、パンもワイン《ヴィン》も、腸詰め《ルガネギン》もくれやしない、っていうじゃない」ドナテッラが方言を交えて皮肉を言った。祖国なんて壮大なことを語る者は空気で腹を満たさなければならない。祖国が食べさせてくれるわけではないのだから、という意味らしかった。口紅を差して上品ぶっていても、方言を口にするとがさつな雰囲気が露わになった。

「アビシニア〔エチオピアの旧名〕には、イタリアの全国民を百年養えるほどの豊かな富があるんだ」ティツィアーノが、崇高な話に泥を塗るような民衆の諺《ことわざ》にむっとした様子で反論した。

ドナテッラはその話題にも飽きたらしく、目をきょろつかせた。一方のルイージャは不安げにエルネストのことを見つめている。

「なんでそんなに戦争がいいことだと思うの？」マッダレーナが、なおも納得できないというように尋ねた。

「もうやめてって言ってるでしょ！」ルイージャが語気を強めた。陽気を装っているが、声がひび割れている。「今日は祭日なんだから、忌々しい戦争のことなんて考えないの」

するとみんなが口をつぐみ、昼下がりの気怠《けだる》い暑さにジージーという蝉の低い鳴き声が聞こえるばかりだった。

マッダレーナは私のほうを見たが、私が目を合わせると、とたんに視線を逸らした。

「そろそろ行くぞ。じゃないとゴールの瞬間を見逃してしまう」エルネストが立ちあがって歩きだした。

ルイージャは戦争が勃発したとでもいうように身を震わせながら、後を追った。ドナテッラも立ちあがったが、ヒールのせいで足もとが覚束ない。指で唇を拭って言った。「口紅が台無しになっちゃった」

「君は化粧なんてしなくてもきれいだって言ったろ」ティツィアーノがそう言ってなだめながら、ドナテッラの背中に腕をまわしてエスコートした。

けたたましい轟音《ごうおん》とともにレーシングカーがゴールの向こうに現われた。私には、ラインの向こうに一時《いちどき》に降ってきたとしか思えなかった。昂奮した観客が帽子を振りまわして叫んでいる。「先頭は誰だ？」「番号は見えたか？」「旗は黄色？　黒？　緑？　それとも赤？」

結局、優勝したのはドイツチームのハンス・スタックだった。ヌヴォラーリは惜しくも二位でゴールしたものの、コースレコードをマークした。

「どうもドイツ人は虫が好かない」エルネストがつぶやいた。

拡声器からドイツの国歌が流れてきた。子音だらけのごつごつとした歌詞は、なんだか悪口を言っているように響いた。

二等の表彰台に立ったタツィオ・ヌヴォラーリは、痩せて小柄ながらも、イタリアの国歌を背にみんなの歓声に応えていた。顔は埃《ほこり》にまみれて黒ずんでいたが、目のまわりだけは別だった。ドライバー用のゴーグルをしていたため、顔に仮面のような跡が残っていたのだ。対するハンス・スタックは、背が高く、ブロンドの髪にネズミを連想させる顔をしていた。

ルイージャがエルネストの肩に頭をもたせてつぶやいた。「本当に宣戦布告があったらなにが起こるの？　あたしたちはどうなる？」

「大丈夫、そんなことは神様が許さないさ」エルネストがルイージャの髪に優しくキスをした。


レースのあと、私はマッダレーナと一緒にランブロ川へ行くことにした。

中心街に戻る道々、二人で戦争や恋愛について語り合った。彼女は、そのどちらにも意味がないと言った。マッダレーナはエルネストの恋人のルイージャが好きだったが、お母さんは気に喰わないらしい。家が貧しくて持参金が用意できないし、おまけに父親が共産党員だというのがその理由らしかった。一方でマッダレーナは、お姉さんの恋人のティツィアーノが大嫌いなのだと言った。

冷酷な笑みを浮かべるし、とくに義務づけられていないときでも必ず制服を着ていて、常に汚さないように気にかけている。「なんだか仮面をかぶっているみたいでしょ。年じゅう仮面をかぶらずにはいられないなんて、なにか後ろめたいことがある証拠よ」ところが、お母さんはティツィアーノを気に入っていた。父親のコロンボさんが、以前にムッソリーニと握手をしたことがあるほどの有力者だからだ。なんといっても金持ちで、毎週土曜日には父親のフィアット・バリッラでドナテッラを湖水地帯へドライブに連れ出し、蒸気船に乗ったりレストランで食事をしたりと優雅な時間を過ごさせてくれる。自身はそんな生活とは無縁だったが、娘には裕福な家に嫁いでもらいたいと願っていた。そんなティツィアーノを、マッダレーナは「ただの大ぼら吹きで、恰好ばかりつけていて、なにもできない奴」と、手厳しく批判した。

「私はそんなに嫌いじゃないな。礼儀正しいし、落ち着いた雰囲気だし、難しい言葉だって知ってるし、話も上手でしょ？　それに身のこなしだって素敵だよ」私は反論した。

「だけど、あいつの話題といったら、いつも戦争のことばかりだよ。戦争が楽しい遊びだとでも思ってるんじゃないの？　玩具《おもちゃ》の兵隊を動かす子供みたいにね」

「怖いの？」

「誰が？　あいつのこと？」

「本当は好きなんじゃない？　ハンサムだと思うけど」

「あたしには怖いものなんてなにもない」マッダレーナは鼻息を荒くした。「それに好きな人もいない。どっちにしても、あんな奴だけは絶対に好きになったりしない」そう言うと、歩幅をひろげてぐんぐん歩いていった。

獅子橋《レオーニ》に着いたとき、私はいつの間にか小走りになっていて、息切れがした。角柱の上にいるライオンが、前足を交差させて、恨めしそうに私たちを睨んでいた。

その日のランブロ川は水嵩《みずかさ》が増していて、川底の石は見えなかった。川べりでフィリッポとマッテオが私たちを待っていた。フィリッポはバリッラ少年団の制服を着て、まだ靴下を履いていたが、マッテオはいつもの薄汚れたランニング一枚で、裸足だった。

「ずいぶん遅かったな！」堤防の崩れたところから私とマッダレーナが川原へ下りていくと、マッテオの声がした。私たちがいつも通っているせいで、そこだけ木蔦《きづた》の葉がもげ、灌木《かんぼく》の枝は折れていた。

マッダレーナが腕を差し出して、崖を下りる私を支えてくれた。私はスカートが風でまくれないように片手で押さえていた。

「今日はもう来ないのかと思ったよ」フィリッポも言った。「ここは暑くて死にそうだ」

靴音を立てて小石を踏みながら、マッダレーナが川岸に向かって歩いていく。「いまからなにをすると思う？　川で泳ぐんだ」

「泳ぐ？　その恰好で？」

「このままで泳げるわけないじゃない」マッダレーナは笑った。「服を脱ぐに決まってるでしょ」

「服を脱ぐって？」私は尋ねた。

「ショーツと肌着だけになるのよ。海に行ったときみたいにね」

「知ったかぶりをするな。海になんて一度も行ったことがないくせに」マッテオが茶々を入れた。

「そう言うあんただって、行ったことないでしょ？」マッダレーナが反論した。「とにかく、ここはあたしたちだけの海みたいなものだから。ほら、泳ごうよ」そう言うが早いか、マッダレーナはブラウスを岸辺に脱ぎ捨てた。次いで片足の指先でもう片足の踵《かかと》をつまむようにして靴を脱ぎ、遠くに蹴りあげた。最後にスカートも脱ぐと、「あんたたち、なにぐずぐずしてるの？」と皆を急《せ》かせた。

マッダレーナはショーツと白の肌着を身に着けているだけだった。痩せているせいで肩のあたりがぶかぶかだ。白い肌にまっすぐな背骨がくっきりと浮いて見え、とてもきれいだった。

マッダレーナは助走をしたかと思うと、ランブロ川に勢いよく飛び込んだ。しばらくすると浮かびあがり、口を開けて大きく息を吸った。「冷たすぎる！」と叫び、私たちに向かって言った。「みんな意気地なしだねえ、さっさと飛び込んだら？」

まずマッテオが、ズボンもランニングも着けたままで飛び込んだ。水中に入ったとたん、あらんかぎりの声で叫んだ。獣の声みたいだ。マッテオとマッダレーナはじゃれ合って、お互いに溺れさせようとしている。笑いながら水を飲んでは、咳き込んでいた。

フィリッポは半ば自棄《やけ》になって制服を脱ぎ、水に飛び込んだ。だが、すぐにぜいぜい喘いで立ちあがり、両腕で胸を抱えて震えながら、「むちゃくちゃ冷てえ！」と悪態をついた。すかさずマッテオがやってきて、フィリッポに足で水をかける。

私も思いきってスカートとブラウスを脱いでみた。それは、もう窮屈になり、そろそろ捨てる頃合いだった古い服から自己を解放するのにも似た行為だった。

それからマッダレーナを真似て助走した。一夏を裸足で過ごしたいま、足の裏が革のように硬くなり、小石を踏んでも痛くなかった。目を閉じて川に飛び込む。水は凍えるほど冷たく、息も絶え絶えになった。

「ここは水が冷たすぎる」岸に向かってもがきながら、フィリッポが言った。

「女みたいにぐちぐち言うな！」マッテオが怒鳴りつけ、フィリッポの脚をつかんだ。その手を払いのけようとしたフィリッポともみ合いになり、互いに髪をつかんだままわめき散らしている。

マッダレーナが割って入り、二人をランブロ川にふたたび引きずり込んだ。取っ組み合いは、水中に沈んだり浮かびあがったりの勝負になった。相手を水中に沈めたほうが勝ちというわけだ。

「あんた、そこでなにしてるの？　ぼうっと見てるつもり？」

そう言われた私は、胸の前で十字を切り、組み合う三人のあいだに入っていった。

淀んだ川に胸まで浸かり、拳《こぶし》で殴り合っているうちに、黒い泥が指のあいだに入り込み、髪にべっとりと張りついた。そうしていると、自分が生身の人間だと感じられた。私は皮膚や骨、血や肉から成っていて、傷もできれば痣《あざ》もできる。叫ぶことだってできる。私は生きているのだ。

マルナータとその仲間たちと一緒に過ごすうちに、生まれて初めて、「自分はここにいる」と思え、そう断言できることの重みを感じていた。

私はマッダレーナの腕をつかみ、膝の後ろを足で押した。前に彼女が川べりで男子たちにしていたのを真似たのだ。マッダレーナは小さな悲鳴をあげ、水のなかで尻もちをついた。ふたたび水から現われたとき、彼女の黒髪が海藻のように額に張りついていた。笑いながら立ちあがるなり、「よくもやったな」と私の腰につかみかかった。バランスを崩した私は、息を止める間もなく、水のなかで転んでしまった。冷たい泥水を飲み、死ぬかと思って手足をばたつかせた。すると、マッダレーナが私の手首をつかんで引きあげてくれた。私は胸に手を当てて激しく咳きこんだが、しだいに笑いへと変わっていった。引きつっていたマッダレーナの表情が和らぎ、私を抱きしめてくれた。肌と肌が直に触れ合う感触は心地よかった。

いつの間にか堤防沿いの建物の影が伸びてきて、川面はすっかり日陰になっていた。私はマッダレーナの腕に抱かれたまま、全身を震わせていた。

「陽射しの当たるところに行こう。じゃないと身体《からだ》が乾かない」とマッダレーナが言った。私の指に彼女の指がからまるのを感じたとたん、熱の塊が全身を駆けのぼり、うなじのあたりに滞留した。

私たちは川岸の一角に少しだけ残っていた日向で寝そべった。瞼を閉じ、背中に小石がごつごつと当たるのを感じながら、じっと動かさずにいる身体が乾いていくあいだ、静かに息をしていた。

「このままいつまでもこうしていたい」そんな言葉が私の口をついて出た。肌がゆっくりと温もりを取り戻していく。

「濡れ鼠になって震えてたいの？」マッダレーナが笑って茶化した。

「マッダレーナと一緒にいたい」

石がきしむ音から、マッダレーナが身体を動かしていることがわかった。彼女の陰になって陽射しがさえぎられたのを感じたので目を開けてみると、身体をこちらに向けて片手で頬杖をついていた。

「新学期から、あたしも一緒に学校へ行くことになった」

「ほんと？」

「エルネスト兄さんが行ってもいいって言ったの。中等学校はちゃんと卒業しておくべきだって。卒業できたら、高校にも進学させてもらえるんだ。もう落第はするなって念を押されたけど」

「勉強すればいいだけだよ」

「勉強は、その気になればなんとかなると思うんだけど、それ以外のことを教えてね」

「なにを教えればいいの？　私はなにも知らないよ」

「教室での振る舞い方。どうしたら『品行方正』でいられるのかってこと」

マッダレーナはふたたび仰向けに寝転び、積もった雪の上で天使の絵を描くときのように両手両足をひろげた。

そのとき、誰かに踏まれたような鈍い痛みを下腹部に感じた。痛みはいったん薄れたものの、次の呼吸でさらに強くなって戻ってきた。

私は上半身を起こした。なにか黒っぽいものが腿の内側にへばりつき、細く黒い筋となって垂れている。藻かなにかかと思い、手で引きはがそうとした。

ところが、それに触れた指が血で赤く光っているのに気づいた。反射的に立ちあがったものの、バランスを崩してよろめいた。すると鼻の奥で、猫のいる坂でマッダレーナと引っ掻き傷を見せ合っていたときに似た、濡れて不快な臭いを感じた。

私は身体を硬くした。見ると、ふくらはぎを伝う大きな雫《しずく》が小石の上に垂れ、染みがひろがった。カルラが買い物に出掛けるとき、台所のテーブルの上に積みあげる銅貨のような、くすんだ色だった。

「私、死ぬのかなあ……」思わずつぶやいた。

「どうしたんだ？」まだ川にいたマッテオが大声を張りあげた。

「血が出てるのか？」フィリッポも尋ねた。

「あんたたちは黙ってて」マッダレーナが二人を制した。

私は股のあいだに手を強く押し当てて、血を止めようとした。縫いぐるみのように自分を裏返しにしたかった。そうしたら内臓がそっくり外に飛び出し、全身べとべとで中身が空っぽになってランブロ川のほとりで死ぬんだ。「私、死ぬのかなあ……」もう一度つぶやいた。

そのとき、耳もとでマッダレーナがささやいた。「怖がらなくて大丈夫」

私は濡れた彼女の肌着にすがりついた。脚ががくがく震え、身体を支えてもらわないと立っていられなかった。波のように押し寄せる痛みとともに、生温かい液体がふたたび流れ出すのを感じた。私は口をぱくぱくさせた。苦しくて、意識を集中させないと息ができない。

マッダレーナが泥でごわごわになった髪を指で梳《す》いてくれた。「息を深く吸ってごらん。すぐに楽になるから」

脊椎の数を上から順に数えるように、冷静な感覚が背骨を伝って下りていく。痛みとともに、身体の震えが消えていった。

「大丈夫だよ。誰にでもあることだから。血を怖がってちゃ駄目だって、前に言ったでしょ」

「なんでわかるの？」

「ドナテッラ姉さんには毎月来てるもん。お腹と腰が痛くなるけど、何日かすれば治る」

「毎月？」私は思わず声がうわずった。「そんなのあり得ない。本当に死んじゃうじゃない」

「大丈夫だって言ったでしょ」マッダレーナが真面目な顔で言った。両手で私の肩をつかみ、顔を近づける。「女子みんなに来るの。大人になった証拠なんだよ」

「マッダレーナも？」私は洟《はな》をすすりあげた。

「あたしはまだ」

「どうして女子だけに来るの？」

マッダレーナは肩をすくめた。「知らない。女子はそういうふうにできてるってことだと思う」

腕を伸ばして私を少し遠ざけると、頭のてっぺんから爪先までじろじろと見まわした。私が家から出掛けようとするたびに母がするように。それからランブロ川の岸辺まで私を連れていき、足を水に浸けるように言った。

そのときには楽に呼吸ができるようになっていた。マッダレーナに手ほどきされながら、身体にこびりついた血を洗い流す。汚れたショーツを脱ぎ、内股を拭ってもらった。

「ごめんね」私は謝った。

「大丈夫だから」

「肌着、汚れちゃったよ」彼女の肌着の脇腹のあたりにできた赤い染みを指差した。

「そんなのどうでもいいよ」

睫《まつげ》がじわっと濡れるのを感じた。

「泣いちゃ駄目」

「泣かない」手のひらで顔を拭いながら言った。「泣くなんて、バカのすることだもんね」

すると彼女はにっこりした。「やっとわかったんだ」

川の深いところで肩まで水に浸かっていたマッテオとフィリッポが、こちらを見ている。「どうしたんだ？」水がぽたぽたと垂れている前髪を後ろに掻きあげながら、マッテオが尋ねた。

「なんでもない」

フィリッポは前屈みになって顔を水に沈めると、ぶくぶくと鼻から空気を吐き出して気泡をつくった。それからふたたび水面に顔を出して尋ねた。「だったら、なんで血なんか出てるんだよ」

「怪我ぐらいじゃ騒いだりしないさ。ちょっと見せてみろ」マッテオも言った。

「あたしたちの問題なの。あんたたちには関係ない。じろじろ見ないでよ！」マッダレーナがものすごい剣幕でまくしたてた。

私たち二人は水から出て川岸にあがり、濡れた肌に直接服を着た。マッダレーナは、ブラウスのボタンを一つ留め忘れているし、黒のスカートも曲がり、裾が腿にへばりついている。スカートの下から手を入れると、足を片方ずつ順に持ちあげ、ショーツを脱いだ。「貸してあげる。あんたのは汚れちゃってるでしょ」

「そっちは？」

マッダレーナは肩をすくめた。「平気、平気」

私は差し出されたショーツを受け取った。まだ濡れている。急いで穿いたら、ひんやりと冷たく、肌にくっついた。背すじを伸ばした。手には丸めた自分のショーツを握っている。

「みんながあなたのことなんて言ってるか知ってる？」

彼女はブラウスのボタンを留め直そうともせずに、顔をあげた。「それがどうかした？」

「あんなのでたらめだよ。不幸を呼ぶなんて嘘だし、悪魔の話だって嘘。マッダレーナと一緒にいると私の身になにか悪いことが起こるっていうのも、嘘に決まってる」

彼女はなにも言わず、真剣な眼差しで私を見つめ返した。

「だって、私はマッダレーナといると安心できるもの」

第二部

明日の血と今日の罪

10

黒のフィアット・バリッラが、私の家の向かい側の、チンザノのポスターと理容店のあいだに停車していた。運転席にいるコロンボさんの顔は帽子の陰になっていて見えないが、助手席には真紅のワンピースを着た母が座っていた。

私は足をとめて二人を見ずにはいられなかった。身体《からだ》を寄せ合い、なにやら楽しげに喋っていた。母が下品に口を開けて笑っている。家ではそんなふうに笑う母を見たことがなかった。フロントガラス越しなので声は聞こえず、人形芝居を観ているようだった。

私のことが視界に入ったにちがいない。母は急に居住まいを正し、コロンボさんに手を振ってドアを開けた。

髪を整え、スカートの皺《しわ》を伸ばしながら車を降りると、こつこつとヒールの音を響かせて私のほうに歩み寄った。

「そんなふうにじろじろと見たら失礼でしょう、フランチェスカ」そこで息をつぎ、唇をなめた。

「コロンボさんがご親切に家まで送ってくださったのよ。いい子だから、ちゃんとご挨拶なさい」

コロンボさんが帽子に手をやり、私に会釈した。

母は少女のように華やいだ表情でコロンボさんに手を振ってから、ふたたびこちらを見た。そのときになってようやく、私の恰好が目に映ったらしい。顔をしかめてまじまじと見返した。「制服をそんなに汚すなんて、いったいなにをしてたの？」

私は返事もせずに門をくぐり、石段を駆けのぼった。通りから母が大声で私の名前を呼んでいる。私は片手には汚れたショーツを、もう片方には皺くちゃになった手袋を握っていた。

家に入ると、足音で私だとわかったのだろう、キッチンからお帰りなさいませというカルラの声がした。父が新聞から顔をあげ、「『子供新聞《コッリエリーノ》』を買ってきたぞ」と言いながらこちらを見た。「どうしたんだ？　ランブロ川にでも落ちたのかい？」

そんな恰好を父に見られるのが恥ずかしくて、私は顔が赤くなった。バスルームに駆け込み、血で汚れたショーツを急いで脱いだ。怒鳴られるのではないかと怖かった。

「あなたの娘、いったいどうしちゃったのかしら」母が苛々した口調で言った。

「君と一緒だったんじゃなかったのか？　どこで別れたんだね？」

私は力をこめて石鹸をこすりつけた。水が赤く染まり、血のにおいとラベンダーの甘ったるい香りが綯《な》いまぜになって鼻の奥まで入ってくる。

「また、あの碌《ろく》でもない子たちと遊んでいたのでしょうよ。マルナータと一緒にいるのを見かけたと、マウリ夫人に言われたもの」

「誰のことだ？　メルリーニのところの娘か？」

「あの子はどうしても好きになれません。あの子といるとフランチェスカが駄目になるって言いましたよね」

私は涙をぐっとこらえて叫んだ。「なにも知らないくせに！」

ドアの向こうが急に静まり返った。ややあって、母の声が聞こえてきた。反抗的な私にお仕置きをしてほしいと父に訴えている。拒絶されてもしつこく喰い下がる母に、しびれを切らした父が、「うるさい、黙れ」と怒鳴りつけた。

私は恐ろしくなって、洗面台の縁にしがみついた。父は滅多に声を荒らげない人だったからだ。バスルームのドアが開き、真紅の塊が猛烈な勢いで飛び込んできた。私たちは長いこと見つめ合っていた。私は下半身裸で手を泡だらけにし、血で汚れた洗面台の前で立ち尽くし、母は入ってすぐのところで目をまん丸にして。それから、小声で言った。「そういうことだったのね」なんの説明をするでもなく、他人《ひと》ごとのように言った。「あなたも女になったのね」

一瞬、私が別人になったかのような、なにか母の存在を脅かすものでも見るような目を向けた。飼いならそうとしたのに、うまくいかなかった動物でも見るように。

それからバスルームの戸棚を開けて、バスタブの縁に細長い布切れと「サナドン」と書かれた小瓶を置いた。「血が出るときにはこの布を当てるの。それと、これは痛み止め。済んだら、洗面台をきれいにしておいてちょうだいね。今度なったときには、『気分がすぐれない』とだけ言うこと。余計なことを口にしてはいけません」

それだけ言うと、バスルームのドアを閉めて行ってしまった。居間からは「なんでもありません。女どうしのことです」と言う母の声が聞こえてきた。

私はバスルームで呆然《ぼうぜん》と立ち尽くしていた。しばらくすると、ドアを叩く音とともに「入ってもいいですか?」というカルラの声がして、私はようやく我に返った。カルラはバスタブの縁に母が置いていった布を手に取り、ひざまずいた。「使い方を教えてあげましょうね」

下腹部の痛みは一週間もしないうちに消え、血も止まった。けれども、それから毎日少しずつ身体が自分のものではなくなり、なにか理解のできないものへと変化していった。生まれて初めて、他人の視線、とりわけ男の人の視線が自分に注がれるのを感じるようになった。

私は、古いワンピースを着てマルナータとその仲間たちとランブロ川に行くか、あるいは髪をきちんと結い、いい香りをさせて母と買い物に行くかのどちらかだった。そのたびに、見ず知らずの人たちからあからさまな視線を向けられ、なにか小声でささやかれて、気が滅入った。私が困惑しているのを見て、母は「あなたが美人だからよ」と言ったが、私には自分が美人だなんて思えなかった。男の人たちに見つめられると、自分が悪いことでもしているような気持ちになった。

家に帰るとバスルームに閉じこもり、裸になって鏡の前に立った。頬や額や顎に吹き出すにきびや、乳首の下でふくらみだした脂肪の塊が恥ずかしくてたまらなかった。大人になるのが悪いことのような感覚に苛《さいな》まれていたのだ。

九月が終わる頃になると、新聞販売店の前の四つ角や教会の外で、町の人たちが「イタリア領アビシニア」や、「勝利の砂漠」といった言葉を口にしながら、「皇帝《ネグス》を打ち倒せ」と言うのをよく耳にするようになった。そんなある日のこと、父が高そうな発泡酒《スプマンテ》の瓶をぶら下げて帰ってきて、お祝いをするぞ、と言った。

有名なオペラのアリアのレコードをかけ、カルラにサフランのリゾットを作るように言った。父の大好物だ。

そんなに嬉しそうな父を見るのは本当に久しぶりだった。調子っぱずれの大きな声で歌っていた。「栄光を手に帰らば、我が愛しのアイーダに言おう。御身のために戦い、御身のために勲《いさお》を立てたと」そして、カルラが発泡酒《スプマンテ》の栓を抜こうとすると、自分でやるから手を出すなと怒った。腸詰め《サルシッチャ》こそなかったものの、リゾットはとてもおいしかった。買ってきたばかりのパンは、つまむとパリパリと音を立て、ほんのりと温かな香りがした。

「なんのお祝いですか？」アルコールを飲みなれていない母は、早くも顔を赤く染めていた。

「軍に帽子を納入することが正式に決まったんだ」

するとグラスを持ちあげ、カルラに発泡酒《スプマンテ》のお代わりを注がせると、誇らしげに言った。

「コロンボさんが約束を守ってくださったのね」

「うちのフェルト帽の品質がいいからだ」父は発泡酒《スプマンテ》を飲み干し、舌鼓を打ちながら言い添えた。「もし本当に戦争が勃発したら、ますます需要が増えるだろう」

私は、戦争なんて始まってほしくなかったが、そんなふうに上機嫌の父を見るのは嬉しかった。なにより、コロンボさんの前で私が演じた失態のせいで父の取引を台無しにせずに済んだとわかり、安堵した。これで父に嫌われる心配もなくなった。

私はお皿の上に残ったソースをパンで拭って食べた。あの頃の私はいつだってお腹をすかしていて、食べても食べても満腹にならなかった。「ずいぶんときれいに食べたもんだな」柔らかなパンがソースを吸うのを見ながら、父が言った。

母は射るような目で私を睨んだ。「きちんとした家のお嬢さんは、そんなお行儀の悪い食べ方はしないものですよ」

「育ち盛りなんだ、かまわないじゃないか」父は笑ってそう言った。「うちのフランチェスカはだんだんグラマーになってきたな。あと何年かしたら、玄関の前に行列ができるぞ。求婚者を追い払わなければならなくなるかもな」

私はスカートのベルトに締めつけられて苦しいお腹を腕で押しながら、パンを噛んでいた。

カルラが押し黙ったまま食器を片づけはじめた。キッチンの前で立ち止まり、胸の前で十字を切っている。怯えているのだ。カルラは以前からよく言っていた。戦争では正直者ばかりが死んでいく、偉い人はそうでない人を戦場に送り込み、自分たちはのうのうとしているのだと。

「これからは、なにもかもうまくいくぞ。そんな気がする」ナプキンで口を拭いながら父が言った。

11

戦争の開始が告げられたのは十月二日の夜だった。

土地の言葉で「シゲーラ」と呼ばれる秋の霧が、バターのようにねっとりと垂れこめていた。トレント・エ・トリエステ広場は群衆であふれていたものの、その存在は、固唾《かたず》を呑んで待つ人々のざわめきから推しはかられるだけだった。拡声器からはざあざあという雑音が洩れ、市庁舎のバルコニーには厚手の制服で着ぶくれした役人たちが、手を両脇にぴったりつけ、背すじをぴんと伸ばした姿勢で控えていた。

濃霧のなかから三色旗や軍旗がきらめいたかと思うと、戦没者慰霊碑のブロンズのトランペットとともに、ふたたび霧のなかに沈んだ。

マッダレーナが足もとの地面を見つめて言った。「本当に喜ぶべきことだと思っているのかなあ」そのとき突然、拡声器ががあがあという耳障りな音を立てたかと思うと、なんの前触れもなくムッソリーニの声が聞こえてきた。大音声で自信に満ちた声だったものの、息継ぎのたびに長いポーズをおくので、マッダレーナの手のなかで口をぱくぱくさせていた魚を連想させた。

統帥《ドゥーチェ》は、広場に集結した男女に対して、熱狂的に語っていた。

「市民諸君の行進によって、イタリアとファシズムが、絶対的かつ不動な、完璧なるアイデンティティを形成していることを世界に知らしめねばならず、また知らしめることになるだろう。これに異を唱える者たちは、人民や、一九三五年、ファシスト暦第十三年現在におけるイタリアの時事に対する呆《あき》れるほどの無知に脳を侵された者たちだけである。運命の歯車は、すでに何か月も前から、我々の冷静な決断にもとづく推進力にしたがい、目的に向かって動きだしている。いまこのとき、そのリズムはさらにスピードを増し、もはや止めることなど不可能なのだ！」

歓声や歌声、そして万歳の声があがった。それらは、私たちのことを取り込む、形も肉体も持たない唯一の恐ろしい生き物から発せられたものだった。

その晩は演説や歌が間断なく流された。町のどこへ行っても、人々は異様な昂奮に包まれていた。あたかも、鬨《とき》の声のなかに身をおいたそのときになって初めて、自分たちの生きる意義を見出したとでもいうように。そして、自分たちが唯一の元首と唯一の神を持つ国家の一員であることを改めて思い起こすには、その男の声で十分だったとでもいうように。人々は、公共の施設の壁に飾られた肖像画や、ローマのバルコニーで演説をする様子を撮ったニュース映画などの映像でその男の姿をこれまでもずっと目にしてきたのだった。

群衆は旗を振りながら「麗しき黒い顔《ファッチェッタ・ネーラ》」を歌っていた。あまりに勢いよく旗を振ったものだから、束の間、濃い霧が晴れたほどだった。その太古の獣のようなエネルギーに、私は強烈に駆りたてられた。開戦のニュースが、安穏に暮らしてきた人々のあいだになぜそれほどの悦びをもたらすのかは理解できなかったが、その抑制の利《き》かない衝動に引きずり込まれずにはいられなかったのだ。それがいかに混沌として、過激で、危険なものだろうと、自分もなにかの一員だという感覚は、捨てがたかった。

エチオピアに対する開戦が宣言された三日後、エルネストのもとに召集令状が届いた。

エルネストはきれいに洗ったワイシャツにネクタイを締めて地区の党支部に出頭し、結婚式が済む春まで出征を延期してほしいと願い出たが、彼の話に耳を傾ける時間がある者は誰もいなかった。イタリア人一人ひとりが戦争という大義のために貢献しなければならず、子供がいようが、妻がいようが、婚約者がいようが、病気を患う両親がいようが、おかまいなしだった。祖国の名のもとに帰還を待つべきなのだ。誰もが、より大きな善と引き換えに犠牲を強いられたが、私にはその善の正体がよくわからなかった。

ドナテッラが、お父さんに口添えしてもらえるようティツィアーノに頼んでみると言った。「コロンボさんほどの地位の人なら、きっと出征を延期できる口実を見つけてくれるはずよ」

だが、エルネストは歯をきつく喰いしばった。「それでどうする？　あいつみたいに、戦争に行きたくてたまらないのだけど、心臓に不治の病を抱えているから行かれないとあちこちで言ってまわるのか？　だったらアビシニアに行くほうがましだ。少なくとも心にやましいところもなく帰還できるからな。自尊心にも瑕《きず》がつかないし、思想に縛られることもない。俺はファシストとは関わりを持ちたくないんだ」

それを聞いてドナテッラは、納得できないと泣いていた。

ルイージャも懇願した。「離れ離れになってしまったら、自尊心もなにもあったものじゃないわ。アフリカで自由でいるより、ファシストとして家にいるほうがいいに決まってる。死んだら元も子もないでしょ」

エルネストはかっと目を見ひらき、両手でテーブルを叩いた。そして、この世のいかなるものと引き換えだろうと、自分の信じる道は絶対に譲らないと言い張った。彼が人生において信じると決めたのは二つ。神とルイージャだけだ。ルイージャとは、これからも永遠に一緒にいるという誓いを司祭の祝福のもとで交わし、参列者からライスシャワーを浴びる予定だった。自分がいないあいだも家族がそれほど不安なく暮らせるぐらいの金額は貯めてある、とエルネストは言っていた。そして、身体《からだ》を震わせながら深い溜め息をつくルイージャの顔を両手で優しく包み込むと、おでこにキスをして慰めた。「心配するな、すぐに戻ってくるさ」

ルイージャは曇った眼鏡を外して彼の胸に顔をうずめ、無理に笑おうとした。「マネキン役のあなたがいなくなったら、どうやって花嫁衣裳を仕上げればいいの？」

十月六日の夕食時、私たち家族はラジオの前で黙りこくっていた。器のなかでスープが冷めていく。厳格ではあるが穏やかな声で、イタリアはアドゥアを征服したというニュースが報じられた。

わずか三日の戦闘で、最初の勝利を収めたのだ。カルラは台所で、戦争が早く終わりますようにと神に祈っていた。「敵が多ければ多いほど、多くの栄誉を手にできる」と口癖のように言っていた末の弟が、志願兵として軍艦に乗り込んだのだ。

ラジオでは、「世界に向けた領土拡張の第一歩を踏み出しました」と言っていた。「イタリアは征服したアドゥアを起点とし、偉大なる植民国家としての神聖な任務に着手したのです」

結局のところ、戦争なんて楽勝なのかもしれない。きっとエルネストはすぐに帰還し、いっそう祝福に満ちた結婚式がひらかれるのだろう。予定どおり春には、花嫁は髪を生花で飾りたてて式に臨み、マッダレーナもこの日ばかりは髪をきれいに結いあげ、ぴかぴかに磨いた靴を履くんだ。私も、ウエストがきゅっと締まり、スカートの裾からくるぶしだけがのぞく、真新しい大人のドレスを買ってもらおう。マッダレーナは嬉しそうに笑い、私は彼女の足の上で爪先立ちになってバランスをとりながら、祝福の歌に合わせて踊るだろう。

12

エルネストは十四日の月曜日の朝に発つことになった。最初は大隊に所属して軍事訓練を受け、そこからアフリカへ向かう船に乗る予定だと言っていた。ルイージャは、彼がイタリア国内の部隊、できることならヴェローナやフィレンツェに配属されることを祈っていたが、その願いが聞き入れられることはなかった。きっと天の神にも党の地方支部と同様、しがないお針子の願いに耳を傾ける暇などないのだろう。

その日はちょうど、学校の新学期が始まる日だった。マッダレーナは初日から学校をさぼり、軍用トラックに乗って出征していくエルネストを見送りに行くと言った。兄の姿が通りの向こうへと消え、喉が嗄《か》れるまでさよならを言い続けたかったのだ。だが、エルネストはそれを許さず、学校には毎日休まないで通い、行儀よくしているんだぞと約束させた。「通知表はどの科目も十点満点をとること」そしてマッダレーナの頬の、他でもなく悪魔に触られた痕だと噂されていた痣《あざ》にキスをして言った。「それと、決して信仰心を失ってはいけないよ」

出発の前日の日曜日、メルリーニ家ではサラミとカスタナッチョ〔栗の粉を練って焼いたパンケーキのようなもの〕でお別れの昼食会が開かれ、私も招待された。「家族の一員のようなものだからな」とエルネストが言ってくれた。

ルイージャは泣き腫らした目で、終始唇を噛んでいた。ドナテッラは一人で窓辺に座り、ティツィアーノ・コロンボから贈られた銀の煙草入れから煙草を取り出して吸っていた。出征しないで済むように頼んであげるという提案を拒まれたことを根に持っていて、戦争に行くのも自業自得だと言っていた。「本当に自尊心が高すぎて始末に負えないんだから。兄さんなんて、どうなったって知らない」

エルネストがその場を明るくしようと勉めたものの、悲しみは覆い隠せなかった。肌寒い日だったが、窓を開けて上階のアパートメントから流れてくる音楽を聞いていた。ところが、「麗しき黒《ファッチェッタ・》い顔《ネーラ》」の曲が流れてくると、エルネストは窓を閉め、むっつりと黙り込み、紙の縁を唇につけて濡らしながら煙草を巻きはじめた。やがて煙草の煙が台所じゅうに充満し、彼の顔にも翳《かげ》が差した。テーブルの上座に座っていたマッダレーナのお母さんが、カスタナッチョを食べ終わった皿をフォークでつつきながら言った。「ムッソリーニが知ってたら、こんな不公平は起こらないはずだよ。あたしたちのような貧しい者がどれほどひどい目に遭ってるのか、手紙を書いて知らせるべきだ」

エルネストは苦笑いを浮かべて「そんなこと、あいつにはなんの関心もないさ」と言い、ルイージャと顔を見合わせた。

「暗殺されかけても神のご意志で命拾いしたのだから、聖人のご加護を受けているということでしょう」お母さんは喰い下がった。

「そうじゃなくて、あいつが虫けら同然だってことだ」エルネストが手のひらでテーブルを叩いたので、こぼれた煙草の葉が飛び跳ねた。「そうやすやすとは殺せない。全神経を集中させて、何度も何度も叩きにかからないと、つぶせやしないんだ」

ルイージャが麦のコーヒーを淹れるためにお湯を沸かしはじめた。そのあいだ、マッダレーナは兄姉《きょうだい》と共同の寝室に私を招き入れた。エルネストのベッドの枕もとの壁には、キリストの磔刑像《たっけいぞう》と聖フランチェスコの聖画が釘で打ちつけられているだけでなく、ヌヴォラーリや、前の年にジーロ・ディタリアで優勝したレアルコ・グエッラの写真が載った新聞記事の切り抜きが貼られていた。一方、ドナテッラのベッドのサイドテーブルには、『殿方は嘘吐《うそつ》き』〔マリオ・カメリーニ監督による一九三二年のコメディ映画〕の一シーンでデ・シーカの写った絵葉書と、コンパクトケース、そして『牧師館の殺人』というタイトルの推理小説が置かれていた。

けれども、マッダレーナが使っているベッドの側にはなにも飾られていなかった。川で拾ったつやつやに光る石がいくつかあるだけだ。部屋には三人分のベッドがぎりぎり置けるスペースしかなく、一人になれるような場所はどこにもなかった。

マッダレーナは自分のベッドに私を座らせた。マットレスはあちこちが凹《へこ》んでいた。夜になると天井のひび割れが気になって眠れなくなるのだと言っていた。そんなとき、掛け布団を剥いで起きあがり、お祈りをしようとするのだけれど、うまくできないらしい。「お祈りの仕方を教えて。よくわからないの」

「お祈りなんて、べつに教えるほどのことじゃないよ」

「だってわからないんだもん」マッダレーナはなおも尋ねた。「どんな姿勢をとればいいの？　こう？　それから？　どうするの？　聖母様と話すときには、どんな言葉遣いで話せばいい？『お願いします』とか、『どうもありがとうございます』とか言うわけ？」

「どうしていまさらお祈りがしたくなったの？」

「エルネスト兄さんを無事に家に帰してほしいだけ」彼女の瞳は翳っていた。「それさえ叶えてもらったら、一生、他になんの恩恵もお願いしたりしない」

私はそれほど落ち込んでいるマッダレーナを見るのは初めてだった。どんなに粘り強くても、どんなに憤っても、どうすることもできない。それでも涙一つ見せず、眼差しにはいつもと変わらぬ鋭さがあった。

私は彼女の隣でひざまずくと、ベッドに両肘をつき、組んだ両手に額を当てた。そうして、一緒に天使祝詞《アヴェ・マリア》と主の祈り《パーテル・ノステル》を唱えた。マッダレーナはうろ覚えだったので、私のあとから少し遅れて唱えていた。彼女が隣にいるだけで、それまではあくまで信仰の一部でしかなかったお祈りが、たちまち人間的な意味合いを帯び、お香のにおいや教会とは別の次元のものとなるのだった。マッダレーナと一緒に、私まで心の底で神の存在を改めて信じはじめていた。

やがて家に帰る時間になった。別れ際、エルネストが言った。「マッダレーナと友達になってくれてありがとう」そして、煙草の吸い口を下にして手のひらにとんとんと叩きつけた。彼の両肩が強張《こわば》っている。

エルネストの身のこなしはマッダレーナと同様に粗雑だったが、傷つきやすい内面を必死で隠しているところも、悪魔が相手でも怯《ひる》まずに立ち向かうといわんばかりの顔つきも、よく似ていた。「町の連中は妹をひどい綽名《あだな》で呼びやがる」エルネストは煙草をくわえると続けた。「それでもあいつは、まるで鎧《よろい》のようにその名で身を固め、むしろ得意がっているようなところがある。芯の強い子だから、他人《ひと》の言うことなんて気にしないんだろう。まあ、それが救いでもあるが……」

「怖いものなんてなにもないって言ってた」私は、彼女がよくするように顎をくいと持ちあげて言った。

「でも、それがいいこととは限らない」エルネストは煙草の先端に火を近づけて、大きく息を吸った。「なにがあっても妹のそばにいると約束してくれるかい？」

私は、神聖な任務を与えられ、自分が重要な存在になった気がした。登場人物たちが哲学的な言葉を交わしながら互いのために命を懸ける、愛や決闘について描かれた小説のヒロインででもあるかのように。

「約束する」

私は翌朝、もう中学生になったのだから、学校までカルラに送り迎えしてもらう必要はないと母に言った。そして、上着を着て、新しいノートの入った鞄を手に持つと、一人で外に出た。朝のひんやりとした風が顔に当たり、髪を乱す。

マッダレーナは、ジュゼッペ・マッツィーニ大通りの外れにあるフレッテ宮殿の前の噴水で私を待っていた。

「退屈するかもね」歩道を並んで歩きながら、私は言った。「去年とおなじ授業を受けることになるんでしょ？」

マッダレーナは手にした枝で家々の鉄柵を叩きながら歩いていた。「去年とはぜんぜん違うよ。去年はあんたと一緒じゃなかったもん。それに、兄さんと約束したから」

こざっぱりと顔を洗い、髪は耳にかけ、白い靴下を履いている。「一年なんて、あっという間だよ」手を伸ばして私の手を握り、乾燥してがさがさになった関節を親指で撫でた。「さあ、急ごう。でないと、遅刻する」

私は、「前期中等学校《ジンナジオ・インフェリオーレ》」などという仰々しい名前を持つ学校に入学するのが、恐ろしいと同時に誇らしくもあった。自分が大人になった気がしたのだ。小学校の最終学年のときには、入学試験のために必死で勉強した。試験に落ちるかもしれないと考えただけで、恐ろしい悪夢に襲われたのだった。

規則や時間割を決めて成績を評価する学校には、到達すべき地点や目標が見出せるので、私は居心地がよかった。そこには、小説とおなじようにたどるべき道筋や果たすべき任務があった。

私たちは二人で手をつないだまま、息を切らして学校に着いた。

入り口は男子がこちらで女子はあちらという具合に分かれていて、クラスも男女別々だった。男子と女子のあいだには越えられない壁があり、それが崩れるのは結婚するときだけなのだ。

新しい学校で私が途方に暮れずにすんだのは、マッダレーナが手をつないでいてくれたからだ。彼女の手に導かれるようにして三色の横断幕がかかった校門をくぐり、校庭を通り抜け、ムッソリーニの母親で、教師だったローザ・マルトーニの肖像画が飾られた広い階段をのぼっていった。いかにも従順でおとなしそうな表情をした肖像画の下には、まるで祭壇の前のようにバラの花束と花輪が飾られていた。

私たちの教室は三階だった。大きな窓からは陽射しがたっぷりと注ぎ、奥の壁には、磔刑像と並んで、国王陛下と王妃様、そして統帥《ドゥーチェ》の肖像画が掛けられていた。黒板は石鹼の匂いがし、木製の棚には真新しい黒板拭きが積み重ねられていた。

マッダレーナは私をいちばん後ろの席に連れていった。その席からならば、授業中に窓の外を眺めることもできた。

「これ、あたしが去年彫ったんだ」マッダレーナが机の天板を貫通した指一本ほどの幅の丸い孔を指差して、得意げに言った。

「じゃあ、ここにする？」

「ううん、今年はいちばん前の列に座るって決めたの」

手をつないだ私たちが、教室の奥まで行ったと思ったらまた前の列に戻ってくるのを、好奇心丸出しの女子たちが遠巻きに眺めていた。どの子も、髪はきっちりとお下げに編むか、リボンで結わえていて、ふかふかのパンのような膝小僧をし、背すじをしゃんと伸ばして行儀よく座っていた。

マッダレーナはみんなよりも一つ歳が上だったけれど、少なくとも親指一本分くらい背が低かった。スモックのリボンはほどけたままだし、痣を隠そうともしなかった。そこへイタリア語とラテン語の先生が入ってきた。私たちは一斉に起立して挨拶した。出席をとると、先生は早口で簡単な自己紹介をした。そして、怠け者の生徒は教室にいなくてかまいません、不平不満も禁じます、と告げた。教室じゅうがどよめくなか、着席するようにと先生が言ったので、全員ふたたび座った。二人一組になった机は、鉛筆削り用のナイフで何世代にもわたって刻まれた落書きだらけだった。

私はしだいに息が苦しくなってきた。とうてい授業についていけないように思えたのだ。すると、机の下の私の膝に、そっとマッダレーナの手がおかれるのを感じた。嗅ぎ慣れた彼女の肌のにおいに、私は心が落ち着いた。「大丈夫、あたしがいるから」彼女のその一言で十分だった。

とはいえ、いくら努力しようと、マッダレーナにとって学校が居心地の悪い場所であることは、一目瞭然だった。

スモックのリボンは邪魔だし、トイレに行くのに「すみません、先生」といちいち許可を求めなければいけないのも気に障った。とりわけ、気を付けの姿勢で机の脇に立ち、右手を指先までまっすぐ伸ばしてムッソリーニの肖像画のほうに掲げ、踵《かかと》と踵を打ち付けながら、「統帥《ドゥーチェ》、国王陛下、そして親愛なる我が祖国」と神のご加護を祈る朝礼を嫌っていた。他の子たちはちらちらと彼女のほうを見ては、靴や膝小僧、不揃いのおかっぱ頭、頰にある赤黒い痣を指差していた。休み時間になるとバターを塗った白いパンを持ってラジエーターのまわりに集まっては、マッダレーナの黒パンを嘲笑った。そのくせ、マッダレーナが「あんたたち、なにをじろじろ見てるわけ？」と言うと、たちまち尻尾を巻いて逃げていくのだった。

一方で、私はしだいに新しい学校が好きになっていった。ラテン語には最初の授業から早くも苦労したが、古い言葉の響きは美しく、英雄や神々、策略や戦闘、壮大な愛の物語に魅了された。モンツァの町がトロイアのように焼け落ちたら、私はマッダレーナを背負い、一度も振り返らずに逃げるだろう。そして私たちだけの国を創り、二人して女王になるんだ。

私はこれまで「おとなしくて礼儀正しい生徒」だと言われてきたが、もはやそれだけでは満足できなかった。最優秀の成績で表彰されたかったのだ。あなたは素晴らしい成績を収めましたと褒められながら、旗のついた円形章を贈られる瞬間に憧れた。

それでも、いちばん大切なことを教えてくれるのはいつだってマッダレーナだった。川で石を水面すれすれに投げて水切りをするコツだとか、どうして男子は女子を追いかけてばかりいるのかとか、赤ちゃんが生まれる前、お母さんのお腹があんなにふくらむのはなぜかとか……。マッダレーナが教えてくれることは、どれもシンプルであると同時に、謎めいてもいた。惑星の自転や山の隆起についても同様のことが言えたが、マッダレーナの話には恥じらいや大人たちの言い淀みが含まれているため、内密で禁じられた色合いを帯び、だからこそ余計におもしろかった。

いつしか私は、マッダレーナに「すごい」と褒められたほうが、学校の先生に褒められるよりも格段に嬉しいことに気づいた。学校で難しい問題を解く手助けをしたり、属格補語と与格補語の違いを説明したりしたあとに、彼女に称讃の眼差しで見つめられるのが好きだった。「こんな難しいことがすぐにわかるなんて、すごいね」角《すみ》がめくれ、染みだらけのノートに向かって精神を集中させながら、マッダレーナは私に言った。

マッダレーナはエルネストとの約束を守るために努力を続け、週に一度、欠かさず手紙を書いていた。手紙を書くときも私に助言を求めた。マッダレーナと友達になってからというもの、私は、自分にも他人《ひと》にしてあげられることがあるのだと初めて知ったのだった。それ以前は、自分が誰かにとって不可欠な存在だと思ったことは一度もなかった。

13

マッダレーナは表に出さずに反抗する術《すべ》を心得ていて、それを得意がっているようなところがあった。私は先生に口答えすることはおろか、話しかけてくる大人と目を合わせることすら怖くて、どんな小言だろうと黙って聞き、「わざとやったんじゃありません」なんて言った例《ためし》がなかった。ところがマッダレーナときたら、明らかに自分に非がある状況でも、挑むような口調で「ごめんなさい」と言うことがあった。一見おとなしく反省しているように見えるのだけれど、内心では秘かな反抗心を抱いているのだ。

級長はよく、先生が教室にいないときを見計らい、黒板を二つに分けて、片方にいい子の名前を、もう片方には悪い子の名前を書くという悪ふざけをした。悪い子のリストの先頭に、「不幸を呼ぶ子《マルーナータ》」と呼ばれているというだけの理由で、マッダレーナの名前を書き、「いまのところなにも悪いことをしてないけれど、きっとなにかしでかすに決まってる」と言ったときも、彼女はなにも言い返さなかった。

私は立ちあがって、そんなの嘘だと反論しようとしたが、マッダレーナがやめてと合図した。そんなことをしてもひどくなるだけだから、と。彼女は学校での女子の苛《いじ》めがどんなものか、嫌というほどわかっていた。こっそり陥れたり陰口を叩いたりとにかく卑劣だが、乾燥した草原を焼き尽くす炎のように、いつしか消える。

それを熟知していたマッダレーナは、ひたすら耐えていた。たどたどしいラテン語の発音を笑われ、丸めた紙きれをいくつも投げられても、校庭で石を投げつけられても、革の鞄を盾代わりにして身を護っていたのだ。

なかでもひどかったのが、去年マッダレーナとおなじクラスで、いま二年生の五人組の女子だった。グループの親分格のジュリア・ブランビッラは薬剤師の娘で、以前マッダレーナに顔面を殴られ、前歯を一本折られたことがあった。

ジュリアは、お抱え運転手付きの黒塗りの車で、養育係に付き添われて登校していた。雑誌に載っている女の人たちみたいにブロンドの巻き毛で、いかにも従順そうな笑みを口もとにいつも浮かべていたが、欠けた前歯の隙間が黒く目立っていた。成績は優秀だし、先生たちの前では礼儀正しく穏やかな態度をとっていた。ところが、マッダレーナに対しては一転して横柄で意地悪になる。砂をつかんで投げつけたり、マッダレーナのスモックのポケットにおやつの食べかすを入れたり、髪の毛をつかんで引っ張ったり、「呪われた魔女」と呼んだり……。しかも、それを先生たちには決して見られないように注意していた。

それでもマッダレーナが反撃しないので、私は見るに見かねていた。ジュリアの挑発を無視するのではなく、先生たちに話して、相応の処罰をしてもらうべきだと思っていたのだ。私に抵抗することの意味を教えてくれたマッダレーナが、なぜ黙って耐えているのか理解できなかった。

彼女に尋ねると、決まって「兄さんと約束したから」という答えが返ってきた。

一方、ジュリアも彼女の取り巻きも、私には優しかった。きれいな髪だねと褒めてくれ、男子に言い寄られたことがあるかと尋ねられた。私はそれが嫌でたまらなかった。

ある日、校庭を走っていたら、マッダレーナがジュリア・ブランビッラに足をすくわれ、手をつく間もなく転んでしまい、両膝と顎を擦りむいたことがあった。

「痛む？」スモックについた土や砂利を払っていたマッダレーナに訊いた。

すると彼女は、サンダルで砂利道を踏みしめるときのようなくっくっという声を立てて笑った。

「ちっとも痛くない」

そうは言いながらも、顎を押さえた指のあいだから流れる血は止まらず、スモックまで汚してしまったので、結局、医務室へ行くことになった。ジュリア・ブランビッラのことは完全に無視して、文句も言わず、あたかも自分でつまずいて転んだかのように振る舞っていた。

マッダレーナが校庭の向こうへ行ってしまうと、私は、くすくす笑いながら一部始終を見ていたジュリアとその取り巻きたちのほうを振り向いた。

「なんでそんなに嫌うわけ？」私はマッダレーナの誇り高い口調を真似て尋ねた。

「あの子のこと？」ジュリアが訊き返した。「べつに私たち、嫌ってなんかいないわよ」

「だったらどうして足をすくったり、石を投げつけたり、いろいろ意地悪するの？」

「自分たちの身を護ってるだけ」

「身を護る？」

「やられる前に、やってやるのよ」

「マッダレーナは、あなたたちに意地悪しようなんて思ってない」

「その名前を口にしちゃいけないの、知らない？　不幸を呼ぶんだから」

私はごくりと唾を呑み込んだ。「マッダレーナは私の友達よ」

「マルナータに友達はいない。あの子に友達なんてできるはずないでしょ」

手のひらが汗でじっとりとし、耳の奥で心臓の鼓動が響いた。ジュリア・ブランビッラがなおも話を続けた。「どうしていないかわかる？」ブロンドの巻き毛が揺れて頬で跳ねている。

「どうして？」口からうまく言葉が出てこなかった。

「あの子と一緒にいたら不幸な目に遭うから」

ジュリアの後ろで控えていた取り巻きたちが笑った。なかに一人だけ、少し離れた隅で黙っている子がいた。

「そんなの嘘」私は反論した。

「弟の話、聞いてないの？」

「聞いてるよ。窓から落ちたんでしょ」

「でも、それって本当なの？」

「本当よ！」

「じゃあお父さんの話は？　聞いた？　アンナ・タリアフェッリのことは？」

私の顔に戸惑いの表情が浮かんだのを見てとったのだろう。ジュリアがしたり顔で続けた。「お父さんは、片脚をプレス機に挟まれたのよ」

「知ってるもん」私は、仲間たちと川岸で競争していたときのマッダレーナの姿勢を思い出し、その首や脚の形を真似ながら言った。

「じゃあ、その日の朝、マルナータがお父さんと喧嘩して、もう家に帰ってこなくていいって言ったのも知ってるのね？」

私は喉がからからになった。

「アンナ・タリアフェッリのことは？　どうなの？」

「知らない」私は認めざるを得なかった。

「アンナは、何度も机に自分の頭を叩きつけて、血だらけになったのよ。聞いてないの？」

「事故だったんでしょ」

「十回も叩きつけたのに？　まるで金槌《かなづち》で釘を打つみたいに、何度も繰り返したそうよ。小学校のときおなじクラスだったイタラが一部始終を見てたわ。イタラ、この子に教えてやってよ」

少し離れて隅にいた女子が前に進み出た。歯並びの悪い、お下げ髪の子だ。震えながら、かすかにうなずいた。

ジュリアは腕組みをして、しげしげと私を見た。「あなたも窓から落ちるとか、片脚を失うとかしたいわけ？」

「したいわけないでしょ」私はきっぱりと言った。

「だったら、あの子に近づかないほうがいいわよ。マルナータには悪魔が棲みついてるんですって。悪魔にキスをされたら絶対に逃げられないのよ。死んでもね。だって死んだら地獄に堕ちるんだもの」

私は、反論できない自分に対する罪悪感と苛立《いらだ》ちに押しつぶされそうになりながら、黙っていた。

「なんてこと言うのよ。そんなの全部作り話に決まってる。みんなして嘘ついてるんでしょ」そう言ってやりたかったのに、なにも言い返せなかった。なぜ思っていることを口にせず、すべてを呑み込み、胃の奥で燃えあがるままにしていたのだろう。

「どうせお兄さんだって帰ってこないわよ。戦地から戻らずに、アフリカの砂漠で息絶えるのね。見ててごらん」ジュリアは声を立てて笑い、取り巻きもそれに倣った。笑っていなかったのは、すぐにまたジュリア・ブランビッラの後ろに隠れてしまったイタラだけだったが、別の子に肘でつつかれて、無理やりかすれた笑い声をあげた。

そのとき、ジュリア・ブランビッラが私の反応をうかがうのをやめ、後方の一点を凝視していることに気づいた。振り向くと、顎に絆創膏を貼ったマッダレーナがいた。こちらに向けられていたその恐ろしい形相に、私は戦慄を覚えた。


階段の下で倒れているジュリア・ブランビッラが発見されたのは、それから二日後のことだった。階段から落ちて、額にぱっかりと傷口が開いていた。意識が戻ったのは、医者が到着し、運び出そうとしていたときだった。ジュリアは血まみれの顔で、大声をあげて叫びだした。血でべったりと濡れた巻き毛が頭にへばりつき、脱げた片方の靴が、階段の端からなかば飛び出したまま、かろうじてバランスを保っていた。私たちは三階の手摺から身を乗り出してその光景を見ていた。誰かが大理石の階段の上にある赤黒い染みを指差した。ジュリアの救助に駆けつけた人が踏んだらしく、靴跡がついている。肖像画のローザ・マルトーニが、ジュリアの落ちた場所にじっと視線を注いでいた。花束がしなびて、不快な臭いを放っていた。

イタリア語の先生が全員教室に戻るようにと強い調子で言ったが、誰もその場から離れようとしなかった。廊下には生徒の人だかりができていた。お下げ髪の一年生から、雑誌から脱け出してきたような髪型の五年生まで、普段はあまり交じり合うことのない様々な学年の子たちがいた。

「ジュリアは押されたのよ」髪にリボンを結んだ二年の生徒が言った。

「力一杯押されたみたいです」私のクラスの級長が言い添えた。

「誰が押したの？」

「マルナータよ」

「誰か目撃した人はいないの？」三年生が尋ねた。

「押されもしないのに落ちるわけがない」

「マルナータの仕業に決まってる」

「不幸を呼ぶ子だもの」

「あの子が押したんだ」

生徒たちは口々に言い、重なり合った声は、落ち着きを取り戻すように求めて用務員さんが鳴らし続ける鐘の音に負けじと、しだいに大きなざわめきになっていった。

私は、生徒たちのあいだにマッダレーナの姿がないか捜したが、見当たらなかった。

「教室に戻りなさい！　教室に戻るのです！」と怒鳴る先生の声も虚しく、みんな現場を一目見ようと、押し合いへし合いして階段のほうに詰めかけた。そのとき、突然あたりが静まり返った。

使徒に囲まれて復活したキリストさながらに歩み出るマッダレーナに、誰もが口をつぐんで道を空けた。

　マッダレーナが手摺のところまで進み、なにも言わずに下をのぞくと、人だかりから声があがった。

「ほら、あの子よ。あの子が押したのよ」

「気をつけないと、あなたまで階段から突き落とされるわよ」別の子が忠告した。

「先生に言いましょう」さらに別の子が言っている。

「近づくと、呪いをかけられる」

「触られないように気をつけてね」

「どうして黙ってるのかしら」

「殺し損なったから、がっかりしてるんじゃないの」

「それで、誰か別の子を悪魔の餌食にしようと探してるのかもしれないわ」

　マッダレーナが振り返って言った。「そんなんじゃない」戦う覚悟ができているときの目つきで、生徒たち一人ひとりを順に見返した。

　マッダレーナのまわりに誰もいない空間がさらにひろがり、人だかりから離れて、廊下の突き当たりへと移動する子たちもいた。数学の先生とラテン語の先生が、用務員さんと協力しながら、一年C組の生徒たちを教室に戻しはじめている。

　私には、不意にマッダレーナが壊れやすくなったように思えた。ただし、瞳の誇り高い輝きは失われていなかった。

マッダレーナのそばに歩み寄り、手を差し伸べたかった。私と彼女のあいだを隔てている空間を埋めて、「私はそんなこと信じない」と言いたかった。けれども、身体《からだ》が言うことを聞いてくれない。まるで自分の身体から脱け出した魂が少し後ろで浮遊していて、マッダレーナを見つめる私自身のことを観察しているような感覚だった。

次の瞬間、彼女の眼差しに捉えられた私は、ふたたび自分の身体に戻り、足の下に床があるのを感じた。マッダレーナが私の助けを求めている。

まわりでは生徒たちの声が執拗な哀歌のように響いていた。「あの子が階段から突き落としたのよ。弟を窓から突き落としたときとおなじようにね」「きっと殺すつもりだったのね。こんなことをしでかすのは、あの子しかいないわ」

「あなたが突き落としたの？」気づくと私はそう尋ねていた。その質問は私の本心ではなく、口から勝手に飛び出したものだった。私の言葉ではない、周囲の恐怖に煽《あお》られたつぶやき。まるで何者かが背後で私という人形を操っているかのように。それはきっと、怯えた臆病者にちがいなかった。そんな人にだけは決してなりたくないと思っていたはずなのに。

マッダレーナの顔がゆがみ、それまで確かに存在していたはずの信頼が崩れ去った。「本気で訊いてるの？」

「約束したのに……」かすかに震える声で私は言った。

マッダレーナはレモンの汁でもすすったときのように顔を引きつらせた。「結局、あんたも他のみんなとおんなじだったんだね」騒ぎ立てている生徒たちの間を縫って、マッダレーナはその場から走り去った。

私は全身の力が脱けるのを感じながら、彼女の背中を見送った。

罪悪感は、腹部に喰らった拳骨の味がした。「マッダレーナ！」と大声で呼んだものの、その姿はすでにどこにも見えなかった。

みんなが二列に並んで教室へ戻っていくなか、私はマッダレーナを捜しに行った。彼女の瞳に浮かんでいた失望に、焼けつくような胸の痛みを覚えた。

いつも休み時間を一緒に過ごしていた、殺風景な大教室へと急いだ。教室の両脇にあるトイレから、鼻をつく悪臭が漂っていた。右のほうから押し殺した泣き声が聞こえてくる。

「マッダレーナなの？」確信が持てないまま、私は小声でささやいた。

途切れ途切れに聞こえてくるその声をたどっていくと、いちばん奥のトイレに行き着いた。

「マッダレーナ、さっきはごめんね」そう言いながら、ドアをそっと押してみた。

薄暗がりの隅でうずくまっていた人影がびくっと顔をあげた。幅のある光の筋が、その顔を照らし出す。

「来ないで！」

歯並びの悪い口もとと、つやのない栗色のお下げ髪は見まがいようもなかった。

「イタラ？」

「お願いだから放っておいて！」

「こんなところでなにをしてるの？」

「ちょっと驚かせようとしただけなのに……」壁のタイルに背中をもたせた姿勢でしゃくりあげた。

顔は赤く上気し、洟《はな》も垂らしていた。「突き落とすつもりなんてなかったの。誓って本当よ」幼い子供のように泣いている。「ジュリアの意地悪に耐えられなかった。でも、死んだらいいなんて思ったわけじゃない。信じて。こんな大事《おおごと》になるなんて思わなかったの」目にいっぱい涙を溜めている。「誰にも言わないで。お願いだから私のことは黙ってて」

「泣かないの。泣くなんてバカのすることよ」私はそれだけ言うと、ドアを閉めた。


マッダレーナは、校長室の前の、国王御一家の大きな肖像画の下に置かれた肘掛け椅子に座っていた。両脚をそろえ、きちんと姿勢を正している。私の姿を認めると、視線を背けた。

「真犯人が誰だかわかったよ」

「なんで教室に戻らなかったの？」

「イタラが押したんだって。本人がそう言ったの」

それでもマッダレーナは私を見ようとはせず、フォロ・ロマーノを描いた埃《ほこり》っぽい版画を見ていた。

「マッダレーナ、聞いてる？」

「だからなんなの？」

「先生にそう言いに行こうよ」

彼女は笑った。引きつった、悲愴《ひそう》な笑いだった。「どうせあたしの話なんて誰も信じない」

「私も一緒に話してあげるから」

「あんただって、あたしのことを疑ったくせに」

そのとき、校長室から威圧的な声がした。

「メルリーニ」

マッダレーナは靴底を床に打ちつけて立ちあがり、私に背を向けた。

「私も一緒に行く」私はなおも言った。

「あんたはなにもわかってない」マッダレーナの声は震えていた。「みんながあたしの仕業だって言った以上、そういうことなんだよ」

「そんなことない！」

「みんなが信じたいことが唯一の真実なの。決められたことは覆せない。そんなこともわからないの？」

私は手を伸ばして彼女の手をつかんだ。「私も一緒に行く。私が話せば、先生たちも信じてくれるはずよ」

マッダレーナは苛ついたように手を引っ込めた。「あんた、誰よ」ひどく意地の悪い目つきで言い放った。「あんたなんか知らない」

14

その晩は怒り狂った灰色の雨が降り、歩道の向こうはなにも見えないほどだった。それから数日のあいだ、雨は止むことなく降り続き、ごうごうと渦を巻いたランブロ川の流れが堤防を越えた。泥を含んだ川の水が黒い濁流となってふくれあがり、橋の下をかすめ、泥の筋をつけていく。そして、川岸に生えていた木を呑み込みながら家々の地下貯蔵庫に押し寄せ、ワインの箱や古い家具をめちゃくちゃにした。

それを見て私は、自分の心のなかの光景とそっくりだと思った。

マッダレーナがいなくなった日々は、意味が見出せず、わびしかった。来る日も来る日もおなじように埋もれていくだけの空っぽの時間。

私はエルネストと交わした約束を破ってしまった。マッダレーナのそばにいることができなかったのだ。彼女がいなくなったいま、手足を失《な》くしたも同然だった。素っ裸で、無防備だった。

彼女のいない私の世界は、完全に生気を失っていた。

マッダレーナは教室で隣の席に座っていても、私を見ようとしなかった。彼女の無関心は氷のように痛く、私の胸をふさいだ。ラテン語の授業中、先生に動詞の活用を尋ねられて困っていたから教えてあげようとしたら、彼女はなにも言わずにノートを隠した。おやつの時間、黒パンを一切れしか持ってきていない彼女に私のおやつを半分あげても、休み時間の終わりまで手をつけずに机の上に残されていた。私はことあるごとに「ごめんね」と謝ったが、なんの反応もなかった。そんなとき私は、ひらいた手のひらを上に向け、肉の柔らかなところに血がにじむまでぎゅっとペン先を押しつけた。それをマッダレーナに見せても、やはりそっぽを向かれた。あれほどごっこ遊びが嫌いだったくせに、私がいないごっこをやめようとしなかった。

マッダレーナはもはや私を必要としていなかった。授業を聴き、がむしゃらにノートをとり、休み時間も教室から出ずに復習していた。ジュリア・ブランビッラの一件以来、先生たちはマッダレーナのことを無視するようになった。ジュリアは額に包帯を巻き、松葉杖をついて登校してきたが、事件の真相については誰にもなにも話そうとしなかった。

私はまた、放課後になるとレオーニ橋へ行き、マルナータとその仲間たちを上からこっそりのぞくようになった。つい数か月前まではそれが日常だったはずなのに、あの頃の生活がまるで他人のもののように思えた。

私の視線に反応してくれることを期待していたが、私は過去の世界に属する亡霊であり、忘れ去られた影でしかなかった。

私はいつも打ちひしがれて家に帰った。私の築きあげた壁を崩そうとするカルラの心遣いには気づかないふりをして、部屋に閉じこもっていた。母はたいてい出掛けていて、家に帰ってくると真っ先に鏡のなかの自分に向かって微笑み、指で髪を梳《と》かすのだった。私のことになどまったく関心がなく、オペレッタのアリアを口ずさみながら、雑誌に載っている女優たちと自分を見比べていた。カルラが肉や牛乳の代金を求めると、翌朝、なにも言わずに台所のテーブルの上に小銭が置かれていた。まるで母だけ別の世界で暮らしているかのように。父は父で、フォルリ〔イタリア、エミリア・ロマーニャ地方の都市〕からの兎のフェルトの納入が遅れていることをしきりと気に病んでいた。

ときおり私は自分の腕を爪で引っ掻き、夏のあいだ猫に引っ掻かれた傷を思い出した。束の間ではあったものの、その痛みが心の痛みを忘れさせてくれた。道端で立ち止まり、私に後ろ指を差して「魔女」とささやく人は誰もいなくても、悪魔に喰われるべきは自分なのだと思っていた。弟が死に、その責任は自分にあると感じていたのに誰にも話せなかったときとおなじ心境だった。私はマッダレーナの信頼を裏切ったのだ。自分は神話に登場する英雄のように勇敢で、あらゆるものから彼女を護ってやれるのだと思っていた。炎からだって、頭がいくつも生えてくる大蛇《ヒュドラ》からだって。ところがそんなのは幻想にすぎず、現実の自分は救いようもなく罪深い人間だった。その恐ろしくつらい日々、私は死んでしまいたいと思っていた。

15

十一月も終わりに近い頃、生涯忘れられない出来事があった。朝礼のとき、マッダレーナが席を立とうとせず、先生に注意されると、きっぱりとこう言ったのだ。「あたしはその人のために起立することを拒否します。死んでも立ちません」

そのとき教室に流れた沈黙は、風一つない夏の昼下がりの汗のようにべっとりと皮膚に張りついた。

私たちは小学校にあがりたての頃から、統帥《ドゥーチェ》に対して畏敬の念を抱くよう教え込まれた。統帥《ドゥーチェ》の誕生を神の子イエスの誕生になぞらえ、その人生を、神の生まれ変わりであるかのように讃えるわらべ歌まで暗唱させられた。

その存在や威光に異議を唱えることができるなどと考える者は誰もいなかった。現在と異なる未来なんて考えられなかった。統帥《ドゥーチェ》こそが永遠の存在であり、未来永劫、君臨し続けるのだ。彼がいなくなるかもしれないと想像するだけで恐ろしかった。

そこかしこに掲げられた統帥《ドゥーチェ》の肖像を、私は好きになれなかった。級友たちのなかには、ハンサムだとか、大人になったら結婚したいなどと言って、ノートに挟んだ写真にこっそりキスをする子もいたけれど、私には彼の顔がどうしても巨大な親指のように見えてならなかった。

でも、だからといってローマ式敬礼を拒否しようなどとは思いもしなかった。信条のためでも、敬意のためでも、称讃のためでもなく、単にそれが日々の習慣となっていたからだ。「おはようございます」とか「こんばんは」といった挨拶と同様、理屈抜きにすべきことだったのだ。

ところがその日、マッダレーナは先生の目をまっすぐ見据え、頑として立ちあがらなかった。

ルイージャの働いている帽子店の奥さんから母が聞いてきた話によると、エルネストから届く手紙は日ごとに検閲が厳しくなるばかりで、手紙によっては、「君のことをいつも想ってる。神様を信じるんだ」という最後の一文しか読めないこともあるらしかった。

それだけでなく、数日前には五人の憲兵がフォッサーティ家にやってきて、娘のルイージャや妻が泣き叫ぶのもおかまいなしにフォッサーティさんを連れ去り、流刑にしたという噂も流れていた。それもすべて、その前の晩、フォッサーティさんが居酒屋で安酒を浴びるほど飲んだ挙げ句、悪態をつき、イタリアに対する大英帝国の処罰は正しかったと口にしただけで。「処罰」ではなく、「経済封鎖」と言うべきだったのだ。アフリカで戦争を始めたイタリアに対して国際連盟が科した経済制裁が、その十日ほど前の十一月十八日から効力を発していた。

エチオピアの併合によってイタリアに繁栄がもたらされるだろうと人々が勇んで語り、「麗しき《ファッチェッ》黒い顔《タ・ネーラ》」や「さらば我はアビシニアへ《ティ・サルートヴァード・イン・アビッシニア》」といった歌を浮かれて歌うあいだに、イタリア製品の輸出や軍需物資の輸入を禁ずる制裁が科せられ、国全体が貧しくなっていたのだ。街の至る所に「自国製品の購入」を呼びかけるポスターが貼られ、壁には「打倒経済封鎖」「フランスも英国も植民地を持っているのに、なぜイタリアだけが禁じられるのか？」「ムッソリーニ万歳」などと書かれていた。市場からカルラが持ち帰る買い物袋には、「ファシストであり、イタリア人であるという誇りにかけて、私自身とその家族のために、今日も、そしてこれからも、決して外国製の品物は買わないことを誓います」と書かれた葉書が入っていた。

だがフォッサーティさんは、ことあるごとに言っていた。「この戦争は、わずかばかりの砂地を手に入れるために、将来有望な若者たちの命を犠牲にするものでしかない。アビシニア人の言うとおり、他人の家に入り込んでいるのは我々のほうだ。ファシストのしていることは、他人のものを奪って懐に入れ、自分や友人と分け合う行為に他ならない。現に私は精肉店を奪われた。誰もが大切なものを奪われ、我々貧しい者の手に残るのは、吐かれた唾と、アビシニアの忌々しい砂粒だけなのだ！」

居酒屋に居合わせた者が通報したにちがいない。フォッサーティさんが帰宅して一時間もしないうちに、憲兵が家に踏み込み、ベッドで寝ていたフォッサーティさんを寝巻のまま連行していった。教室でマッダレーナは、背すじを伸ばし、毅然と座っていた。その居住まいからは、胸の内でくすぶっていた彼女の抵抗心が燃え盛り、もはや抑えられなくなっていることがうかがえた。

先生が、「好きなようにしなさい」と言うだけで、とくに叱るでもないのを見てとると、マッダレーナの顔に失望の色が浮かんだ。先生はただ、「あなたの反抗的な態度に、フェッラーリ校長先生はなんとおっしゃるでしょうね」とだけ言い添えた。まるでマッダレーナが校長先生のことを怖がるとでもいうかのように。

生徒たちはふたたび着席し、授業が始まった。私は目を閉じて息を深く吸ってから、マッダレーナの耳もとに顔を近づけて、ささやいた。「大丈夫？」

マッダレーナは一瞬びくっとして、「ぜんぜん問題ない」と答えた。そのときの彼女の表情は、てっぺんまで登るんだと言いながらオークの木の高い枝を見据えていたときとおなじだった。

「文法の教科書を出して、四十二ページをひらいてください」

その日は、名詞的述部と動詞的述部の違いについて学び、その後、ラテン語に訳すことになっていた。

「ストラーダ、起立して、教室のみんなに例文を読んでください」先生が言った。

『統帥《ドゥーチェ》は仕事熱心である』私は淀みのない明瞭な声で読みあげた。「名詞的述部。『統帥《ドゥーチェ》はイタリアを導く』動詞的述部」

「よろしい」先生はそう言うと、物差しで教卓の角を叩いた。「では、この文章をラテン語に訳せる人」

私たちがまだ辞書に頼らずにはイタリア語の文章をラテン語に訳せないことを知っていながら、意地悪く尋ねたのだ。

そのとき机が床にこすれる耳障りな音がした。マッダレーナがいきなり立ちあがり、姿勢を正すと、咳払いをしてからラテン語を話しはじめた。「統帥はイタリアを荒野に導く《ドゥクス・ドゥチト・イタリアム・イン・エレボ》」さらに続けた。「統帥は娼婦である《ドゥクス・エスト・スコルトゥム》」

先生は顔面蒼白になった。全身の血が一気に下がり、足先に集まったかのようだった。「ろ……廊下に出なさい」

マッダレーナはじっと身を固めたまま無言だった。

私たちも身動きせず、黙りこくっていた。

「出ていきなさい！」先生が怒鳴った。「出ていきなさい。二度と教室に戻らなくてよろしい」

マッダレーナは軽く頭を下げると言った。「はい、先生」

みんなのひそひそ声のなか、マッダレーナはドアのほうへ歩きだした。戴冠式にのぞむ物語のヒロインのように厳かな足取りで。

私も立ちあがった。あまりに勢い込んだものだから、鞄が鈍い音を立てて床に落ちた。みんなが一斉に振り向いた。級友たちも、先生も、そしてすでにドアに手をかけていたマッダレーナも。マッダレーナが私を見た。長いこと彼女の眼差しに飢えていた私は、顔がかーっと火照《ほて》った。

教室には、手で触れられそうなほどの静けさがあった。

息を吸うことさえ至難の業だった。「神様、お願いですから、統帥《ドゥーチェ》、国王陛下、そして親愛なる我が祖国を……」私は、毎日朝礼のときに唱えている言葉を真似ながら、最後の文句だけを変えた。「みんな地獄に送ってください」

私を待っていたマッダレーナと一緒に、教室を出た。先生は怒鳴りすぎたせいで声が嗄《か》れていたから、ぐずぐずしていたら棒で叩き出されかねない。

教室のドアを閉めると、騒ぎ声が遠ざかった。マッダレーナは校庭に面した窓に歩み寄り、窓台に腰掛けて私に微笑んだ。

私の身体《からだ》を支配していた空虚が、しだいに温もっていく波でゆっくりと満たされ、涙がこみあげた。この瞬間をどれほど待ちわびたことだろうか。

「こんなことして平気なの？　これからどうなるかわかってる？」マッダレーナが言った。

「わからない。でも、どうなってもいい」

「本当に？」

「うん」

「あたし、もう限界だったんだ」マッダレーナが言った。「これ以上、自分を偽れない。あまりにも筋の通らないことばかり。そう思わない？」

「たとえば？」

「戦争も、敬礼も、あいつらが望むとおりのことを口にし、望むとおりに考えるのも、規則に従うのも、品行方正でいるのも……」マッダレーナはそこでいったん息をついた。「あいつらが望む言葉だけを繰り返すことに疲れたの。エルネスト兄さんがいつも言ってた。『マッダレーナ、言葉というのはね、とても大切なんだ。口にする前にじっくり考えないといけない。でないと危険だ』兄さんの言うとおりだと思う。でもね、言葉は危険なだけじゃなく、力がある。そう思わない？」

私は怖いのを押し殺して尋ねた。「さっき、教室でなんて言ったの？　ラテン語だったから、よくわからなかった」

マッダレーナは反《そ》り返って笑った。「統帥《ドゥーチェ》は娼婦だって言ったの」

第三部

度胸試し

16

「今日のことは決して人様には知られないように」

校長室から出て、母が最初に口にしたのはそんな言葉だった。母は厚化粧にヴェールのついたターコイズブルーの帽子をかぶり、舞踏会用のドレスという完全に場違いな服装をしていた。先生が私の「分別に欠けた反イタリア的言動」について話しているあいだ、せめて自分だけでもと思ったのか、手でスカートの皺《しわ》を伸ばしながら、ものわかりのいい生徒のように何度もうなずいていた。

私はそのあいだ、壁に背中をもたせかけ、両手を組んで立っていた。一度も発言は認められず、その代わりに母が話していた。「わたくしどもは歴とした家柄ですから、今回のお話とはいっさい関わりはございません」

校長室のドアが閉まり、私は廊下で母と二人きりになった。母は王家の肖像画の前まで私を引きずっていくと、射殺すような勢いで私を睨みつけ、今日のことは誰にも話さないように、とふたたび念を押した。

「私の話も聞いて」

「お黙り！」母は怒鳴った。「あなたは黙っていればいいのです。それくらいのことがなぜわからないの？」母が激しく首を振ったので、金のイヤリングが頬に当たった。「年頃の娘に悪い噂が立ったらどうなるかわかってるの？　いっそ川に溺れて死んだほうがましですよ」

「私はただ……」

「ただ？　なんなの？」

「自分の意見を言いたかった」

「碌《ろく》でもないことを言わないでちょうだい」母が手を伸ばしてきたので、私は頬を叩かれるのかと思ってびくっとした。ところがそうではなく、顎をつかまれた。「あなたがすべきなのは黙っていること。黙って待つ。育ちのいい娘はみんなそうするものです」

「待つってなにを？」

母は顔をしかめ、肩をすくめた。「あなたも大人になればわかります」母の手が私の顔の手前でためらっていた。撫ぜたいのだけれど撫ぜ方を忘れたとでもいうように。「もし今回もお父様が何事もなかったかのように振る舞うつもりなら、私がこの件に決着をつけるから、見てらっしゃい。それが私たち家族のためなのです」

その日、帰宅した父はなにも言わなかった。無言のまま険しい目つきで私のことを見つめていたが、ほどなく視線を逸らした。夕飯のあいだも、父の態度はぞんざいで荒々しく、まだスープが残っているというのに、席を立って寝室へ行ってしまった。翌朝、家を出ようとしていた父の前に、腕組みをした母が立ちはだかった。「いいかげんにしてください。あなたの娘になにかおっしゃったらどうなんですか」父は私のことを、前の晩とおなじ険しい目つきでしばらく見つめた。その目は父のものではなく、他人の目のようだった。

「なにもおっしゃらないのですか？」母がなおも喰い下がる。

「お母さんはおまえのことを叱ってほしいと言うが、私には叱るつもりはない」父はそう言った。すると母は身体《からだ》を二つに折ってしゃがみ込み、気絶しそうだから、疲労回復剤《イスキロージェノ》を持ってきてちょうだい、とカルラに向かって叫んだ。そして「この家の人はみんな頭がどうかしている」とわめきながら、台所へ行ってしまった。

「ただし、一つだけ憶えておきなさい」父は続けた。「誰しも大人になるにつれ、頭のなかで考えていることをそのまま口にしないほうがいい場合があることを学んでいかなければならない」

「じゃあ、どうすればいいの？」

「胸の内にとどめておくんだ。大切にしまっておく。胸の内なら安全だからね」

「そうしたら鎮まるの？」

すると父は、疲れた笑みを浮かべた。「いいや、決して鎮まりはしない」


ほどなく私は、また学校に通うことが許された。母は、誇らしげに家のなかを歩きまわりながら言った。「いいですか、しっかり憶えておきなさいよ。あなたのお父様は、娘にどんな噂が立とうと関心がないのです」私が学校に戻れたのは母のお蔭だった。母は、父の知り合いの有力者にお願いしたら、すべて解決したとだけ言っていた。

先生方は誰もその件について話そうとしなかった。まるで何事もなかったかのように。一方、級友たちは私を仲間外れにし、校庭で石を投げつけたり、「危険分子」と囃《はや》したりするようになった。

一方で、マッダレーナはいつの間にか退学させられていた。誰もなにも言わなかった。彼女の反抗的な言動は口にするのも憚《はばか》られたのだ。私は母に感謝すべきだったのだろう。母の口添えがなかったら、一年留年していたにちがいないのだから。けれども、唯一私が心から戻りたいと願っている場所は、マルナータとその仲間たちのところだった。それをマッダレーナに打ち明けたところ、こう尋ねられた。「あんたに、そんな勇気が本当にあるわけ？」

まだ自分たちの仲間でいる資格が私にあるのか確かめようとしていたのだ。

マッテオとフィリッポは毒でも吐き出すように、私のことなんて追い出せばいいと言った。「一度あざむいた奴は用心するに越したことはない」というのがマッテオの言い分だった。彼は、父親が流刑にされてからというもの、父親が口にしていた格言や方言をなにかにつけて引用するようになっていた。

マッダレーナは、いちいち言われなくても用心ぐらいできるし、あざむかれる心配もない、と言った。結局、度胸試しをして、その結果次第で、私を仲間に戻すか決めようということになった。

度胸試しの晩は寒く、頬までかじかみ、吐く息が霧のように白くなった。通りには街灯がつき、最後の買い物を済ませた狐の毛皮のマフラーを巻いたご婦人たちが家路を急いでいる。

私たちは、閉店間際の青果店の床に膝と肘をついて這っていた。「顔をあげちゃ駄目」マッダレーナが小声でささやいた。ショーウインドーからは街灯のオレンジ色の明かりが射し込み、窓枠の隅には霜の結晶が張りついていた。そのため、ショーウインドーにへばりついてナツメヤシやジンジャーの砂糖漬けの入った籠をのぞいていた子供たちの鼻の跡が、くっきりと残っていた。店内にはインゲン豆の濃厚な香りと、柑橘類の甘酸っぱい香りが漂っていた。店の奥からは、一日の売上を計算しながら鼻歌を歌うトレソルディさんの声が聞こえた。磨《す》りガラスのドアが閉まっているため、その声はくぐもって聞こえた。中庭からは、鎖につながれた犬の苛々とした吠え声が聞こえた。私の前を這って進んでいくマッダレーナの姿は、破れたスカートと古い男物のコートの裾、それに擦り減った靴の底しか見えなかった。床からの冷気がセーターの袖口に直接入り込み、口のなかには恐怖の苦味がひろがった。

深呼吸をすると、マッダレーナの声が脳裏に響いた。「あたしには怖いものなんてなにもない」

ベルの音で気づかれないように、コロンボ家の家政婦さんで、農村育ちのたくましい腕に買い物籠を抱えたマリアが出ていくのと同時に、私たちは店に忍び込んだ。そして隅に積まれていた空《から》の木箱の陰に隠れた。そこからなら誰にも気づかれずに店全体が見渡せる。ドアに「閉店」のプレートが掛けられた店内には、他に誰もいなかった。マッダレーナは、迷いのない目で私のことを見つめてささやいた。「覚悟はできてる？」

二人して隠れていた木箱の陰から出て、冷たい床の上を這った。脳裏には、トレソルディさんの顔や、アーティチョークの刺《とげ》で手のひらがひび割れ、爪が土で汚れた厚ぼったい手がよぎった。すると、喉の奥からふたたび恐怖がこみあげた。

トレソルディさんは、私が母と一緒に買い物に行くときにはいつも親切だった。母は、ジャガイモ、カリフラワー、クルミ、春にはイチゴ、夏には細かな毛が密集しているモモなどの配達を頼む。トレソルディさんは、いつだってさも興味があるといったふうに母の話に耳を傾け、豪快に笑った。たとえそれが前の週にしたのとおなじ話だったとしてもだ。私にも、学校が好きかとか、ミントキャンディーが欲しいかなどと尋ね、返事も待たずに店の裏へ取りにいくのだった。私はトレソルディさんの気分を害さないよう、「ありがとうございます」とお礼を言って受け取ると、その場で口に入れ、「おいしいです」と言った。けれども店を出るとすぐに吐き出した。

母がお財布を出して前払いするたびに、トレソルディさんは人の好さそうな仕草で満足げにうなずいた。ところが、ノエがトマトの箱につまずいて場所をずらしてしまったり、勘定を間違えたりしてトレソルディさんを怒らせると、恐ろしげな怒鳴り声や悪態が通りの向こう側まで響きわたり、私を震えあがらせるのだった。物が割れる音や、バチンという平手打ちの音が聞こえることもあった。

そのときトレソルディさんは、奥の部屋の、閉まったドアの向こうで歌を口ずさんでいた。磨りガラス越しに電灯の光が洩れている。マッダレーナが顎で合図をした。

目当ての箱は、店の奥のレジの脇にあった。マッダレーナたちにとって、マンダリンオレンジはクリスマスにだけ一人一個ずつ食べられる貴重な果物だった。とはいえ、私の家ではそれほど珍しくなく、寒くなりはじめると母がいつも一袋買っていた。確かに高価ではあったので、贅沢品は人を弱くすると父は言っていたけれど。でも、私はマッダレーナにはそんなことは話さなかった。話そうものなら、鬱陶しがられ、顔のまわりを飛びまわる蝿みたいに追い払われるに決まっていた。

マッダレーナが前、私はすぐその後ろから、マンダリンオレンジの入った箱のところまで這って移動した。箱に到達すると、マッダレーナがゆっくりと立ちあがった。その姿は、まるで降りはじめたばかりの雨粒を数滴感知したとたんに、殻から這い出して触角を伸ばすカタツムリのようだった。

「いまよ」マッダレーナがスカートの裾を手で持ちあげ、そこにできたお椀のような窪みに、箱からこっそり取ったマンダリンオレンジを入れていった。数が増えるにつれ、落とさないように両脇から握ったスカートの裾を胸のほうに近づけるものだから、たくましい腿が露わになる。

奥からは相変わらずトレソルディさんの歌声が聞こえていた。「たとえ深い渦のなかでもいい《メッリオ・ネル・ゴルゴ・プロフォンド》。いつまでも君と一緒にいられるのなら《マ・センプレ・コン・テ》。そう、君と一緒に《シ・コン・テ》」そこで、私も立ちあがり、ポケットいっぱいにマンダリンオレンジを詰め込んだ。さらにもう二つ、ショーツのなかにも入れた。

それを見たマッダレーナは笑い声をあげそうになったが、喉からかすれた声を洩らしただけで、かろうじて押しとどめた。

ちょうどそのとき、私たちのすぐ後ろで店のドアの開閉を知らせるベルが鳴った。私は全身が凍りついた。通りの向こう側にある街灯のオレンジ色の光が、空の木箱を三つ抱えて配達から戻ってきたノエのシルエットをくっきりと映し出していた。

私は小さな悲鳴をあげそうになったが、マッダレーナが慌てて手を伸ばし、口をふさいでくれた。その弾みでスカートの裾が手から離れ、マンダリンオレンジがこぼれ落ちた。ランブロ川の岸辺で追いかけっこをしながら、水中に石を投げ入れるときのような音がした。

「誰だ？」トレソルディさんの声がした。

マッダレーナに小突かれ、私は恐怖で身がすくんだ。ノエが身を屈めて足もとまで転がってきたマンダリンオレンジを拾った。マッダレーナは人差し指を口に当て、「しーっ」とささやいた。そして、入り口付近の、ズッキーニの陳列台の脇に積まれていた果物の箱の後ろに私のことを押し込んだ。

「誰がこんなに散らかしやがった？」店の裏から出てきたトレソルディさんが怒鳴った。

マッダレーナは果物の箱に顔を押しつけて、隙間から一部始終をうかがっている。私はこめかみがどくどくと脈打つのを感じていた。

「てめえ、なにをやらかしたんだ？　忌々しいうすのろめ。このザマを見ろ！」

私も果物の箱のあいだからその様子をのぞいていた。

トレソルディさんは、泥と果汁とで汚れたエプロンを外すと、屈んでマンダリンオレンジを一つ拾いあげた。それはもう、完璧な球体ではなくなっていた。セルロイドの人形の頭を親指で押したときのように、凹《へこ》んでいたのだ。

「できそこないめ！」トレソルディさんは怒鳴り、マンダリンオレンジをノエに投げつけた。

不自由な足を引きずりながらノエのほうに歩み寄ると、もう一方の足をどんと打ちつけて床を震わせた。それからノエの腕をつかみ、頬に強烈な平手打ちを喰らわせた。

ノエは倒れ、床に肘を思いっきり打ちつけた。お尻の下でマンダリンオレンジがつぶれた。トレソルディさんはノエを「大事な商品を無駄にしやがって」と罵《ののし》り、脇腹を蹴飛ばし続けた。壁につかまり、不自由なほうの足でかろうじて身体を支えながら。

ノエは立ちあがろうとした。鼻血が出ている。

彼の目は、果物の空箱の隙間の奥にある私たちの目を捉えていた。

私はマッダレーナの手を握った。次は私たちの番だ。ノエは私たちの仕業だとトレソルディさんに言うに決まっている。そうしたら今度は私たちが平手打ちにされ、肋骨が折れるまで蹴りまくられるだろう。

ところがなにも起こらなかった。ノエは床に額を押し当てたまま動こうとしなかった。

トレソルディさんがノエに命じた。「さあ、全部きれいに片づけるんだ」

まるで怒りが爪先まで滑りおり、切断された指に乗り移ったかのように、思いきりマンダリンオレンジを蹴飛ばし、磨りガラスの向こうへと消えていった。

ノエが人差し指で鼻の下を拭ったものだから、赤い筋が一本できた。

マッダレーナの手は冷たくて、かさかさに乾いていた。マッダレーナは隠れていた場所から飛び出し、私を引きずるようにして走りだした。ノエがこちらをじっと見ている。

「待って」私はささやいた。マッダレーナはマンダリンオレンジを一つ拾いあげ、私を店の外に押し出した。外は、いまにも雪が降りだしそうな寒さだった。

17

翌日、マッダレーナは大切なことを二つ決めた。

その一、私は度胸試しをパスしたので、また以前のような仲間に戻れる。その二、ノエに作った借りは、どんなことをしてでも返す。

その日の午後、私の家の前まで迎えにきたマッダレーナは、秘密の場所に隠してあった母親のお金をくすねてきたと言って、私に小さく折りたたんだ五十リラ札を見せた。父親が職場に持っていっていた弁当箱にしまわれていたものだ。

「それをどうするの？」

「ノエに渡すの」

「お母さんに知られたら？」

「べつにかまわない」

「秘密の場所から盗んだってバレちゃうよ」

「かまわないって言ったでしょ」

私たちは店の向かいの歩道でノエを待つことにした。煙草店の下りたシャッターには、「統帥《ドゥーチェ》万歳」「イタリア万歳」「打倒経済封鎖」と書かれていた。私は寒さでかじかむ手に息を吹きかけた。

「どれくらい待つの？」

「出てくるまで」

ようやくノエが店から出てきて、果物の木箱を自転車の荷台にくくりつけはじめた。マッダレーナは「行くよ」と言って急いで道を渡り、彼の前に立った。私も慌てて彼女のあとを追いかけた。口がからからに渇いて、うまく息ができない。

ノエは私たちのことを一瞥《いちべつ》しただけで、すぐにまた作業に集中した。大人の男の人と変わらない大きな手をしていて、指には胼胝《たこ》があり、丸みを帯びた形のいい爪をしていた。

「これ、受け取って」マッダレーナがお札を差し出した。

「なんだ？」

「お金よ。マンダリンオレンジの代金。それと、顔に怪我をさせたお詫び」

「どこから持ってきたんだ？」

「あんたに関係ないでしょ」

ノエは木箱のまわりにロープを巻きつけ、先端のフックを荷台に引っ掛けた。顔の半分が腫れぼったく、右目の下には熟れたプラムの色の痣《あざ》がある。

マッダレーナの手は差し出されたままだった。

「要らない」

「あたしが誰だか知らないの？　あたしに逆らうと、恐ろしいことが起こるんだよ。受け取ってって言ってるでしょ」

「おまえはメルリーニさんのところの娘だろ」ノエが答えた。

マッダレーナはかすかにうなずいた。

「しまってくれ」

「なんで受け取らないの？」

「マッダレーナ、金は元あった場所に戻すんだ」しっかり固定できたか確認するために、木箱を揺すりながらノエが言った。「お袋さんに気づかれる前にね。ここでぐずぐずしてると、親父が戻ってくる。親父はサクランボのことがあってからというもの、おまえたちのことを目の敵にしてるんだ」

「あたしは、トレソルディさんなんて怖くなんかない。あたしには怖いものなんてなにもないの」

ノエはハンドルを握り、足でペダルを下げた。そして私を見た。私は目を伏せたくなるのを堪《こら》え、じっと見返した。

「どうしてもって言うなら、手形にしよう」

「手形ってなに？」マッダレーナが尋ねた。

「支払わなければならないけれど現金がないときに、『あとで支払います』と書いて渡す証書だ」

「でも、あたしは現金を持ってる」

「その金は受け取れない」

「お金を受け取ってくれないなら、なにをすればいいの？」

「さあな。まだ決めてない」ノエはサドルにまたがり、ペダルを漕ぎだした。そして、荷台の木箱をがたがたと揺らしながら、レオーニ橋を越え、ヴィットリオ・エマヌエーレ二世通りの向こうへと走り去った。ノエの姿が聖堂広場《ドゥオーモ》のほうへ流れていく人混みにまぎれて完全に見えなくなると、マッダレーナはようやく五十リラ札をポケットにしまった。

「あいつの言ったこと、聞いた？」

「お金は要らないって」

「そっちじゃなくて、もう一つのほう」

「なんて言ってた？」

「あたしを名前で呼んだ」

18

私たちはレオーニ橋の欄干から増水したランブロ川を見下ろしていた。あふれ出す寸前のところまで水位が達していた。マッダレーナが言った。「あたしが不幸を呼ぶっていうのは、本当のことだよ」

「もう私を試すのはやめて」私はきっぱりと言った。

「そうじゃなくて」マッダレーナは黙って聞いて、という仕草をした。「真剣な話をしてるの。ジュリア・ブランビッラが校庭であんたに言ったことはどれも本当なんだ。弟のことも、父さんのことも、アンナ・タリアフェッリのこともね」

「言霊《ことだま》」と呼ばれるものの存在に初めて気づいたのは、七歳の頃、弟のダリオと台所で遊んでいたときだったとマッダレーナは話しはじめた。まだ四歳だったダリオは、マッダレーナを女王様だと信じていたらしい。マッダレーナのやることなすこと真似したがった。その日、二人は「ツバメごっこ」をして遊んでいた。椅子の上に立ち、飛ぶ練習をするツバメの雛のように飛びおりる。しばらくして、マッダレーナはダリオに言った。「すごく上手になったね。その気になれば、きっと空だって飛べるよ」

その言葉を真に受けたダリオは、窓際にあったテーブルによじ登り、出窓から身を乗り出すと、本当に飛びおりてしまった。足を滑らせたわけではなく、両腕をひろげて彼女のほうを振り向くと、「見ててね」と言ったそうだ。

そこまで話すとマッダレーナは口をつぐみ、爪先をじっと見つめた。私は、握り拳《こぶし》のなかに納まってしまうほど小さなマッダレーナが、静まり返った台所で一人息を潜め、鈍い衝撃音を聞く姿を想像した。

「だから怖いんだね」

「あたしはなにも怖くなんかない」

「ごっこ遊びが怖いんだね、っていうこと。お話を語るのも……」

「ありもしないことを口にすると、それが実際に起こるか……」マッダレーナはしばらく言い淀んだ。「さもなければ、それを聞いた人が自分の身になにか起こったと思い込んで、誤った行動に出るの。本当に飛べる気になって窓から飛びおりたダリオみたいにね。あたしが言ったから、あの子は信じたんだよ」

「マッダレーナは悪くない」

「じゃあ、誰が悪いの？」

「わからないけど……」私は肩をすぼめた。「ただ起こってしまっただけだよ。悪いことが起こるのは、避けようがない」

　私はまだ小さくて柔らかいうちに死んだ弟のことを思い出していた。あのとき母は、どうかこの子を連れていかないでくださいと一晩じゅう神様に祈っていた。「毎日、誰かがなにかしらの理由で死んでいく。いくら死なないようにお祈りしてもね。それって誰のせいでもないでしょ」

「あたしの場合は別なの」胸に溜め込んでいたものを吐き出すように、マッダレーナが話しはじめた。十歳のとき、ごく些細なことで父親と喧嘩した。靴紐で独楽《こま》を回していたら、その紐が切れてしまったというのが理由だった。父親は、翌日紐のない靴を履いていったら職場で恥をかくと言って怒り、マッダレーナにお仕置きをした。その晩、夕飯抜きで寝かされた彼女は、ベッドに入る前に、「父さんなんて、もう帰ってこなければいいんだ」と口にしてしまったそうだ。

　次いで、アンナ・タリアフェッリのことも話してくれた。アンナとは小学校の最後の年に席が隣どうしだった。ある日、いきなりアンナが机に頭をがんがんと打ちつけだした。額に血がにじんでもやめようとしない。挙げ句の果てに口から泡を吹いた。そのときも、その前にアンナと言い争いになり、マッダレーナが「あんたの顔なんて二度と見たくない」と口にしたからだと言うのだ。

　マッダレーナは、自分の周囲で起きる不幸や死に対して、それらを引き起こしているのは自分なのだというありもしない確信を抱き、そう考えることによって逆に自分を慰めているかのようだった。

「じゃあ、いまマッダレーナが、あんたなんか川に飛び込んで溺れてしまえばいいって言ったら、私は本当にそうするの？」

　マッダレーナは肩をすぼめた。

「ただ口にするだけで？」

「口にするだけでいいときもあるし、相手が納得するまで説明しなければならないときもある。本当にそれがその人自身の考えになるまで」

「やってみて」

「なにを？」

「さあ、やってみて。いまこの場で、私に」

「やだ」マッダレーナの顔が引きつり、二つの目が針の孔《あな》のように小さくなった。

「マッダレーナの言うこと、信じないわけじゃない。でも、理解したいの。本当に……」

「嫌だったら！」マッダレーナが声を荒らげた。「二度としたくないの。しかもあんたになんて絶対にお断り」

「マッダレーナのまわりでは、悪いことばかり起こるなんて嘘」私が反論すると、彼女は黙って私の顔を見た。

「このあいだ、教室で私も席を立ったのは、最初はマッダレーナのためだったけど、あとで自分のしたことに満足した。あのときはものすごく怖かったけど、家に帰ってから、気持ちがすかっとした。お母さんになにを言われようと平気だったの。たとえ学校を退学になったとしても、へいちゃらだったと思う」

「そんなこと口にしちゃ駄目」

「まるで長いあいだ水のなかに潜っていたあとで、ようやく顔を出して息をしたときみたいに、身《から》体《だ》が軽く感じられたの。私が初めて生理になったときだって、マッダレーナがそばにいてくれたから、怖くなかった」

「そんなの関係ない」

「できるなんて思ってなかった」

「なにが？」

「大人に逆らうこと。マッダレーナが教えてくれたんだよ」

川の上に垂らした足をぶらぶらと揺らしながら、マッダレーナが尋ねた。「あんたは、どうして怖くないの？」

私は答えに窮した。私の生活からマッダレーナが消えてしまった日々、彼女との結びつきがどれほど重要だったのか、痛いほど思い知った。でも、それをうまく伝える言葉が見つからなかった。

大人たちは「愛」という言葉を無闇に使いたがる。とりわけ学校でムッソリーニについて話すとき、統帥《ドゥーチェ》は子供たちを「愛して」おられるから、皆さんもその「愛」に応えるようになどと言っていた。「愛」という言葉とともに、「情熱を燃やす」とか「死ぬ」とか「苦しむ」とかいった言葉を並べたてる。愛という言葉はもはや、映画女優の演じるような、芝居染みた作りごとになってしまったのだ。

そこで私は言った。「あなたが好きだから」

気づくと、マッダレーナが泣いていた。

19

私は毎年、十二月が来るのを待ちわびていた。台所の氷の冷蔵庫の脇に掛かっているカレンダーをカルラがめくったときから、クリスマスまであと何日かを数えはじめるのだ。一日が終わるごとに色鉛筆でカレンダーにバツ印を書き込み、栗の入った蜂蜜風味のローストや肉やプレゼント、王宮《ヴィッラ・レアーレ》の草原の坂道で開催される橇《そり》競走までの時間が少しでも早く過ぎてくれますようにと祈っていた。

ところが、その年は気づいたらすでに十二月で、道路が雪で汚れていた。車道に積もった雪が排水溝沿いの歩道にのけられ、どろどろになっていた。

毎年、モッタ〔イタリアの老舗菓子メーカー〕社のパネットーネの大きな切れ端を頬張る子供の広告が貼られていた商店には、「モッタのクリスマスはイタリアのクリスマス」とだけ大書された、刺々《とげとげ》しく暗い色の貼り紙が掲げられていた。

商店の前や十一時のミサの終わりの教会前では、老婦人たちが額を寄せ、今度の戦争は永遠に続くだろうと小声でささやき合っていた。それを男たちが遠巻きに眺めている。老いて腰の曲がった人たちばかりで、積もった雪の上に嚙んだ煙草を吐き捨てていた。神に対し、そして「最大なる恥辱」と呼ばれていたものに対し、悪態をついていたのだ。アフリカ諸国をほしいままに植民地化し、陽射しの降り注ぐ場所を満喫している大英帝国とフランスのせいで、紅茶は手に入らず、母は仕方なくハイビスカスティーを飲んでいた。

学校では歴史の先生がエチオピアの地図を壁に貼り、町を征服するごとに小さな旗を立てさせた。イタリアは進軍を続け、児童生徒は「我らが勇ましき兵士たち」のために、天使祝詞《アヴェ・マリア》や主の祈り《パーテル・ノステル》を唱えなければならなかった。

マッダレーナの机は空席のままだった。彼女は学校なんてどうでもいいと言いながらも、エルネスト宛の手紙には、教室での口頭試問や宿題、授業のことを書き続けていた。情報源はもちろん私だ。ドナテッラもルイージャも、エルネストには退学になったことを内緒にしておいてとマッダレーナに頼み込まれ、余計な心配をかけないためにしぶしぶ承諾したのだった。

エルネストとは暗号でやりとりするようになったとマッダレーナが話してくれた。長い文章のなかに本当に伝えたい言葉を織り交ぜ、インクの染みで印をつけておく。そうすれば検閲で黒塗りにされることなく、本心を伝えられた。「戦いは有利に進んでいる。愚痴は言いたくない。もはや戦闘は、スープを飲むのとおなじくらい日常茶飯事になった。敵軍の戦略はまったく中身がない。敵は多いが、ここでの戦友のように忠実な友には出会ったことがない」そして末尾には、小学生の手習いみたいな字でいつもおなじ文章が綴られていた。「いい子でいるんだぞ。ドナテッラとルイージャのことを頼む。神様を信じるんだ」

十二月の十八日、母が私に言った。「きちんとした服を着てちょうだい。寒いからしっかり着込むんですよ」

「どうしても行かないといけない？」

「そうよ。みんなが参加するの」

「どうして？」

「参加すべきだからです」

家を出てトレント・エ・トリエステ広場に向かうと、大勢の人たちが戦没者慰霊碑の前に集まっていた。私はまずマッダレーナの姿を捜そうとした。ところが、母に手首をつかまれて、「ぐずぐずしないで歩きなさい」と引きずられた。しばらく行ったところで、堪《こら》えきれなくなった私は立ち止まり、母の束縛から自由になるために手を振りほどいた。「離してよ！」

周囲の群衆に押されながら、母が私の顔を見知らぬ人のように見た。そして、「いまなんて言ったの？」とだけ尋ねた。その目からは、由緒正しい家柄や評判にふさわしく振る舞うべきだとか、人様にどのように批判されるかわからないとか、よい娘は決して親の言うことに逆らわないものだなどというくつもの小言が読みとれた。けれども、私は父とは異なり、もう自分の胸のなかにすべてをとどめておくことはできなかった。「お願いだから、行かせて」後ろを振り返らずに走り去った。

ようやくマッダレーナの姿を見つけて駆け寄ると、「どうしたの？」と訊かれた。私は息を弾ませて答えた。「会えないんじゃないかって心配だったの」

老婦人たちが難儀しながら順に階段をのぼり、戦場でくずおれる戦士たちと大天使のブロンズ像に歩み寄っては、祖国と信仰の名のもとに金の結婚指輪を捧げている。私とマッダレーナは、少し離れたところでその様子を眺めていた。

泥と混じった雪が広場を汚し、天高く掲げられた天使のラッパや、重なり合う兵士たちの持つ盾は、降り積もった雪で白くなっていた。〈現役兵士と退役軍人協会〉の代表者が旗を高く掲げ、その隣では警官が、鉄の王冠〔イタリア王が戴冠したとされる〕の描かれたモンツァの旗を支えていた。礼装姿の軍当局の人たちが、祭壇に逆さに置かれた兜《かぶと》を見張っている。その兜のなかに、女の人たちが次々に結婚指輪を捧げていた。兜のそばには、先の戦争で命を落とした兵士たちの名前が刻まれている。母のお兄さんも、「大戦」と呼ばれたその戦争で戦った。以前に父が、その祈念廟の高いところまで私を登らせ、死んでいった人たちの名前を読みあげたことを私は思い出していた。あのとき私は、どれも友達の名前で、みんなただ戦争ごっこをしているだけなのだと思うことにした。仲間の人差し指から発射された弾に撃たれたふりをしている子供たちのように、しばらくしたら立ちあがって歩きだし、家に帰っておやつでも食べるのだろう。名字と名前を持っていた人が、もうこの世に存在せず、ただそこに刻まれ、雨露によってしだいに色が薄れていく文字でしかなくなってしまうなんて、奇妙に思えたのだ。記念廟の台座の下には、鉄柵で覆われた秘密の場所があり、ピアーヴェ川〔北イタリアを流れ、アドリア海に注ぐ川。第一次世界大戦の主戦場〕の砂と水が入った二本の小瓶が保管されているのだと父は言っていた。聖なる川と讃えられたピアーヴェ川には、歌まで捧げられているそうだ。父は家に帰る前に、いつも礼拝堂の入り口で立ち止まり、そこに刻まれた文章を声に出して読んでくれた。「母親たちは汝らの美しい血潮の跡を幼な子たちに示さんとこの地に来よう」これは、イタリアをたいそう愛していた詩人によって書かれた文章で、若者たちの死は決して無駄ではなく、彼らの記憶はイタリア人の胸にいつまでも刻まれるだろうという意味だった。だが、私には父が本当にそう信じていたようには思えなかった。

そのことをマッダレーナに話すと、彼女は言った。「死んでいった人が流した血になんて、誰も関心がないと思う。過去の戦争のことなんてみんな忘れていて、都合のいいときだけ思い出すんだよ。最近では、どこへ行っても新しい戦争の話ばかりしてるでしょ?」

女たちは日曜のミサに行くときと同様の正装をし、髪をヴェールで覆っていた。順に階段をのぼり、兜のなかに結婚指輪を入れる。それと引き換えに、「祖国への金《きん》」という文字の刻まれた鉄製の指輪と、束桿《ファスケス》の紋章が押された証書を受け取るのだった。

群衆はファシスト式の敬礼をしていた。マッダレーナはひび割れた唇を繰り返しなめながら、「こんなことは、信仰のうちに入らない」と言い捨てた。

母はその日、金色のリボンを結んだ帽子をかぶり、白の手袋をはめていた。私はマッダレーナに、遠くにいる母を指し示し、「見てよ、あんなに誇らしげに歩いてる」と言った。毛皮のコートに身を包んだ母は、胸を張って、供出品を入れる兜のほうへと階段をのぼっていた。だが、実際に母が供出するのは、ジュエリー職人のヴィガノーニさんに頼んでわざわざ拵《こしら》えてもらった、金メッキを施しただけの偽の結婚指輪だということを、私は知っていた。

一方、マッダレーナのお母さんは首にスカーフを巻いていて、風が吹くたびにそれがぱたぱたと頬に当たった。「指輪まで取りあげられるなんて、かなわないね」歳月の跡が感じられるくすんだ金の結婚指輪を撫ぜながら、小声でつぶやいている。今回ばかりは、「ムッソリーニがこのことを知ったら、黙っちゃいないよ」などと言うわけにもいかなかった。というのも、イタリア全土の女たちにそんな犠牲を強《し》いたのは、他でもない統帥《ドゥーチェ》本人だったのだから。「もはや敬意なんてものはありゃしない」彼女はそう繰り返した。「どこにもね」

「寄付しなければいいのに。義務じゃないんだから」マッダレーナが私の耳もとで言った。

私はそれが簡単ではないことを知っていた。その朝、母が新しい金メッキの指輪の表面を爪やすりでこすり、使い込んだように見せかける細工をしているあいだ、父が説明してくれたのだ。当局が町の人たちに求めている行為は「命令」ではない。そのため、逆らったからといって、「名誉ある市民」から名前を抹殺されるわけではない。「自発的な寄付」と称されたその行為は、拒否しても銃殺刑に処せられることはないが、それでも一生後ろ指をさされる覚悟が必要なのだそうだ。王妃や、ムッソリーニ夫人のラケーレも結婚指輪を寄付した。ピランデッロはノーベル賞のメダルを寄付したし、ダンヌンツィオは箱いっぱいの金製品を寄付した。善良なイタリア人ならば、誰もが寄付をしなければならなかったのだ。

マッダレーナがかじかんだ両手をこすり合わせていたので、私は手袋を脱いで、その手をこすってあげた。そして、「私のポケットに手を入れなよ。温まるから」と言った。

するとマッダレーナが私に抱きついた。首すじに彼女の吐息を感じたとき、一瞬にして寒さが吹き飛んだ。

スカーフを巻き、ツバメのような黒い服を着たマッダレーナのお母さんが階段をのぼりおえた。

祭壇に歩み寄ると、指輪がなかなか外れないらしく、しばらくその場で手間取っていた。近くにいた若者が、雪で手を濡らしたうえで、彼女の指をさすると、ようやく指輪が外れ、若者の手のひらの上に落ちた。彼はそれを自分で兜のなかに投げ入れることはせず、マッダレーナのお母さんに返した。そして帽子のつばに手を当てて恭しくお辞儀をしながら、後ろに下がった。彼女はすがるように若者の顔を見ていたが、やがて指輪にキスをして、たくさんの指輪が入っている兜のなかに投げ入れた。

そのとき、遠くから私たちの姿を見つけたドナテッラが、ティツィアーノと腕を組んだまま、人混みを掻き分けて近づいてきた。

ドナテッラは丁寧に髪を結いあげ、寒さで頬を赤く染めていた。「堅信式のときのネックレスを寄付しにきたの」

「こんにちは、お二人さん」ギリシア彫刻のような笑みを浮かべて、ティツィアーノが挨拶した。

「あんたたちは？　なにも持ってこなかったの？」乱れた髪を整えながらドナテッラが言った。それから、妹のマッダレーナに向かって言った。「聖体拝領式のときのペンダントがあるじゃない。どうして持ってこなかったの？」

マッダレーナは肩をすくめただけだった。私も彼女を見習っておなじ仕草をした。

「二人ともまだ子供なんだから、無理して寄付することもないだろう。いいから行こう」

ティツィアーノが横からとりなした。そして恋人を抱き寄せ、祭壇のほうへと歩きながら、彼女のコートのボタンの隙間から指を入れようとしていた。ドナテッラがはにかんでたしなめた。「みんなが見てるから、やめて」

二人が完全に人混みに呑まれる前に、ティツィアーノの声が聞こえた。「結婚するって約束したんだ、いいだろう？」

するとドナテッラは抵抗をやめ、髪や頬、さらには首すじにキスを受けていた。

20

クリスマスまであと二日となる頃には、あらゆるものを消し去ろうとでもいうかのように雪がしんしんと降り積もっていた。路面電車の駅の近くの公園は、私たち四人のものだった。あたりは奇妙な静けさに包まれ、独特なにおいがした。たくさんの雪玉を投げ合って濡れたウールの手袋のにおいや、厚手のオーバーからにじみ出る汗のにおい、それに樅《もみ》の木のべとつく脂《やに》のにおい。マッダレーナは雪の山を蹴散らしながら、ブランコを漕いでいた。フィリッポとマッテオは木製の遊具にもたれて、クリスマスプレゼントや戦争の話をしていた。

「大人になったら、俺も戦争に行くんだ」と言ったのはフィリッポだった。「そうすればカービン銃が使えるようになるし、敵の女もモノにできる」今年のクリスマスには、お父さんからブリキの列車の模型と、弾丸の入った本物の銃をもらえることを期待していた。土曜の集会で、大人のように銃を撃てることを自慢するつもりなのだ。一方のマッテオは、お父さんに会うことさえできればプレゼントなんて要らないと言っていた。流刑地に送られたきり、なんの消息もなかったのだ。マッテオのお父さんが逮捕されてからというもの、二人のあいだには喧嘩が絶えず、些細なことでたちまち口論になった。ブランコに乗ったマッダレーナをどちらが押すかとか、フィリッポが台所からくすねてきたビスケットがハンカチのなかで粉々に割れてしまい、奇跡的に割れずに残っていた一枚を誰が食べるかとか、そんなことでお互いに罵《ののし》り合ったり、悪意のこもった綽名《あだな》で呼び合ったりした。「おまえが大人になったら、うちの父さんを逮捕した憲兵みたいな、体制のイヌになるに決まってる」と言って、マッテオがフィリッポを罵ると、「おまえみたいな無知な奴は、どうせたいした大人になれやしないんだ。おまえの親父みたいにな」とフィリッポが言い返した。二人は雪のなかで転げまわりながら、殴る蹴るの取っ組み合いをした。するとマッダレーナが「やめなさい」と怒鳴りながら割って入り、二人を引き離すのだった。そして両方に強烈なびんたを喰らわせる。「あんたたちは大人の受け売りしかできないんだから」

結局二人は、マッダレーナに諭されて、しぶしぶ仲直りをするのだった。

一つだけ、マッテオとフィリッポが決して口論にならないことがあった。本物の男になるには戦争に行かなければならない、流血を経験して、初めて大人になったと言えるのだから、という点だった。

マッダレーナは古い男物のコートを着て、襟もとまでしっかりボタンを留めていた。爪先で雪の上に円を描きながら、こう言った。「なにも戦争に行かなくたって、本物の男になれる」

「それじゃあ、名誉が手にできないよ」フィリッポは言った。

「戦争がないところにも名誉はあるでしょ。統帥《ドゥーチェ》のいないところにだってね」マッダレーナが反論した。

マッテオは両手を腋《わき》の下に挟んで温め、洟《はな》をすすった。「統帥《ドゥーチェ》なんてどうでもいいけど、人を殺せなければ、本物の男とは言えない。戦時中だろうが平時だろうがそれは変わらないよ」

「男の問題だから、おまえにはわからないのさ」フィリッポも言い添えた。

急にあたりが静まり返った。高い木の枝から雪の塊が地面に落ち、どすんという鈍い音が響いた。

私がランブロ川で血を流した日から、マッテオとフィリッポはそれまでとは違った目で私たちのことを見るようになり、なにかにつけて自分たちとの違いを強調した。さらに、二人の反対を押しきってマッダレーナが私をふたたび仲間に戻すと決めてからというもの、いつも二人だけでこそこそ話し、私たちが近づいていくと「男どうしの話」だと言って口をつぐむようになっていた。

二人は、私とマッダレーナが隠しごとをしていると思ったらしい。それで、私たちと張り合うためになにか自分たちだけの秘密をつくろうとしていたのだ。

マッダレーナはせせら笑った。「あんたたち、本当に人を殺せるつもりでいるの？」

「殺せるに決まってるだろ」マッテオが言い返した。

「おまえになにがわかるっていうんだ」フィリッポが意地悪く笑った。「女は大人になっても戦争には行かない。町にとどまって結婚相手を探し、男の子を産んで兵隊に育てあげるくらいしか能がないから、負け惜しみを言ってるんだろう。兄ちゃんが言ってた。女がすべきことは唯一、統帥《ドゥーチェ》の女たちみたいに、なにも求めずに身を捧げることなんだって。でも、男だったら望むものは自分の力で手に入れる。親父だっていつもそう言ってるよ」

マッダレーナはいきなりブランコから飛びおり、フィリッポのほうに歩み寄った。

フィリッポが慌てて後退《あとずさ》りしたので、木の杭《くい》につまずいて尻もちをつき、背中が雪に埋もれた。

「ほうら、あたしが怖いんでしょう？」マッダレーナは落ち着きはらっていた。

フィリッポは両腕をひろげて喘ぎ、開いた口から白い息を吐いた。「なんだよ。ぶちたいなら、ぶってみろ」

「そんな必要ない。どうせあたしが勝つに決まってるもん」

「あいつが来てから、おまえは変わったな」フィリッポは服についた雪を払いながら立ちあがった。そのとき私は一瞬、その明るい色の瞳に、あたかも自分の所有物であるかのように他人《ひと》を見る、彼の父親とおなじ眼差しを認めた。「おまえら女子には、殺すというのがどういうことかわからないのさ」とフィリッポは息巻いた。

それまでマッテオもフィリッポも、マッダレーナに対して「女子」という言葉を使ったことはなかった。二人にとってマッダレーナは、「女子」とは別格の存在だったはずだ。

「ものわかりの悪いあんたたちのほうこそ、よっぽど女々しいよ」マッダレーナが吐き捨てるように言い、私の手をつかんで、「行こう」とうながした。

私はマッダレーナに引っ張られるようにして、公園の出口まで走った。踏みしめた雪が靴の下できゅっきゅっと音を立てた。

「余所《よそ》から来た犬のくせに、地元の犬を蹴散らしやがって！」背後でマッテオがわめいた。まるで私がどこから来たかもわからない敵で、二人を追い払い、彼らのものだったマッダレーナを独り占めしたとでもいうかのように。

橋に向かって走るあいだ、マッダレーナはずっと私の手を握っていた。歩道の端では、焼き栗やカスタナッチョの露店から濃い煙が立ちのぼっている。商店は、クリスマス前の最後の買い物に没頭しているご婦人方の熱気でガラスが曇り、ドアが開くたびに、ラジオから流れる軍歌が道路にまでひろがった。泉には氷が張り、ランブロ川の水は空とおなじ鈍色《にびいろ》に淀んでいた。

　レオーニ橋のところまで来ると、マッダレーナはようやく立ち止まった。走ってきたせいで息は切れ、頬は紅潮している。「クリスマスのミサのあと、うちでパネットーネにクリームをつけて食べるの。ドナテッラ姉さんに、あんたの分も一切れとっておいてって頼んどいたよ。一緒にどう？あたしたちは毎年、サン・ジェラルディーノ教会の夜中の十二時のミサに行くんだ」

　夜中の十二時のミサは、大人が行く場所だからと言われて、それまで私は一度も連れていってもらったことがなかった。

　そんな時間に子供がまだ起きているなんてとんでもありません、と母は言っていた。でも本心は、娘のことなんて気にかけずに、着飾った姿で社交の場に出たいだけだった。

　クリスマスのミサは、町の人たちに自らをアピールするまたとない機会だった。人々の装いを眺め、自らの装いをひけらかし、その場にいない者の悪口を言うために集うのだ。聖堂《ドゥオーモ》には特別席が設けられていた。前列には制服姿の地方ファッシの書記官とその家族、市長《ポデスタ》〔ファシズム政権に任命された地方自治体の長〕をはじめとする市の権力者、そして憲兵たちが陣取っていた。全員制服に身を包んでいたものだから、クリスマスのミサの前から三列は黒一色で覆われていた。

　クリスマスイブの晩、母が部屋に入ってきたとき、私はすでにベッドに潜り、顎まで布団を掛けて電灯を消していた。「起きなさい」と母は言った。「あなたも大人になったのだから、今年は真夜中のミサに一緒に行きましょう。ただし、途中で居眠りなんてしないでちょうだいね。みっともないから」

予想外の出来事に私は面喰らい、「服を着替える」とだけ言った。じつは布団の下には外出用の服を着ていた。母たちが出掛けたら私もこっそり家から脱け出し、マッダレーナと合流するつもりで、ブラウスにスカート、それに靴下まで身に着けて布団に潜っていたのだ。

私の計画はふいになり、母たちと出掛けなくてはならなかった。墨のように真っ黒な空に、凍てついた空気が張りつき、路面は凍結し、イルミネーションの明かりが満ちていた。

聖堂広場《ドゥオーモ》に着くと、母が念を押した。「お行儀よくしててちょうだいね」鐘の音と鐘の音に挟まれた静けさの際立つ時間、女たちのヒールが砂利を踏む音が響いた。教会の外では男たちが集まって葉巻を吹かしながら、経済や戦争や女の話をしていた。

教会にはお香のにおいがたちこめ、吐き気がするほどだった。くぐもったオルガンの響きが、来賓用の席を奪われた者の洩らした悪態にかぶさる。

私たちは前から四列目の長椅子に座った。コロンボさん一家のすぐ後ろだ。フィリッポ、ティツィアーノ、コロンボ夫妻と四人そろっていた。ティツィアーノが一瞬振り向いて私に微笑みかけると、すぐにまた祭壇のほうに向き直り、ラテン語の歌を歌いだした。とても美しい歌声だったので、私はふと、天国の神様の隣にいる天使たちはティツィアーノに似ているにちがいないと思った。

司祭様は金色《こんじき》の祭服をまとい、神様と祖国と家族についての説教をしていた。どれも私には口先だけの作りごとのように聞こえ、子供だましの演技としか思えなかった。

栄唱《グローリア》を歌いおわっても、私は立ったままだった。父が黙って私を見ている。

「座りなさい」母が小声でささやいた。「すぐに座るのです」

立っているのは私一人で、誰もが無言だった。司祭様の言葉と、オルガンの最後の和音の残響が聞こえるだけだ。ここで私が教会を脱け出したら、町じゅうに知れ渡ることになる。

「ごめんなさい」私は父にささやいた。「でも、行かなきゃ」

長椅子のあいだをすり抜け、駆けだした。地獄に堕ちると言われている黒い大理石もかまわず踏みながら、身廊を通り抜けた。

外に出ると、風が顔を切りつける。静まり返った聖堂《ドゥオーモ》広場は薄暗く、冷気が満ちていた。私はヴィットリオ・エマヌエーレ二世通りの坂道を走り抜け、レオーニ橋を渡り、ランブロ川に沿って進み、サン・ジェラルディーノ橋を越えたところでようやく立ち止まった。教会の回廊《キオストロ》に囲まれた中庭は暗く、礼拝堂から伴奏のない低い歌声がかすかに洩れていた。

思いきって中に入った。小ぢんまりとした教会で、薄暗い。

マッダレーナは後ろから二番目の列に座っていた。ドナテッラやメルリーニ夫人、ルイージャも一緒だ。私の姿を認めると、「来ないのかと思ってた」とつぶやいた。

私は息を切らし、全身が火照っていた。

「走ってきたの？」それを見てマッダレーナが笑った。「座ったら？」

ドナテッラがメルリーニ夫人のほうに詰めて、私の分のスペースを空けてくれた。ルイージャが「クリスマスおめでとう」と言った。

さっきまでいた聖堂《ドゥオーモ》でのミサは、神様などそっちのけで、前列に陣取る来賓たちに自分たちの敬虔《けいけん》さを示し、誰よりも大きな声で歌えることを誇示するための場だった。一方、サン・ジェラルディーノ教会のミサは、心の底から神の言葉を必要としている人たちが静かに耳を傾ける場だった。霊的聖体拝領の祈りのとき、マッダレーナもひざまずいた。まるで神様が天の高みではなく自分の隣に座しているかのように、独特な雰囲気で語りかけている。

マッダレーナは神様を信じることにしたのだ。一度そうと決めると迷いがなかった。神様と話していると、エルネストが身近に感じられるのだろう。彼もどこかでおなじように神様に語りかけているにちがいなかった。

長椅子の下の大理石は、雪で汚れた靴底のせいで濡れていた。司祭様が参列者に語りかけている。

「今宵は希望に満ちた夜です」

私はマッダレーナにできるだけ近づきたくて、少し身を寄せた。ひざまずいて手を組み、その上に顎をのせて祈った。エルネストのために、そして戦争が早く終わりますようにと。次いで父の帽子工場のために、さらには母のためにも祈った。もうこの世にはいない弟のためにも。もし生きていたら、いまごろどんな人になっていたのだろうと考えながら。最後にマッダレーナのために祈った。彼女といると、ついこのあいだまであり得ないとかバカげているとかと思っていたことまで信じられた。たとえば、罪を隠している私であっても神様は慈しんでくれるといったことも。私にも救いはあると信じられるのは、マッダレーナがいてくれるからだった。あらゆるものを照らしているのは、彼女なのだ。

メルリーニ家に着いたときには夜中の一時をまわっていた。そんな夜更かしをするのは生まれて初めてだった。うなじのあたりにまとわりついた眠気のせいで思考が軽やかになり、自分が大人になったような気がしていた。

私たちは、クロスのかかっていないキッチンのテーブルを囲んだ。ルイージャがモッタ社のパネットーネの入った青い箱を開け、ドナテッラがマスカルポーネのチーズクリームを盛ったガラスの器をテーブルに置いた。ドナテッラの動きは、まるでなにか重いものが身体《からだ》にのっているかのように緩慢だった。普段より口数も少ない。母親になにか尋ねられたときだけ、「うん」か「ううん」と答えるだけだった。

男の人がいなくなったその家は、どこかぎこちなかった。空虚でひっそりとしていたのだ。濡れた土のにおいが漂っていた。薄いペーパーを手で巻く安物の煙草をルイージャが吸いはじめたせいだった。エルネストが愛飲していた煙草だ。

ルイージャが箱からパネットーネを出して切り、私にも一切れくれた。ルイージャは、パネットーネのことを「トーニのパン《パン・デル・トーニ》」と言った。スフォルツァ家の厨房で働いていたトーニことアントニオが、失敗を埋め合わせるための苦肉の策として考え出した菓子パンがパネットーネの由来となったという伝説にもとづいた呼称だ。ルイージャは悲しみを押し殺したか細い声で、「好きだったら言ってね」と言って、スプーン一杯のクリームをお皿によそってくれた。

それからパネットーネのまわりに入っていた厚紙の円柱を持ちあげ、「縁起がいいんですって」と、王冠のようにドナテッラの頭にかぶせた。ドナテッラはかすかに笑い、指で触れて、「ありがとう」と言っただけだった。その目はうるんでいた。

皆でクリームをつけながらパネットーネを食べた。私は中に入っていたドライフルーツを取り除きながらいただいた。とてもおいしかった。そのあと、クリスマスなのでマンダリンオレンジを一人一個ずつ食べた。マッダレーナは皮を一本の帯状にむいて、房をお皿の上に一列に並べた。私の分の皮もむいてくれ、こう言った。「種も食べて平気だよ。果物の種を呑むとお腹のなかで芽が出るというのは嘘だからね」それから、小声で言い添えた。「でも、このあいだ食べたやつのほうがおいしかったね」度胸試しの晩、トレソルディさんの店に忍び込んで盗んだ二つのマンダリンオレンジは、逃げる途中で急いで食べたのだった。以来、その話題には二人とも触れていなかった。マッダレーナは房を全部食べ終わると、皮に吸いつき、口をすぼめて噛んでいた。

「これあげる。私はもう要らない」私は、自分のマンダリンオレンジの残っていた半分を差し出した。すると、マッダレーナはありがとうと言って、いっぺんに口に放り込んだ。勢いよく呑み込むと、私がお皿の上に残していたドライフルーツも集めて食べ、最後にはお砂糖のついた指をなめた。

「食べ物を無駄にするなんて」

「いつだって、あまりにもあっけなく終わってしまうのよね」マンダリンオレンジの皮をもてあそびながら、ドナテッラがつぶやいた。

「なにが？」私は尋ねた。

そのときマッダレーナが皮を指でつまみ、私の顔の前でつぶしたので、汁が目に入った。

「ひどい」私が文句を言うと、マッダレーナはけらけらと笑った。

「おいしいもの」ドナテッラは目を伏せたままで答えた。「決して長持ちしない」まばたきしながらそう言った。声が震えている。「あっという間に消えてしまい、後味が残るだけ」

「どうしたの？　泣いてるの？」ルイージャが尋ねた。

「ドナテッラ、あんた正気かい？　たかがマンダリンオレンジのために泣くなんて」器に少し残っていたマスカルポーネのクリームを指ですくってなめていた母親が言った。

「ここはあたしに任せて」ルイージャが身を乗り出してドナテッラを優しく抱きしめた。ドナテッラは押し黙ったまま、テーブルの上の食べこぼしを片づけていた。メルリーニ夫人はマンダリンオレンジの皮を集めて、ストーブの上に並べた。「こうすれば部屋じゅうがいい香りになるでしょ」

マッダレーナが外を指差した。「すごい、たくさん降ってる！」椅子から飛びおりると、素足で床を歩いて窓辺へ行った。迷わず窓を開け、ブラウスのまま小さなバルコニーに出た。

黒い空を背に、次々と舞いおりる大きなぼたん雪がくっきりと見えた。

「冷たい風が入るから窓を閉めて」ルイージャがショールのなかで縮こまった。カーテンが風でふくらみ、裾の金属の重しが家具にぶつかって音を立てる。吹き込んだ雪が台所のタイルの上で融けていた。

私も一緒にバルコニーに出て、マッダレーナが両手をひろげ、舌を出して雪を捕まえるのを見ていた。「おいしい！」

「ずいぶん降ってきたね。積もりそう」私は通りを指差して言った。街灯の明かりが、コットンの切れ端をまき散らしたような雪片で掻き消される。私は声をあげて笑った。「雪が食べられるなんて知らなかった」

「あんたも食べてごらん」マッダレーナが舌を思いっきり外に出した。「わお――っ」口を開けたまま、空中に舞う雪に咬みつこうとするように雪片を追いかける。

「あんたたち、頭がどうかしてるわ！　すぐに戻りなさい。さもないと風邪をひくわよ」部屋のなかからルイージャがわめいた。

「降ってくるとこ見た？　すごくきれいだね。なんの音もしない」マッダレーナが言った。足が紫色になっていたが、そんなことは少しも気にならないらしかった。

ルイージャがショールで頭まですっぽり覆って出てきた。「凍えそうな寒さね」小さく息を吐いた。「まるで、この世界にいるのはあたしたちだけみたい」黒くて長い眉や髪に雪片がつく。「エルネストが見たらきっと喜ぶわ」

父さんと母さんは雪の降る日に結婚したの、とマッダレーナが語りはじめた。あんまり寒かったものだから、母さんは花嫁衣裳のヴェールをマフラー代わりに父さんに渡したんだって。教会に行く前、父さんは身体を温めたくてスープを作ったんだけど、味見をしようとしたら舌を火傷《やけど》しちゃって、御聖体の前での誓いのとき、うまく喋れなくてね……。

「ルイージャ！　窓を閉めなさい」メルリーニ夫人の声がした。夫人はバルコニーのところまで来て立ち止まった。台所からの明かりに照らされ、影がくっきり見えた。「確かにきれいだねえ」嬉しそうに目を細めて空を仰いでいる。その瞬間、いきなり視線を前に向けて、まっすぐにマッダレーナのことを見た。それから手を伸ばし、マッダレーナの髪についた雪を指で払った。「寒いところに長くいると熱が出るから、入りなさい」マッダレーナは身を固くして微動だにしなかった。口を開けたまま息を止めている。下手に息をしたら、記憶のなかから現われた亡霊を驚かせてしまうのではないかと恐れているかのように。メルリーニ夫人はマッダレーナと目を合わそうとはせず、それ以上なにも言わなかった。そのまま奥に引っ込み、お皿を片づけはじめた。

私たちも暖かで心地のいいキッチンに戻った。手も頬も赤紫になっていた。身体に付着した雪が融けだす。マッダレーナがかじかんだ指で、私の首すじに入った雪を払ってくれた。マンダリンオレンジの香りがした。

「ドナテッラはどこ？」

見ると、ドナテッラの席は空だった。手をつけていないパネットーネがテーブルの上に残されている。

私たちは外の通路に出てドナテッラを捜した。マッダレーナが前で、私はその後ろをついていく。ルイージャとメルリーニ夫人はキッチンの片づけをしていた。

トイレの扉の向こうから、電灯の白い明かりが筋状に洩れていた。マッダレーナは、トカゲを捕まえるときのように忍び足で近づいていった。

そしてきしむ音も立てずに、静かに扉を押した。

ドナテッラが便器の前でひざまずいて泣いていた。床についた脚は蒼白く、頭の上のパネットーネの厚紙の冠が斜めになっている。息づかいに合わせて拳骨でお腹を押し、かすかなうめき声をあげていた。汚れた陶の便器に唾を吐くと、手の甲で口を拭い、また下腹部を拳骨で押した。それを何度も繰り返している。

「どうしたの？」マッダレーナが尋ねた。

ドナテッラが振り向いた。取り乱した表情で、瞳には驚愕の色が浮かんでいた。「大丈夫、なんでもない」ドナテッラは慌てて立ちあがり、スカートの襞《ひだ》を整えた。

「だって泣いてたじゃない」

「泣いてなんかいない」ドナテッラは無理に笑った。「少し吐き気がするだけ。なにか消化の悪いものでも食べたのね。寒さのせいかも」ぎこちない仕草で髪を整えた。頬にかかった髪が乱れ、髪全体が脂汗でべっとりしている。厚紙の冠が床に落ちた。ドナテッラは拾おうともせず、私たち二人を掻き分けると、足早に家へ戻っていった。

トイレの扉のところで、私とマッダレーナは互いに説明を求めるように顔を見合わせた。マッダレーナは一言、「いまの見た？」と言っただけだった。

私はうなずいたものの、言葉は出てこなかった。秘密をのぞいてしまったという罪悪感があった。なにか汚らしくて謎めいた、私たち二人で抱えるには大きすぎる秘密……。それは、不幸を呼ぶとしか思えないなにかだった。

家に帰ると、まだ明かりがついていた。父が入り口のソファに座り、そろえた両手を膝の上においていた。母は余所行きの服を着たままテーブルに肘をつき、目の前のアマーロ〔薬草を用いた苦みのあるリキュール〕の瓶をぼんやりと眺めながら、指で髪を梳《す》いていた。母が私を見るなり立ちあがり、大声で怒鳴りだした。「いったいなんてことをしてくれたのですか！　この恥知らず！」

下の階から箒《ほうき》で天井をつつく音がして、夜中に騒ぐなとわめいている。

父も立ちあがり、埃《ほこり》でも払うように両手で腿を叩くと、言った。「とにかく無事に帰ってきてよかった。もう遅い時間だから、寝るぞ。あとのことは明日になったら考えよう」それだけだった。玄関の鍵をかけ、ナイトガウンのポケットにしまうと、寝室へ引きあげてしまった。

「お父様はまた、我関せずの態度を決めこむつもりなのね」そう言うと、母はグラスに残っていたアマーロを一口で飲み干した。「けれど、今度ばかりは覚悟なさい。明日からあなたは外出禁止です。私がいいと言わないかぎり、家から一歩も外に出しません。いいこと？　四六時中見張ってますからね」

「ごめんなさい」そう謝ってみた。喉もとに恐怖がこみあげた。母の脅しが現実になれば、マッダレーナに会えなくなる。

「私たちにどれほど恥をかかせたか、あなたはわかっているの？　ミサのあと、あなたのことを訊かれたわ。コロンボ夫人にも、司祭様にまでね。みんなにじろじろ見られたんですよ。こんな時間まで、どこでなにをしてたの？」

「マッダレーナのところ」私はきっぱりと言った。

「誰のところですって？」母の怒鳴り声が響いた。

私は母の目をまっすぐ見返して言った。「マルナータの家。パネットーネをご馳走になったの。楽しかった」

母がけらけらと笑いだした。その笑いに私はぎょっとした。「きちんとお別れを言ってきたかしら？　もう二度と会えないのですからね」

寝室のドアの向こうで、両親は長いこと話し合っていた。私は服を着たままベッドに身を投げ出し、天井でもつれている影を追いながら、舌の上で融ける雪の感触や、マンダリンオレンジの皮をかじっていたマッダレーナ、泣きながら拳骨でお腹を何度も叩いていたドナテッラのことを考えていた。すると祈りたくなった。「お願いですから、みんなをお護りください」と、神様にすがりたくなったのだ。

クリスマス休暇のあいだ、私は家から一歩も出られなかった。両親は、コロンボさんをはじめ、「大切な人たち」の招待を受け、あちこちの夕食会に出掛けていったが、私はどこにも連れていってもらえなかった。

大晦日も、家でカルラと一緒に「四十八コマでめぐる東アフリカ」というすごろくをして過ごした。「ごめんなさいね、お嬢様。今回ばかりは外出を許すわけにはいきません。さもないと私が追い出されてしまいますからね」

なによりつらかったのは、マッダレーナに知らせる術《すべ》がなかったことだった。私が彼女のことを見捨てたと思われてはいないだろうか。もう会ってもらえなかったらどうしよう。私はあれこれ思い悩み、心をすり減らしていた。一時間でいいから外に出させてもらえるなら、これからは決してなにも欲しがらない、誕生日プレゼントも要らないと必死に頼み込んだが、無駄だった。

そんなある日のこと、たしか一月五日、「貧民のクリスマス」と称されたベファーナ〔御公現の日に、子供たちにお菓子を持ってくると信じられている魔女〕のお祭りの前の晩のことだったと思う、私は応接間のテーブルに向かって数学の問題を解いていた。「イタリア少女《ピッコレ・イタリアーネ》団の団員十名が、一人五百グラムのビスケットをそれぞれ買い、二・二五リラを支払いました……」そのとき、呼び鈴を鳴らす音がしたので、カルラが「きっと八百屋さんね」と言いながら、ドアを開けに行った。

入ってきた人を見て、私は一瞬、身体が固まった。すんでのところでノートの上にインク壺を倒すところだった。慌ててカルラのあとを追いかけた。ノエがマフラーに顎をうずめ、果物と野菜の入った木箱を腕に抱えて立っていた。「ストラーダ夫人がご注文された品を配達にまいりました」

「ご苦労様」カルラが言った。「おいくら？」

「こんにちは」私は、息が止まりそうになりながらも声をかけた。

「やあ」とノエも言った。それからカルラの質問に答えた。「二十リラと六十五チェンテジミです」

そのときになって私は、自分がまだネグリジェの上からウールのガウンを羽織った恰好でいたことに気づいた。慌てて腰のベルトを締めなおし、胸もとを覆った。そして、小声で言った。「話したいことがあるんだけど……」

「俺もだ」

カルラは私の顔をまじまじと見つめ、それからノエを見て、彼が持っていた木箱を受け取った。「台所に置いて、お金を取ってくるわね。ぴったりの額が見つかるのに少し手間取るかもしれないけれど」そう言い残すと、「キスをしてくれたら、はいって言うわ。恋はいつもそんなふうに始まるの」と口ずさみながら奥へ引っ込んだ。

ノエが眩しそうに私のことを見ている。

「私は外出禁止の罰を受けているとマッダレーナに伝えてほしいの。マッダレーナのところに行かれないのはそのせいだって、伝えてくれるよね？」

ノエは手をこすり合わせて息を吹きかけた。「わかった」

「マッダレーナのほうから会いに来てくれるかと思ってたんだけど、一度も来てくれなかった」

「いろいろあったから来られなかったんだよ」ノエは指でマフラーをいじくりまわしながら言い、洟《はな》をすすった。「なにも聞いてないのか？」

「なんの話？」私は息を呑んだ。

「このあいだ、マッダレーナの姉さんがランブロ川に飛び込んだ」

「二人とも知ってたんでしょ？　知ってたくせに私にはなにも言ってくれなかったのね」

私はそれまで、両親にそんな口を利いたことはなかった。マッダレーナの気持ちを思うと、心のなかで炎が燃えあがるようだった。

「子供にはかかわりのない話だからです」母は、ハイビスカスティーを少しずつすすりながら、敢えて穏やかな口調で言った。行儀作法の本にある挿し絵のように、片手にはソーサー、もう一方の手にはカップを持っている。「それに、余所様《よそ》の不幸を家に持ち込むのは縁起がよくありませんからね」

ひろげていた『コッリエーレ・デッラ・セーラ』紙の陰に顔を隠したままの父に対して、母が空《から》咳《せき》をしてみせた。すると父は新聞を下に置き、話しにくそうに唇をなめた。「フランチェスカ……」

「行かせて」

「なんですって？」母はソーサーにカップを叩きつけ、父の顔を見た。「あなた、お聞きになった？　こんな反抗的な態度、いったい誰から教わったのかしら」

「マッダレーナのところへ行かせて」

カルラは台所にいるらしく、流しから食器を洗う音が聞こえていた。

「許しません。何度も言ったとおり、あの子にはもう二度と会わせません」

ドナテッラは、大晦日にレオーニ橋から飛び込んだのだった。川から助け出されたのは、ロザリオの祈りをすべて唱えられるほどの時間が経過してからだった。泥にまみれ、服はずぶ濡れで引きあげられたときには、唇も肌も土気色で、虚《うつ》ろな目をし、生まれたばかりの仔猫のように震えていた。以来なにも話したがらず、神の加護を願うために家に訪れた司祭にもいっさい語らなかった。仕舞いにはマッダレーナが、ドナテッラは助かったのだから司祭は必要ないと言って追い返してしまった。助かったとはいえ、高熱にうなされ、布団のなかで脂汗をかいて震えていた。

私がようやく外出を許されたのは、冬休みの明けた一月九日のことだった。その年は、一月八日もエレナ王妃の誕生日で祭日だったのだ。王妃様の御健康をお祈りしましょうと母に言われたとき、私は、エレナ王妃なんて死ねばいいのにと心の内で呪った。お蔭でマッダレーナに会える日が一日延びたからだ。九日の朝、私はまだ七時にもならないうちに家を飛び出し、ほぼ立ち止まらずにマルサラ通りまで走った。鉄の上に張った氷のように鋭い冷気を呑み込むたびに、喉がひりひりした。

ドアを開けてくれたのはマッダレーナだった。寒い日だったにもかかわらず、相変わらず素足で、薄地のブラウスの裾をスカートの上に出していた。疲れきった目が眼窩《がんか》の奥に埋もれていた。

「おはよう」と彼女は言った。

「ずっと外出させてもらえなかったの」

「知ってる」

「だから来られなかった」

「知ってる」

「でも、来たくてたまらなかった」

「ノエから聞いた」そう答えると、マッダレーナは脇に寄った。「あがってく？」

私は玄関口に鞄を放り出し、マッダレーナのあとについて入っていった。

家の中は明かりが消されていて薄暗く、万年床のにおいとむせ返るような気怠《けだる》さに包まれていた。

「ドナテッラの具合はどう？」

「なんともいえない」

枕もとではメルリーニ夫人がロザリオを繰りながら、湿った声で祈りを唱えていた。ルイージャは蠟燭《ろうそく》の明かりを頼りに、チュール生地のヴェールの縁に刺繡をしていた。

ドナテッラは肌がくすみ、枕の上でもつれた黒髪は傷んだ海藻のようだった。

マッダレーナは私の手をとり、台所に導いた。テーブルを挟んで向かい合って座った。話しはじめる前に、私は彼女のことを改めて見た。痩せ細り、顔もごつごつして見えた。まるで一気に歳をとったかのように。

「死のうと思って飛び込んだわけじゃない、生きるために飛び込んだんだって言ってた。どういう意味だと思う？」

「わからない」そんなふうに憔悴しきったマッダレーナを見るのはつらかった。できることなら、彼女の苦しみを代わりに背負いたかった。

「それ以外はなにも話したがらないの。ちゃんと話してって頼んでも、なにも言わない」マッダレーナは続けた。ふたたび顔をあげたとき、マッダレーナの瞳は憎しみに燃えていた。「誰かが姉さんを苦しめるようなことをしたんだよ。そうに決まってる」

「私たちにできることはある？」

マッダレーナは血の気がなくなるまで唇を噛んでいたが、やがて言った。「ガチョウを見つけて、舌を抜くの」

第四部

切り取られたガチョウの舌

21

私たちはトレソルディさんの店の向かいの歩道で、ペンキを新しく塗り替えた煙草店のシャッターに背をもたせて立っていた。夜の影は厚ぼったく、私たちの荒い吐息まで街灯の明かりを受けて深みを増すようだった。

「ガチョウを捕まえてどうしようっていうんだ？」鼻をこすりながらマッテオが尋ねた。

「舌だけでいいの。ガチョウが丸ごと必要なわけじゃない」マッダレーナが訂正した。

「で、そのガチョウの舌をどうするんだ？」フィリッポが訊きなおした。

「ドナテッラの枕の下に入れるんだよ。ガチョウの舌には真実を語らせる力があるから」マッダレーナは肩をすくめた。

「でも、ガチョウの舌なんて、どうやったら切れるの？」私は背すじがぞくりと震えるのを感じた。するとマッダレーナは、台所からこっそり持ち出したナイフを見せた。「簡単よ。これで切るの」

「おまえにそれが使えるのか？」マッテオは喉をぐっと鳴らし、地面に少しだけ残っている黒ずんだ雪の上に痰を吐いた。

「やってみせようか？」マッダレーナが街灯の明かりでナイフの刃を光らせた。

マッテオは降参の印に両手をあげた。「わかった、わかった。信じるよ」

マッダレーナはナイフをしまい、目にかかった前髪を掻きあげた。「準備はいい？」底のほうが濡れて重たげなポケットから、なにやら不快な臭いが漂っている。

「そこになにが入ってるの？」

「そのうちわかる」

「準備万端」マッテオが片手の拳《こぶし》をもう片方の手のひらに打ちつけた。

「きっと厄介なことになるぞ」フィリッポが怯《ひる》んだ。

マッダレーナは向かいの歩道へと歩きだしたものの、シャッターが下りている青果店の正面には向かわず、建物の中庭に通じる幅の広い門のほうへと走っていった。

「どうするつもり？」私はマッダレーナのあとを追い、尋ねた。

「入るのよ」

「どうやって」

「普通、門のなかにどうやって入る？」

「鍵が要るけど、私たちは持ってない」

マッダレーナはにやりと笑い、振り返って片手をマッテオのほうに伸ばした。マッテオがオーバーコートのポケットを探り、大きな鍵を取り出すと、一瞬ためらったものの、マッダレーナの手のひらにのせた。

「その鍵、どうやって手に入れたの？」

「おまえ、頭のめぐりが悪いなあ」鼻から荒い息を吐きながらマッテオが言った。

私はむっとして口をすぼめ、反論した。「もう精肉店はとっくの昔になくなってるのに、どうしていままで鍵を持ってたのよ」

「いつかここに戻ってくるって信じてたからさ」

「鍵を使って入るんだから、泥棒とはいえないよな」背後からフィリッポが言った。

「みんな黙って。聞かれるでしょ」鍵を挿しながらマッダレーナが咎《とが》めた。二度回すと錠が開いた。

マッダレーナが黒っぽい木製の門扉に手を当てて、押した。そして開いたドアをそのまま押さえ、早く、と私たちをうながした。フィリッポとマッテオは、指令どおり暗闇に消えていった。

私とマッダレーナはその場に残った。マッダレーナが私のほうを振り返り、手を差し出した。

「行くわよ」

「本当に信じてるの？」握り返すのを待っているマッダレーナに、私は尋ねた。「ガチョウの舌のおまじないのこと」

マッダレーナは、まるで幼子でも見るように私を見つめた。「信じてるに決まってるじゃない。あんたは信じないの？」

私は彼女の手に指をからませた。「だったら私も信じる」


私たちは入ってすぐの、暗くて石鹸の匂いがする通路を通り抜けて中庭に忍び込んだ。冷たくて硬い地面が靴底に当たる。フィリッポとマッテオが塀に背中をへばりつけて立ち止まり、周囲の様子をうかがっている。二人を追い越したマッダレーナが、ついてくるようにと命じた。

「待てよ」マッテオが顔をしかめて憤慨した。「ここは俺の家だったんだ。どう動けばいいかは俺のほうがよくわかってる」

マッダレーナがマッテオをじっと見返し、先頭を譲った。

マッテオはわざと肩でぶつかりながら私を追い越し、中庭の奥まで歩いていった。そのあたりにはほとんど明かりがなく、分解した古い棚板や不要になった家具が無造作に積みあげられていた。

「ここだ」そう言って、マッテオはトレソルディさんの土地を仕切る黒い鉄柵を指差した。有刺鉄線が巻かれている。そのとき、いきなり犬が吠えだした。

みんな驚いて一歩飛びのいた。私はあやうく悲鳴をあげそうになった。柵のあいだから鼻面を突き出した犬が、砕けた骨のような歯をむき出し、オレンジ色の目をぎらつかせながら、前足の爪で地面を引っ掻いていた。

マッテオが木切れの入った箱から棒を一本つかむなり、言った。「殴り殺してやる」

ところが、「あんたは引っ込んでて」とマッダレーナの肘鉄を脇腹に喰らい、呟き込んだ。

マッダレーナは湿ったポケットからぶよぶよした赤い塊を取り出した。袖を伝って赤黒い汁が垂れている。

「なんだ、それは？」思わず指で鼻をつまみ、フィリッポが尋ねた。

犬が唸《うな》り声をあげながら柵のあいだにねじ込んだ鼻面をしきりと回転させているのもおかまいなしで、マッダレーナは鉄柵に近づいていった。犬の口から、だらだらとよだれが垂れている。

「これ食べたい？」マッダレーナは犬の目の前に肉を差し出して、じらした。

「手を咬まれるぞ」

「気をつけろ！」

「ねえ、引き返そうよ」私はオーバーの裾をつかんで引き寄せたが、マッダレーナはその手を振りほどき、いまにも鼻に咬みつかれそうなほど間近まで寄ると、深呼吸をした。犬は低い唸り声をあげながら、肉の臭いを嗅いでいる。かぶりつこうと大きく口を開けた瞬間、マッダレーナは肉を持った腕を後ろに引き、勢いをつけて鉄柵の向こうへ放り投げた。肉が奥の塀にあたり、地面に落ちる。犬は鉄柵から離れ、中庭の奥へと一目散に走っていった。

私は節々が痛かった。ふと気づくと全身が震え、歯もがちがちと鳴っていた。

「さあ、急ごう。早くしないと食べ終わっちゃう」マッダレーナがみんなに声を掛けた。

「どうやって向こう側へ行くんだ？」フィリッポが鉄柵の上の有刺鉄線を指差した。

「乗り越えるのよ」

「有刺鉄線で全身ずたずたになるぞ」マッテオが棒で肩を叩きながら言った。

「あれが使えるかも」私は木箱の上に打ち捨てられていた古い毛布を指差した。「あれを有刺鉄線の上にかけて、よじ登るのはどう？」

「いい考えだね」マッダレーナがにこっと笑った。彼女の微笑みを前にすると、学校で優秀者に授与される記章も、大人たちの褒め言葉も、ひどく陳腐で幼稚なものに思えるのだった。

フィリッポとマッテオは、針金が貫通しないように毛布を四つ折りにして十分な厚みを持たせた。それから、いちにのさん！と息を合わせて鉄柵の上に投げた。

最初によじ登ったのはマッダレーナだった。鉄柵に足をかけ、両腕で毛布にぶらさがり、弾みをつけて乗り越えた。「楽勝だね」家畜が飼われている中庭に入ったマッダレーナがささやいた。

次いでマッテオがよじ登り、あとに続くフィリッポに手を貸した。私も皆に倣ってよじ登ろうとしたものの、腕の力が足りず、身体《からだ》が持ちあがらない。マッダレーナがじっとこちらを見ている。

自力で乗り越えられるか見定めているのだ。私は、また試されているような気がした。マッダレーナがよくするように歯をぎゅっと喰いしばり、膝を深く曲げてジャンプした。一瞬、身体が宙に浮いた感覚がしたと思ったら、片方の肩と肘と腰を地面に嫌というほど打ちつけた。あちこちに激痛が走り、思わず鋭いうめき声をあげた。マッテオが笑っている。「しーっ」マッダレーナが人差し指を口に当てた。私を助け起こし、オーバーが破れたところを確かめながら、「大丈夫、たいしたことなさそう」と言った。

「大丈夫」顔についた泥を払いながら私も言った。

「おい、のろま。ぐずぐずするな」マッテオが言った。二本の前足で押さえた骨を犬がなめている。肉はもうほとんど残っていなかった。

薄暗い物陰をおそるおそる進んでいく。木製のニワトリ小屋や干し草の俵、崩れかけた塀に立てかけられた農具、割れた木箱、腐臭の漂う水桶……。おまけに、山道を散歩するときによく父が方言で「ブアーシャ」と呼び、「気をつけろ、踏むんじゃないぞ」と注意をうながす、ぺしゃんこにつぶれた丸いものの臭いまで充満していた。牛の糞だ。そこは、まるで田舎から一画の土地を切り取って、町の真ん中に移設したかのような場所だった。

ガチョウたちは低い囲いのなかにいた。トタン板の屋根の下に敷かれた藁《わら》の上で、首をひねり、羽毛のあいだに嘴《くちばし》をうずめて眠っている。

「どれにするか決めて」マッダレーナが言った。

「それで？」マッテオが尋ねた。

「殺すの」

いはず」

「知らない」マッダレーナは肩をすくめた。「でも、誰でもしてることでしょ。そんなに難しくな
「どうやって？」

マッダレーナは囲いをまたいで中に入った。「あんたたち、なにしてるの？」

私は恐怖に押しつぶされそうになりながらも、続いた。マッダレーナが、眠っているガチョウたちの前でしゃがみ込んだ。冷たい夜風に羽毛が細かく揺れている。「きれいだね」と私は言った。

「よく肥《ふと》ってる」ナイフを回しながらマッダレーナが言った。「トレソルディさんが、フォアグラのパテを作るために餌を大量に与えてるらしい」

マッダレーナはナイフを指のあいだに挟み、軽く開いた口から息を小刻みに吐きながら、眠っているガチョウを見つめていた。

「本当に殺すつもりなの？」

「舌が必要だから」マッダレーナは暗闇で目を光らせ、唾を呑み込んだ。「殺すしかないでしょ」

「押さえてようか？」マッテオが提案した。

「暴れたらどうするんだ？」フィリッポが尋ねた。

「その前に一気に殺《や》ればいい」

「ニワトリみたいに首を絞めるのか？」

そのとき、静寂を破ってふたたび犬が吠えだした。マッテオが悪態をつき、フィリッポは両手で頭を覆ってつぶやいた。「まずい、捕まるぞ」

犬は今度は哀れっぽい鳴き声をあげ、必死に地面を引っ掻きはじめた。耳障りな物音を立ててい

る。マッダレーナの顔が引きつった。「様子を見てくるから、ここで待ってて」そう言うと、マッテオにナイフを渡した。

囲いを飛び越え、暗闇の中へ吸い込まれていった。ぶかぶかのオーバーの裾が、冷たい月明かりの下で光るむき出しの腿に当たっていた。

ふと振り返ると、マッテオとフィリッポが私を睨んでいた。素早く目配せをして、うなずき合っている。

ナイフを握りしめたマッテオの背後から、フィリッポがけしかけた。「いまだぞ。いまがチャンスだ」

「なんでそんな目で見るの？」

「おまえを追い出すことに決めたんだ」マッテオが言った。

「決めたって、誰が？」

「俺たち」

「俺たちって？」

「俺たち三人さ」

「そんなわけない」

「本当だ」フィリッポが言った。

「おまえは足手まといなんだよ。うろちょろするな」

「ちゃんと度胸試しをしたじゃない。マッダレーナは私を赦してくれた」

「そんなのクソくらえだ。おまえなんて顔も見たくない」マッテオが言った。「俺たちからマルナータを横取りするつもりなんだろう」

「独り占めしやがって」フィリッポも刺《とげ》のある声で責め立てる。

「そんなことしない」私は反論を試みた。

「じゃあ、あいつの家でなにをしてた？」

「俺たちは一度も中に入れてもらったことがないんだぞ」

「なんでおまえだけ特別扱いなんだ？」

「失《う》せやがれ」フィリッポがマッテオの背中に張りつき、前歯の隙間で舌打ちをしながら吐き捨てるように言った。「さもないと本当に殺すぞ」

「嫌だ」私はやっとの思いで凍りついた息を吐いた。

「さっさと逃げたほうが身のためだ」

脚ががくがくと震えた。「どんな理由があろうと、私はマッダレーナから離れない」

「あいつは名前で呼ばれるのを嫌がってるんだ」

「私はいつも名前で呼んでるもん」

マッテオが唇をゆがめて恐ろしい形相になった。「おまえなんか邪魔だ」

目にもとまらぬスピードだった。マッテオの腕が前に飛び出したと思ったら、痛みを感じるよりも早く、すぐにまた身体の脇に戻った。ナイフの刃から地面に血がぽたぽた垂れた。

頬に手をやると、傷があり、ずきずきと痛みだした。

「おまえはあいつが戻ってこないか見張っててくれ」マッテオは私を睨んだまま、フィリッポに言った。

フィリッポはうなずき、囲いのほうへ移動した。「まだだ」

中庭の奥では、相変わらず犬が吠えている。

「もうしばらくかかりそうだな」マッテオが舌なめずりをした。「いいか、俺だって女を痛い目に遭わせたくはない。おまえが姿を消してくれればそれでいいんだ。わかるな？」

指についた血は、ぬるぬるとして生温かかった。ふいに膝が私の体重を支えきれなくなり、目はうるみ、すべてが霞みはじめた。マッテオが脅しの言葉をかぶせてくる。「マルナータに告げ口したら、おまえの舌もガチョウみたいに切り落としてやるからな」

私は泣きだした。ナイフの使い方も知らないマッテオが怖かったわけではない。頬の切り傷を母になんと言い訳しようかと考えていたら泣けてきたのだ。玄関脇の棚の上に置かれていた母のハンドバッグから家の鍵をこっそり盗み、物音を立てずに脱け出してきた。朝になって顔にこんな傷があるのを見られたら、言い訳のしようもない。夜中に家を脱け出した証拠だった。

マッテオが声をあげて笑った。「女は、犬がションベンするみたいに、いちいち泣きやがる」そして、唸るように言った。「もう帰れ。これ以上俺たちの邪魔をするな。めそめそ泣くのもやめろ」

私はしゃがんで土をつかむと、マッテオの顔に投げつけた。マッテオはオーバーの袖で目をこすりながら後退《あとずさ》った。「あんたなんかちっとも怖くない」私は叫んだ。するとガチョウが一斉に羽をばたつかせたので、あちこちに羽毛が飛び、土埃《つちぼこり》や藁が舞った。私は身をよじらせ、マッテオから離れようと飛びのいた。だが、叫び声を聞いたフィリッポが戻ってきて、私の前に立ちはだかった。

マッテオが私のくるぶしをつかみ、「舌を切ってやる」と繰り返した。

フィリッポに口を押さえられたので、私はその指に咬みついた。彼は鋭く叫び、私の頬を叩いた。

「あんたたち、なにしてるの？」

ふと気づくと、マッダレーナがそこにいた。

騒ぎを聞きつけたのか、中庭に面した窓やバルコニーに明かりが灯りはじめていた。

「あんたたち、なにしてるの？」マッダレーナが繰り返した。それは、いままで一度も聞いたことのない声だった。

「こいつが、びびって大人を呼びに行くって言いだしたから……」マッテオが苦し紛れの弁解をはじめた。「引き留めようとしたんだ」

私は口を利くことも泣きやむこともできずに、まだ血の出ている頰を手でぎゅっと押さえていた。マッダレーナは脚をひらいて地面をしっかりと踏みつけて立ち、目をむいていた。マッテオとフィリッポを交互に睨みつけるその姿は、戦没者慰霊碑のブロンズ像の、剣をふりかざし、鬨《とき》の声が永遠に顔に刻まれた戦士のようだった。マッダレーナは言った。「あんたたち、もう帰って」

「待ってくれ」マッテオはしどろもどろだった。「こいつのせいだ。全部こいつのせいなんだ」

「ランブロ川に来させるべきじゃなかった。仲間に入れたのがいけないんだ」フィリッポも言った。

マッダレーナはまばたき一つしなかった。蒼白い身体を固くしたまま、微動だにせず、言葉を続けた。「ほうら、だんだん怖くなってきた。もうすぐあんたたちの身に恐ろしいことが起こるわよ」

フィリッポは両手で耳をふさぎ、半べそをかきはじめた。「俺はやめろって言ったんだ」言い逃れをしている。「やめろって言ったのに、マッテオが……」

「二人とも痛い目に遭うがいい。転んで、折れた骨が膝から飛び出すとか、ドブネズミに足の指をかじられるとか、鉄柵を乗り越えるときに有刺鉄線がお腹に突き刺さるとか……」

マッダレーナはそう言いながら、マッテオのほうに歩み寄った。マッテオが後退る。「おまえなんてしょせん女じゃないか。おまえのためにやってやったんだぞ。そんなこともわからないのか？」「どうせ妬《ねた》んでるだけでしょ」マッダレーナがマッテオにずんずん近づいていく。後退っていたマッテオが一歩脇に飛びのいた瞬間、叫び声があがった。身の毛がよだつほどの鋭い叫び声だった。マッテオは片方の足を両手で押さえてうずくまり、そのまま地面に倒れ込んだ。落ちていた太い釘を踏み抜いたのだ。

マッダレーナが私のことをのぞき込んだ。「大丈夫？」

私は洟《はな》をすすりながらうなずき、袖で顔を拭った。差し出された手をつかんで立ちあがった。叫び声をあげて地べたをのたうちまわるマッテオを見ながら、マッダレーナの腕のなかで震えていた。フィリッポはいち早く逃げ出したらしく、どこにも姿が見えなかった。

周囲の窓やバルコニーから住民たちの声が聞こえだした。「そこで騒いでいるのは誰だ？」「泥棒だぞ！」「誰か見てきてちょうだい」

「逃げなきゃ」と私は言った。

「でも、怪我をしてるマッテオをおいていけない。ガチョウの舌だってまだ手に入れてないし」

「誰か来たらどうするの？」

「誰も怖くなんかない。どんなときでも忘れないで。あたしは誰も怖くない」マッダレーナは引き下がらなかった。

もはや窓という窓に明かりが灯っていた。中庭は、クリスマスに教会で飾られるプレゼピオ（キリスト降誕の光景を模したミニチュアの飾り」のようだった。窓からもバルコニーからも、肩にショールを巻き、ナイトキャップで髪を覆った女たちが興味津々で身を乗り出していた。階段を下りてくる男たちの足音がしだいに近づいてくる。

　門の扉が猛烈な勢いでひらき、ナイトガウンにスリッパ姿の男の一団が現われた。犬が尾を振り振り、先陣を切って向かってくる人のまわりを飛びはねている。その人は片手に懐中電灯を、もう一方の手には猟銃を握っていた。

「おまえたち、ここでなにをしてやがる？」懐中電灯に照らされたその顔は、以前に私たちを見つけたときとおなじ、憎しみのこもった形相をしていた。ガチョウの囲いをまたぎ、すぐ目の前まで迫ってきた。ベッドの温もりと、ニンニクや汗の入り混じった体臭が感じられるほどの近さだ。

　一巻の終わりだ。トレソルディさんはニワトリの首でも絞めるように、いとも簡単に私たちの首を絞めるだろう。

　そのとき、マッダレーナがトレソルディさんの前に立ちはだかり、まっすぐ目を見て言った。「じつはガチョウを盗みにきたんです」真剣な口調で話しだした。「でも、この子が怪我をして……」仔犬のようなうめき声をあげているマッテオを指差した。「それで、なにも盗めませんでした」

　トレソルディさんはげらげらと笑った。「不幸を呼ぶ子《マルナータ》というのは、本当におまえにぴったりの名だな」

　マッダレーナは背中の後ろにまわした手で、私の手を握りしめていた。その手の震えに気づいていたのは私だけだった。彼女は言葉を続けた。「全部あたしの責任です。他の子たちは悪くありません。どうしてもガチョウが必要なんです。手に入れるまで家には帰りません」

トレソルディさんは野獣のような笑い声をあげている。他の男たちは囲いのなかに入る勇気もなく、ブナテンを前にした鳩の群れのように固まって、がやがや騒いでいた。

「ずいぶんと派手にやってくれたじゃないか」トレソルディさんは言った。「で、わしにどうしろと言うんだね？」

マッダレーナはその目をまっすぐ見据えていた。

トレソルディさんは持っていた猟銃を囲いに立てかけた。ガチョウをシッ、シッと足で追い払いながらマッテオに歩み寄り、ジャガイモの袋でも持ちあげるように抱えあげた。

「ここはわしに任せてください。皆さんはどうぞ帰っておやすみを」そこにいた男の人たちに言った。

だが帰ろうとする者はおらず、全員、その場にとどまっていた。

「帰っておやすみくださいと言っているのです」トレソルディさんが繰り返した。次いでバルコニーから身を乗り出している女の人たちに懐中電灯を向けて言った。「皆さんもどうぞ、もうやすんでください。ここはうちの庭ですから、始末はわしがつけます」そして、気を失いかけているマッテオを負ぶうと、私たちに向かって言った。「おまえたちは一緒に来るんだ」

トレソルディさんの家の台所では、天井から吊るされた裸電球が一つ、冷たい明かりを放っているだけだった。窓の隙間から入り込む風に電球が揺れ、煙で黒くくすんだ壁に掛かった銅の鍋の上で影が伸びたり縮んだりしていた。

ノエが立ちあがって板戸を閉め、呆《あき》れた顔でまた座りなおした。「おまえら、どうかしてるよ」

マッテオは足に包帯を巻いてもらい、ソファで横になっていた。クッションに踵《かかと》をうずめ、あちこちから糸の飛び出した鉤針《かぎばり》編みの毛布を掛けている。誰とも目を合わせようとせず、怪我をしてからまだ一度も言葉を発していなかった。鼻の下や頬には洟と涙が乾いてへばりついていた。

「たいした傷じゃなさそうだ」トレソルディさんがヨード・チンキで手当てをしながら言った。

「指だって五本ともあるじゃないか。よかったな。踏んだのは新しい釘だったから、破傷風の心配もない。血を見て驚いたかもしれんが、傷自体はたいしたことないさ」それから、「こいつらを見張っててくれ。ガチョウたちの様子を見てくる」とノエに言いつけると、中庭に戻っていった。

ノエは眠くていまにも瞼《まぶた》が落ちそうだった。縮れ毛が寝癖で片側だけぺしゃんこにつぶれている。マッダレーナはテーブルクロスに爪で線を描いては、手のひらで撫でて消していた。台所に流れる沈黙に、私は怯えていた。頰の乾いた血に指でそっと触れてみた。恐怖と痛みが和らぐにつれ、その傷がまるで勲章のように誇らしく思えてくるのだった。

「痛むのか?」ノエが尋ねた。

「この傷? たいしたことない」

マッダレーナがかすかに笑ったが、視線はテーブルクロスに伏せたままだった。

「なにをするつもりだったんだ?」ノエの質問にも、マッダレーナは口をつぐんだまま、爪で線を描いていた。ノエは、椅子の二本の脚に体重をかけて傾けると、手を伸ばして暖炉の上にある古い聖書を取った。それをテーブルの上に重そうに置いて、ポケットから煙草の包みを出した。おもむろに聖書をひらいたと思ったら、ページを一枚破いた。そしてその極薄の紙の上に煙草の葉を一つまみのせ、指の腹で器用に巻き、紙の端をなめてくっつけた。

マッチを暖炉の石にこすりつけて煙草に火をつけていたノエに、マッダレーナが言った。「ガチョウの舌が必要なの」

「ガチョウの舌？　そんなもの、なにに使うんだ？」煙を吐きながらノエが尋ねた。

「ガチョウの舌には真実を語らせる力があるの。ドナテッラ姉さんを救いたい。姉さんをひどい目に遭わせたのは誰なのか聞き出すのよ」

そのとき、台所のドアが暖炉の角にぶつかる音がして、トレソルディさんが中庭から戻ってきた。テーブルの真ん中に白い塊をどすんと置いた。電球が大きく揺れて光が乱れ、部屋のあちらこちらに影がぶつかった。「羽根は伸びていく方向にむしるんだ。こんなふうにな。いいか？　尾から始めて、最後が首と足。わかったな？」

マッダレーナが慌ててテーブルの上から手をどかし、真剣な面持ちでうなずいた。

死んだガチョウは両足を紐でくくられ、蠟引《ろうび》きのテーブルクロスの上で翼をひろげている。大きく開いた嘴のあいだからは舌がのぞいていた。頭蓋骨には、嘴から鋏《はさみ》を入れて内側から貫通させたような、血で汚れた孔があいていた。

「羽根をむしったら、腸《はらわた》を抜くんだ。慣れた者に頼んだほうがいい。内臓はきれいに取り除くこと。だが、捨てるんじゃないぞ。とりわけ肝臓《レバー》は旨いからな。ガチョウの肝臓《レバー》は好きか？」

「もちろん、好きです」マッダレーナが答えた。

「ならいい」トレソルディさんはそう言うと、よれよれのズボンで指を拭いた。マッダレーナの顔を見、それから私の顔を見た。「エレナって名だったんだ。王妃様とおなじ名だ」

「誰が？」

「ガチョウだよ。どのガチョウにも名前をつけているのさ。一羽だって忘れたことはない。命をもらうたびに祈りを捧げ、神のご加護に委《ゆだ》ねるんだ」

「ガチョウにも魂があるんですか？」

「当然だろう。すべての生き物に魂がある」トレソルディさんが真面目な顔で言った。「盗もうとしてたあたしに？　サクランボを盗んだのもあたしたちだってわかってるのに？」

「なのに、それをあたしにくれようとしてるんですか？」マッダレーナが尋ねた。

トレソルディさんは大きな息をつくと椅子を引き、なにやらもごもごとつぶやきながら息子の隣に腰を下ろした。そして聖書を指差して言った。「わしにも一本くれ」

ノエが煙草を巻いているあいだ、トレソルディさんは、黄色くたるんだ皮膚にほとんど隠れた小さな目でマッダレーナのことを観察していた。「おまえの兄姉《きょうだい》の話は聞いたよ。兄さんはアフリカに出征し、姉さんは川に落ちたんだってな。ひどい話だ」煙草に火をつけると、丸ごと呑み込みそうな勢いで吸いはじめた。そして言葉を続けた。「盗みはよくない。だが、おまえたち二人には、兵隊も羨むほどの勇気がある」次いで私のほうをじっと見た。私はその場から消えていなくなりたかった。

「マッダレーナは必要に迫られてやったんです」私はうまく息が吸えなかった。「お願いですから、ガチョウにしたみたいに鋏で頭蓋骨に孔をあけないでください」

「こいつは驚いた。おまえもちゃんと声が出せるんだ」トレソルディさんはそう言って、雹《ひょう》の降る音に似た豪快な笑い声をあげた。長靴の底で煙草の火を消すと、マッダレーナに向かって言った。

「おまえには本当に他人《ひと》の頭をかち割る能力があるんだと思ってた。要は、わしも噂を鵜呑みにして、信じてたってことだ。だがな、おまえは人の心に入り込み、ひとたび入り込んだら出てこない。おまえが持ってるのはそんな力だ」

22

ドナテッラの枕の下にガチョウの舌を置いたのはノエだった。あたりがまだ真っ暗で、家には熱にうなされた病人のにおいがこもっていた。

ノエは母親のような優しさで枕の角を持ちあげ、その下に、握り拳《こぶし》より小さいくらいの赤く湿った包みをそっと押し込んだ。ガチョウの舌が入った包みだ。

「起こさないようにね」ベッドの反対側からマッダレーナがささやいた。

ドナテッラは激しく頭を振り、夢を見ている犬のように歯ぎしりしながらうめいていた。顔じゅう脂汗にまみれている。

「それでどうするの?」私は真鍮のフットボードにしがみついていた。

「待つのよ」マッダレーナがドナテッラの額にかかっていた汗まみれの前髪をどかしてやりながら答えた。

ベッドの脇には二脚の椅子があった。昼間、メルリーニ夫人とルイージャが座る椅子だ。椅子の上には聖書とロザリオ、それにまだ縁かがりが終わっていないヴェール、糸切り鋏《ばさみ》と白の縫い糸が置かれていた。

マッダレーナがドナテッラの顔の上に屈み込み、尋ねた。「姉さんを苦しめているのは誰？」

私たちは息を殺していた。するとドナテッラが、かすかに目を開けて言ったのだ。「あの人の子よ」

「あの人の子って？」マッダレーナが尋ね返した。「誰の子なの？」

「あたしの子」ドナテッラが吐息とともに言った。「あたしとティツィアーノの子」

23

一月末の快晴の日、私とマッダレーナはアレンガリオ広場のカフェテリアのテラス席にいるティツィアーノ・コロンボを見つけた。

母はその店をいつも「貴族のカフェテリア」と呼んでいた。ネクタイを締め、白い手袋をはめたウエイターたちが、焼き菓子を銀のケーキスタンドに盛って運んでくるからだ。母はとりわけ春の日曜のミサのあと、そのカフェテリアに寄って室内楽団の奏でる音楽を聴き、通行人の羨望の眼差しを浴びながら錫《すず》のカップに入ったジェラートを食べるのがお気に入りだった。

その日は厳しい寒さだったので、通り沿いのテラス席にはほとんど人がおらず、唯一ふさがっていたのは、ティツィアーノが数人の若者と一緒に座っていた席だった。美男子ぞろいで、みんな手入れの行き届いた制服を着て、髪も丁寧に梳《と》かしていた。ティツィアーノは厚手の黒い外套に身を包み、ココアを飲みながら愉快そうに笑っていた。なかに一人、毛皮のマフに珊瑚のイヤリングをした女の人もいた。

「ちょっと！」マッダレーナが大きな声を張りあげた。テラス席の境界を画する赤いビロードのロープの横にいたティツィアーノを睨んでいる。私はそのすぐ隣で、怯えていることを悟られないように鼻で息をしていた。

「あの子たち、おまえに用があるみたいだぞ」仲間のうちの、のっぽで、動きのぎくしゃくした若者が言った。

ティツィアーノが私たちの姿に気づいて手招きした。くつろいだ様子だった。

マッダレーナは迷わずロープをまたぎ、次の瞬間には彼の目の前に立ちはだかった。私も無言であとに従った。

マッダレーナがあまりに強く手をこすっているものだから、しもやけで皹《ひび》の切れた関節から血がにじんでいる。「あんたが姉ちゃんに会いに来なくなった理由はわかってる」

「悪いが、子供の口出しすることじゃない」ティツィアーノが答えた。

「この子、なんの用なの？」ティツィアーノの背中にもたれかかった女の人が尋ねた。「まあ、なんて汚いのかしら」

「おまえ、今度は子供にまで手を出したのかよ」黒っぽい髪に整った顔立ちの若者が、からかった。じろじろと見つめられ、私は顔から火を噴きそうだった。

「君の姉さんの話はしたくないね。もう済んだことだ」ティツィアーノがいかにも悲しげな表情で言った。

ガチョウの舌の効果でドナテッラが真実を語った晩、私は、結婚するって約束したんだからいいだろうと言っていたティツィアーノの言葉を思い出した。マッダレーナの言うとおりだ。ティツィアーノは確かにハンサムだけど、信用ならない男だったのだ。

「ドナテッラ・メルリーニという歴とした名前があるの。あんたの婚約者でしょ。あんたのためにランブロ川に飛び込んだんだよ。なのに、あんたはまるで履きつぶした靴みたいに捨てるわけ？」マッダレーナは震えていなかった。その声はラジオで戦況を伝えるアナウンサーのように明瞭で力強かった。

「そんなつらい話はやめにしようじゃないか」丸眼鏡をかけ、アーモンドシロップを飲んでいた若者が割って入った。「こいつのかわいそうな心臓がまいっちまう」

「かわいそうな心臓？」マッダレーナが吐き捨てるように言った。「そのせいで、戦地にも行かれずにここでココアを飲んでるってわけね。病気の心臓のせいで」

ティツィアーノは蠅《はえ》を追い払うようなジェスチャーをした。「僕はてっきり純粋な娘だと思って心から愛してたんだ。本性を知るまではね」いかにも悲しみに暮れたという口ぶりで言った。

「嘘つき」マッダレーナが鼻息を荒くした。

「残念ながらそういうことさ。僕としたことが、もっと早く気づくべきだった。いつだってあんなに濃く口紅を塗って……。明らかに男の視線を意識してたのさ」

マフをした女の人が、蔑むように口をゆがめた。「なんて破廉恥な」

「君の姉さんは他に男がいた。お腹の子がなによりの証拠だよ。そろそろ腹もふくらんでくる頃だろう」

「あんたの子でしょ！」マッダレーナが叫ぶと、ティツィアーノの仲間は一斉に口をつぐんだ。

「流産したくてランブロ川に飛び込んだのに、思うようにはいかなかった。これから姉さんはどうすればいいの？」

ティツィアーノは哀れむような溜め息をつくだけだった。

「これだから父親のいない家庭は厄介だな」ウールの手袋をした若者が言った。

「女なんて冬の暖炉みたいなものさ。すぐに火がつくから暖を求めて何羽ものツグミが寄ってくる」黒っぽい髪の若者が言うと、男たちは一斉に笑った。

マッダレーナはじっと足もとを見つめ、肩を震わせていた。

「嘘ばっかり。あんたたちみんな嘘つきよ！」叫んだ。

「しょせん尻軽ツバメ《ロンディネッラ》には鳩《コロンボ》は不釣り合いだったのさ」別の若者が言った。

「尻軽ツバメ《ロンディネッラ》ってどういう意味？」マッダレーナが訊いた。

「安い娼婦のことよ」マフをした女の人が言った。「旦那が借りあげたアパートで翼をひろげて待っていて、日暮れには羽根をむしりとられて帰っていくんだわ」

「そんなの嘘！」

「そのくせ、男は卑劣だなんて言うんだから」

ティツィアーノがみんなに黙れという合図をし、ふたたびマッダレーナに向かって言った。「とにかく、あまり騒がないほうが身のためだ。君たちも変な噂が立つと困るだろう。僕だってメルリーニ夫人がいま以上に憔悴するのを見るのは忍びない。それでなくとも心配ごとを山のように抱えているようだからね。君たちだって、さらなる心配ごとの種にはなりたくないだろう？」

「まったくひどい話だな」黒っぽい髪の男がポマードを塗った頭を撫でつけながら言った。

「本当に不運な一家だこと」イヤリングをまさぐりながら、女の人が言った。

ティツィアーノはポケットから銀のクリップでとめた厚ぼったい札束を取り出した。そして人差し指をなめると、茶色っぽい大きな紙幣を一枚抜いた。私は、そんな近くから千リラ札を見るのは初めてだった。

彼はお札を半分に折り、マッダレーナの横のテーブルの上に置いた。「これをとっておけ」

「なんて情け深いのかしら」女の人は彼の手を撫でた。ティツィアーノは、たいしたことじゃないさというように、肩をすくめている。

「たとえどんな状況だろうと、困窮している人を見捨てるわけにはいかないからね」

「それにしても、あの女の場合、身から出た錆ってやつなんじゃないのか？」

「ティツィアーノ、おまえは本当に優しい心の持ち主だなあ」

マッダレーナが顔をあげたとき、睫《まつげ》は濡れ、顔は引きつっていた。鼻から思いきり息を吸ったかと思うと、ティツィアーノめがけて唾を吐いた。外套に命中した唾の塊が垂れて、束桿《ファスケス》と三色旗のバッジを濡らした。

「あんたなんか死ぬがいい」ティツィアーノの黒茶色の瞳をじっと見つめてマッダレーナが言った。

「ランブロ川で溺れて、烏《からす》に食べられるドブネズミみたいに死ぬがいい」

ティツィアーノの顔から一瞬笑みが消え、苦悩の表情がかすかに浮かんだが、すぐに仲間たちの笑い声の渦に加わった。

家に帰り着くまでマッダレーナは一言も口を利かなかった。いつもの速足で私の前を歩き、呼んでも返事をしなかった。ぶかぶかのオーバーの裾を翼のようにはためかせ、ヴィットリオ・エマヌエーレ二世通りを歩いていた。

私は息せき切ってその後を追いながら、ドナテッラのことを考えていた。口紅の差し方や、胸の目立つ服装……。先ほど彼らが言っていた、「尻軽ツバメ《ロンディネッラ》」という言葉が頭をよぎった。ティツィアーノに対する嫌悪や、彼が口にする経験豊富で冷静な言葉に対する嫌悪よりも、自分自身に対する嫌悪のほうが勝《まさ》った。たとえ一瞬であっても、ティツィアーノに惹かれたことは事実だったのだから。

トレソルディさんの家の中庭では、ノエがガチョウの囲いの裏で穴を掘っていた。私たちの姿を見ると、片手をあげてにっこり笑ったものの、マッダレーナが憤っていることに気づき、黙ってまた穴を掘りはじめた。固い地面にあたるスコップのリズミカルな音は、鎖につながれた犬がむきになってあげる唸り声に掻き消された。

穴を掘る手を止めずに、ノエは私を見て言った。「傷は治ったんだな」

私は頬に手をやった。トレソルディさんの中庭に忍び込んだ晩、マッテオにナイフで切りつけられた傷はきれいに治っていた。顔というのは、傷が浅くても血がたくさん出るものなんだとノエが教えてくれた。実際、私の頬の傷はたいしたことがなかったが、怪我をした翌朝、まだ生々しい傷を見た母は私を怒鳴りつけた。「まあ、そんな傷、どこでつけてきたのです？　碌《ろく》でもない娘だこと！」私は、お母さんを悲しませるために、わざと自分で傷をつけたのだと嘘をついた。女の子の将来が顔の美しさで決まってしまうなら、そんな将来はこっちから願い下げだと言って。すると母は口を尖らせ、顔に傷痕が残ったら嫁の貰い手がなくなるから、あなたは生涯独り身ですよ、と言った。

「それでもいい！」私は母にそう見栄を切ったのだった。けれども傷は間もなく癒えた。そして私は、そのことを残念にすら思っていた。

「たとえ傷痕が残ったとしても、おまえはきれいなおまえのままで、変わらないさ」ノエが臆面もなく言った。

私は顔から火を噴きそうになり、なにも言えなかった。

「なにしてるの？」マッダレーナが尋ねた。

「穴を掘ってるんだ」

「それくらい見ればわかる。なんの穴？」

「ガチョウを一羽、捕まえようと思って来たら、奥の空き箱の山から変な臭いがして、見に行ったんだ」

「そしたらなにがあったの？」

「見たいか？」

黒猫だった。目は白濁し、内臓が飛び出している。ノエが、鼻面にたかっていた蠅をスコップで追い払った。「ゆうべ迷い込んだんだと思う。おそらくヴィットリオにじゃれつかれて、命からがら逃げたものの、ここで息絶えたんだろう」

「ヴィットリオって？」私は、口に手を当てて吐きそうになるのを堪《こら》えた。

「犬だよ。ヴィットリオ・エマヌエーレっていうんだ。国王陛下とおなじ名前」

「へえ」

ノエが肩をすくめた。「親父には、そんな猫、ゴミと一緒に捨てちまえばいいんだって言われたけど、かわいそうになってね」

「不吉な徴《しるし》だよ」マッダレーナが言った。「死の前兆かも」

「ここじゃあ毎日のように動物が死んでいく。そんなの迷信だから真に受けないほうがいいよ」ノエが反論した。

「あんたは信じないの？」マッダレーナが訊き返す。

「不幸を呼ぶと言われているもの？　信じない。どれも、人が不安を和らげるために口にする、単なる迷信だ」

「じゃあ、ガチョウの舌の力も信じないんだ」

「信じない」

「あたしについてまわる噂も？」

「信じない」

マッダレーナはしばらく黙りこくった。やがてノエの手からスコップを奪うと、言った。「手伝うよ」

穴を掘りおえると、お腹から飛び出しているものが途中で落ちたり、服が汚れたりしないように毛布の上にのせて三人で運んだ。毛布の真ん中にある黒く薄汚れた猫の死骸は、なんてこともない大きさだったのに、石が詰まっているかのようにずっしりと重たく、穴に埋めてしまうまで息を止めていなければならないほど臭かった。

「ところで、うちになんの用？」スコップを道具小屋にしまいながら、ノエが尋ねた。

「あんた、ガチョウ殺せる？」藪から棒にマッダレーナが尋ねた。

ノエは顎についた土をこそげ落としていた。「ああ」

「やり方を教えて」そう言ったマッダレーナは、邪悪なことを考えているときの表情をしていた。

「そんなこと知って、どうするの？」私は尋ねずにはいられなかった。

ノエは、先端の尖った長い鋏《はさみ》を取り出した。「舌がもう一枚必要なのか」ガチョウの囲いに近づきながら、ノエが訊いた。

「そうじゃないけど、どうやったら息の根を止められるのか知りたいだけ」マッダレーナは答えた。


マッダレーナがあのときなにをするつもりだったとしても、すでに遅かった。というのも、猫の死体を埋めた日の晩、マッダレーナの家族のもとに、その後の生活を一変させる報《しら》せが届いたのだ。アフリカから送られてきた一本の電報。それは、エルネストがウアリエウ峠の要塞を防衛するための「英雄的な戦い」——実際にそう書かれていた——において負傷し、野戦病院に運ばれたと告げるものだった。詳細は追って知らせるとあったものの、無記名の定型文で、マッダレーナは丸二日、なにも口にせず、一睡もしなかった。

その後、病院にいるエルネスト本人からの手紙が家に届いた。だが、自身の怪我の具合にはいっさい触れず、帰還できるとも書かれていなかった。ルイージャのことだけ尋ね、いますぐ結婚したい、手遅れになる前に、と綴られていた。

電報のやりとりだけですべてが進められ、無事に婚姻届けを出したと思ったら、黒の縁どりのある手紙が届いた。ルイージャは台所のテーブルに突っ伏し、両腕で顔を覆っていた。眼鏡はテーブルの上に投げ出され、頭にはまだ縫い終わっていないヴェールをのせていた。寝室に籠もり泣き叫ぶメルリーニ夫人の声が台所まで洩れ聞こえた。ドナテッラはベッドから出てこなかった。

「エルネストは、結婚できずに死ぬことを恐れてたの」マッダレーナが話してくれた。雑巾でも絞るように手紙を握りしめ、声を詰まらせながら。「それで、代理委任状を送って婚姻手続きを進めることになった。新郎はアフリカ、新婦はイタリアで結婚の誓いをして、二人の結婚が成立したんだよ」

一月二十四日、テンビエンの戦いは勝利も敗北もなしに終結した。エルネストは、他の大勢の兵士たちと同様、無駄死にさせられたのだ。

私はマッダレーナに寄り添い、手をとった。彼女は私の手を握り返し、自分の額にあてがった。長いことなにも言わずにそうしていた。彼女の痛みは、とうてい言葉にできないものだったのだ。

24

私は幾晩も続けてガチョウの夢を見た。

暴力にあふれ、ひどく混濁した夢にうなされていた。学校の教科書に載っていたナポレオン戦争の絵のように、死者で埋めつくされた戦場。ただし兵士たちが携えていたのは銃ではなく、艶光りのする大きな鋏《はさみ》だった。ノエがガチョウを絞めるときに使う鋏とおなじだ。そこには緑のヘルメットをかぶったノエもいた。腹を裂かれ、すでに息絶えて硬直したガチョウを腕に抱え、肘まで血で汚しながら、マッダレーナに説明していた。「手のひらの感触で内臓を見分け、指で取り出すんだ。破らないように気をつけるんだぞ。じゃないと肉の味が悪くなる」

夢にはマッダレーナも現われた。ティツィアーノ・コロンボもだ。夢のなかのティツィアーノは長くカーブした首をしていて、清潔感のある美形の顔には嘴《くちばし》がついていた。マッダレーナがティツィアーノの喉に鋏を突き刺し、頭蓋骨まで貫通させる。首すじから赤黒い液体を流して叫ぶティツィアーノ。その腹部が見る見るうちにふくらんでいき、やがて破裂すると、溺死した人みたいに紫色の皮膚をした胎児が出てくる。

いつもそこで目を覚ますのだった。恐怖の脂汗で全身がじっとりと湿り、叫ばずにはいられなかった。

その夢をマッダレーナに話したかったけれど、彼女は私を避けていた。エルネストが死んでからというもの、マッダレーナは自分のまわりにバリアを築き、誰にも足を踏み入れさせなかった。家まで会いに行くと、ドア越しに、「明日にして」という答えだけが返ってくる。翌日行っても、おなじことの繰り返しだった。

ドナテッラの熱が下がり、ベッドから起きられるようになったと聞いたのは、カルラからだった。メルリーニさんは、お腹がどんどんふくらんでいく娘をひどく恥じ、ひた隠しにしていた。マッダレーナはそんな二人と一緒に、すっかり生気のなくなったその冷たい家で息を潜めていた。

マッダレーナのいない日々は、すべてのものから色や形や手触りが失われたかのようだった。学校では、地理の先生がイタリアの進軍に合わせてエチオピアの地図に国旗を立てながら、今回の戦争は、「もっとも雄大な植民地事業として歴史に刻まれることになる」と解説していた。それを聞いているうちに、私はその先生に対して激しい憎しみが湧き、席を立って教壇までつかつかと歩いていき、先生の額にインク壺を投げつける自分を想像した。

だが、実際にはなにもせず、終業の鐘を待ちわびながら、見るともなく窓の外に目をやっているだけだった。

授業が終わるなり、私は誰にも挨拶せずに教室を飛び出した。マッダレーナに会いに行かれないのは、ひどくつらかった。そこで、走って中心街を抜けると、ノエのところへ行った。鞄が腿にあたり、ゆるんだマフラーを踏んでつまずきそうになりながら。

湿った土と力仕事、そして煙草のにおいがするノエが私は好きだった。ゆっくりと正確で、無駄のない身のこなしも。仕事をしているあいだ、彼は私を邪険にせず、近くにいさせてくれた。耳の奥でいつも鳴り続けている音が、喋っているあいだだけはやんでくれるので、私はずっととりとめのない話をしていた。彼はガチョウに餌をやったり、店の棚の高いところにある瓶詰の整理をしたりしながら、ときおり質問を挿む程度で静かに私の話を聴いてくれた。トレソルディさんも少しずつ私の存在を許容してくれるようになった。夏に飛んでくる蝿《はえ》ぐらいの感覚だったのだろう。私が店に入っていき、梯子《はしご》の下でノエにイタルダード〔スープの素〕の缶を手渡しているのを見ても、「宿題はないのか？」と尋ねるぐらいだった。

私は肩をすくめ、「もう終わりました」と答えていた。

ときには、授業で習ったことを教えてほしいとノエに頼まれることもあった。私が落第するのではないかと心配していたのだ。もし私が学校に通わなくなったら、午前中も店に来て邪魔するにちがいないと。

けれども、トロイアの木馬に乗り込むオデュッセウスの話にも、弟の死を嘆く抒情詩で「最愛なる弟よ、もうおまえに会うことも叶わぬのだ」と詠じたカトゥルスの話にも、ノエはすぐに飽きてしまうのだった。

それよりも、中庭で様々なものの仕組みを私に説明するほうが好きだった。ノエはいろいろなことをよく知っていた。メンドリはどのようにして卵を産むのか、中に雛が入っているか知るためには卵のどこを叩けばいいのかといったことだ。オンドリはメンドリと離して飼わなくてはいけないと教えてくれたのもノエだった。さもないと、飽きることなくメンドリに種をつけ続けるからと。

そうしたことを話すときにも、ノエは決していやらしくなかったし、父や学校の先生など、男の人たちが不道徳だとか、女子にはふさわしくないと言って話したがらないようなことでも、ためらわずに教えてくれた。

マッダレーナの不在によって生じた心の隙間は、ひどい火傷《やけど》でできた水ぶくれのように疼《うず》いた。私はノエにすがりつき、彼の優しさのなかに身を隠すことで心が満たされたふりをしていた。現に、しばらくはガチョウの夢を見ることもなくなった。

そんなある日、ニワトリ小屋でノエが私の顎を持ちあげて言った。「おまえは本当にきれいだな」いきなりだったので、身をかわす間もなかった。ノエが顔を寄せ、唇を私の唇に押しつけた。優しく、それでいて迷いなく。温かくて湿った唇だった。彼の舌が私の舌を求めてきたが、私は固まったままだった。彼の息と私の息が混じり合い、奇妙な味がした。好きになれない味だった。重ねられた唇に胸が激しく鼓動したものの、恐怖心のほうが勝《まさ》り、私は彼を拒絶した。「なにするのよ！」そう言って、彼を押しのけたのだ。

「ごめん」ノエは後退《あとずさ》りしながら口ごもった。

手に持っていた卵が落ちて割れ、透明な塊と黄色の塊ができた。メンドリたちが激しく騒ぎたて、白い羽毛が八方に飛んだ。

「卵を割っちゃってごめんね」私はそう謝ると、彼を一人おいてその場から逃げ出した。

その晩から、私はふたたび悪夢を見るようになった。喉もとに恐怖がこみあげて夜中に目を覚ますと、シーツが肌にへばりついていた。そして、いま見た夢のことを話したい相手は、もう私のそばにいないことを思い知らされた。ベッドのなかで何度も寝がえりを打ち、ノエの肩やマッダレーナの脇腹の感触を思い出しながら、枕に顔をこすりつけた。そのうちに、また眠りに落ちるのだった。

25

いつの間にか冬も終わりになっていた。

最後の冷え込みに負けまいと、春の温もりが、ランブロ川の堤防に群がる烏《からす》の鳴き声や、枝々の先に吹き出した丸く輝く花芽でその存在をアピールしていた。

三月十五日の日曜日のことだった。私のエナメル靴の紐を結んでくれながら、母が尋ねた。「なにかあったの？」

私は「なにも」とだけ答えたものの、内心では「なにもかも嫌なの」と答えたかった。

後ろを振り返りもせず足早に先を歩く父と、ダチョウ革のハンドバッグを小脇に抱え、少し距離を保ってついていく母と一緒にレオーニ橋を渡っていた私は、足をとめて欄干から身を乗り出した。鈍色《にびいろ》の川が静かに流れているだけで、マルナータとその仲間たちの名残もなにもなかった。

空には雲一つなく、聖堂《ドゥオーモ》広場には陽射しがあふれていた。顔は白墨で汚れ、擦り切れたズボンを穿いた路上画家たちが、歩道の上にムッソリーニとイエス・キリストの肖像画を描いていて、その脇には「芸術家に一リラのお恵みを」と書かれた札が置かれていた。老婦人たちが数人ずつのグループになって、鳥の群れのように身を寄せ合いながら教会に向かっている。どの人も皆、黒くて丈の長い服に身を包み、メッシュの手袋をして、頭には帽子をかぶっている。なかには、裏側に亡くなった人の肖像が描かれたカメオのネックレスをしている人もいた。威容を誇る白と黒の縞模様の聖堂《ドゥオーモ》のファサードに陽射しが注ぎ、暖かだった。母はその前で、ハンドバッグのなかからタルカムパウダーの香りのするヴェールを出した。そこへコロンボさんのフィアット・バリッラが近づいてきたので、慌てて道を開けた。タイヤが砂利を踏む音に人々は振り向き、両端に寄って車に見《み》惚《と》れている。

コロンボさんが車から降りてきた。父は帽子をとって挨拶し、母は顔じゅうを輝かせ、羽毛をふくらませるキジバトのように胸を張った。

「これはこれは、ストラーダさん。お会いできて光栄です」満面の笑みでコロンボさんが言った。それから母のほうに視線を向けると、「奥様」と、傲慢な雰囲気の漂う、ねとついた声で呼びかけた。まるで、その気にさえなれば他のどんな呼び方だってできるのだとでも言うように。母に向かって慇懃無礼にお辞儀をし、身体《からだ》を起こしてからもしばらく目を逸らさなかった。

車の後部座席からはフィリッポとティツィアーノが降りてきた。二人とも髪を真ん中でぴっちり分け、きれいにアイロンのかかった制服に身を包み、靴墨で磨きあげたばかりのブーツを履いていた。ティツィアーノは車から降りてくるコロンボ夫人に手を差し伸べている。夫人は、杖代わりに使っている白のモスリンの日傘を支えにして、片方の足をステップに乗せた。

「奥様、善き日曜になりますように」父が挨拶した。

「皆様も」

「せっかくですから、近くに座りませんか」コロンボさんが私たち家族に提案した。

「素晴らしいアイデアですわ」母は敬愛の眼差しをコロンボさんに向けた。

「お嬢さん、ずいぶんと大きくなられましたこと。もはや素敵なレディですわね」コロンボ夫人が父に言った。

「おっしゃるとおりで」父が誇らしげにそう返事をしたので、私は意外だった。シルクのスカートにスプリングコートというエレガントな装いをさせられて、自分が場違いなところに来たような気がしていたのだ。思わず胸の前で腕を組んだ。

「フランチェスカさんが美しいお嬢さんになったって、あなたも思うでしょ？」片手をフィリッポの肩において、コロンボ夫人は続けた。フィリッポは顔をゆがめて黙っていた。すると、コロンボさんが不快な表情を浮かべた。「返事ぐらいしたらどうなんだ」

そこへティツィアーノが割って入った。「正真正銘のお嬢様ですね」父親とおなじように慇懃なお辞儀をし、顔をあげながら、片手を伸ばして私のスカートの裾に触ろうとした。「それにドレスも素晴らしい」

私は怒りがこみあげ、ぱっと身をひるがえすと、声を荒らげた。「触らないで」

母が驚愕した。「フランチェスカ！　そんな礼儀知らずの振る舞いを教えた憶えはありませんよ」

「私に触らないで」私は小声で繰り返した。

「なにをそんなに怖がっているんだね？　とって喰うわけじゃあるまいに」コロンボさんが笑った。

「食べはしないけど……」私は、マッダレーナがときおり見せるのとおなじ頑《かたく》なな口調で続けた。「でも、お腹に子供を作られたら、川に身投げするしかなくなる」

私の言葉に一同が凍りつき、さも親しげだった会話は、蒼ざめた形相に呑み込まれた。最初に飛んできたのは母の平手打ちだった。頰に強烈な一発。それにコロンボ夫人の言葉が続いた。「私たち一家は、あの情緒不安定な娘さんとはいっさい関係がございません」

コロンボさんは不快感と失望を露わにして私のことを見定めた。フィリッポは母親の陰に隠れ、ティツィアーノは胡乱《うろん》な薄笑いを口もとに浮かべている。

「いっさい関係ございませんの」コロンボ夫人はそうたたみかけると、私たちにくるりと背を向けて教会へ入っていき、コロンボさんと息子たちもあとに続いた。

「あなたって子は！　なんてバカなことを言ったの！」母は悲鳴に近い声で私を怒鳴りつけると、

ファーストネームでコロンボさんを呼びながら追いかけていった。手で帽子を押さえて必死で走るその姿は、町の人の評判も品位もかなぐり捨てたかのようだった。あれほど強迫観念のように気にしていたというのに。

私たちの脇を通り過ぎていく老婦人たちは、母を指差してささやいた。「まさに巣のそばで羽をばたつかせる尻軽ツバメ《ロンディネッラ》ね」

父は帽子を目深にかぶりなおし、下を見ていた。私たちの目にはそれまで真実が映っていなかったのだ。父は見ることを拒絶していたし、私は私で、あまりに多くを見すぎたことに気づいていなかった。

私はひりひりと痛む頬をさすりながら教会に入った。身廊を歩いていく父のあとについて、エナメルの靴音を立てながら、黒い大理石だけを踏むことに精神を集中していた。コロンボさんのすぐ後ろの長椅子に座っていた母のところまで行くと、父は何事もなかったかのようにその隣に腰掛けたが、視線は相変わらず伏せたまま、祈禱台を見つめていた。恥ずべきなのはお父さんじゃないでしょう、と言いたかった。人目を避けるべきなのはお父さんじゃない。そう強く思いながらも、黙っていた。そして、「主に感謝せよ」と唱えながら、十字を切った。

お香のにおいが重苦しくたちこめ、祭壇の奥にあるブロンズのイエス像が私の一挙手一投足を見つめていた。私はその目を見つめ返し、尋ねた。「なぜこんなにもいろいろなことが起こるのをお認めになるのですか？」

司祭様が肉体の復活と魂の救済について話しているあいだ、私は、母が服を脱いで裸になり、コロンボさんの腕に抱かれ、あのざらざらとした唇でキスをされ、胸を愛撫される姿を思い浮かべていた。同時に、教会の前でティツィアーノが私に向けた胡乱な薄笑いが脳裏によみがえった。そして、いますぐマッダレーナのところへ走っていき、なにもかも話したいと思った。

信徒たちは聖体を拝領するために立ちあがり、「天使の糧《パニス・アンジェリクス》」を奏でるオルガンの響きがステンドグラスを震わせていた。私は一人になりたくて聖母礼拝所に逃げ込み、蠟燭《ろうそく》を灯した。聖母様に祈りを捧げたら、神様もきっと私の話に耳を傾けてくれるにちがいない。

聖母像は青味を帯びた金色で、頭には星の冠をかぶっていた。誰が結んだのか、手首にはロザリオが巻かれていた。両腕をひろげて、私を優しく見つめているみたいだった。暖かな蠟燭の香りに包まれながら、ひざまずいて目を閉じ、手を組んだ。二度とエルネストと踊ることのできないマッダレーナとルイージャのために祈った。それからコロンボ家の人たちのことを考えた。ドナテッラを見殺しにしたティツィアーノ。その父親もまた、自分の都合のいいように女を利用する。当然の権利でもあるかのごとく快楽をほしいままにしているのだ。私には、聖母様にお祈りを捧げることで、誰かを地獄に送れるのかどうかはわからなかった。けれども、聖母様だって女なのだから、私の気持ちをわかってくれるはずだ。

深く息を吸った。その瞬間、吐き気を催すようなオーデコロンのにおいがした。同時に、長椅子の板がきしみ、生ぬるい呼気をうなじに感じた。「僕だよ。心配するな」

ぎょっとして目を開けると、隣にティツィアーノがひざまずいていた。立ちあがろうとするよりも早く、彼の手が伸びてきて、私を撫ではじめた。「ちっとも怖くなんてないからな」言い含めるようにささやいた。

私は声が出せなかった。彼の冷たい指が私の肘の窪みを愛撫し、静かに、優しく、手首まで下りていく。同時にもう一方の手が腰にまわされた。「なにもしやしないさ」祈りの文句でも唱えるような声音で言った。スカートがわずかにめくられ、手が差し入れられた。私は身動き一つできず、なにも考えられなかった。ただ、スカートの生地がめくれて露わになった腿に触れる彼の肌の冷たさを感じただけだった。聖母様の眼差しは相変わらず私に注がれている。股のあいだに強く押しつけられたティツィアーノの指が、ゆっくりと円を描くように動きはじめた。私の身体の奥で熱い波が湧き起こり、思いもしなかった快感と苦痛とが同時に押し寄せた。私は長椅子にしがみついた。

ティツィアーノが私の耳もとに口を寄せ、「ああ」と喘ぎ声をあげながら、私のショーツの下に指先を忍び込ませようとした。私は熱で融けた蠟燭のように、彼の手のなかでされるがままになっていた。悲鳴をあげて彼のことを蹴飛ばしたくても、恐怖と嫌悪が私の意識を遠くへ追いやり、思考が停止した。

不意にティツィアーノが手を離し、立ちあがった。顔がかすかに上気している。私は長椅子の板に爪を立てたまま、自分に対する嫌悪感に全身を貫かれていた。ティツィアーノが熱っぽい声でささやいた。「また僕に会いたくなったらいつでもおいで」

26

私を見つけてくれたのはノエだった。ランブロ川の崩れかかった堤防を無我夢中で下りたので、脚は擦り傷だらけ、顔は涙でぐしょぐしょだった。気づいたら川岸にいた。人目につかず安心できる場所を求めていた私に、本能がそこを選んでくれたかのように。不意に、「フランチェスカ！」と橋の上から私を呼ぶ声がした。見あげると、ノエが自転車を放り出し、急いで堤防を下りてくるところだった。

「なにかあったのか？」ノエが私の隣にしゃがんだ。

「そばに来ないで」私はしゃくりあげながら言った。

自分は過ちを犯し、穢れているのだと感じた。そんな自分に触られたくなかった。ただただ、その場から消えてしまいたかった。

ノエはためらい、まるで壊れものでも扱うかのように私の肩にそっと手をおき、私の名を呼んだ。私は怒りにまかせて彼の手を振りはらい、首をつかまれたガチョウのような声をあげた。するとノエは腕を伸ばしたままの姿勢で身体《からだ》を強張《こわば》らせ、深い憤りを湛《たた》えた瞳で私を見た。「なにをされたんだ？」

そのあとに起こったことは、次の日曜日、教会の前でひそひそと話していた老婦人たちを通して知った。

青果商の息子がアレンガリオ広場の角のカフェテリアにいきなり現われ、仲間と一緒にショーウインドーの前のテーブルでココアを飲んでいたティツィアーノ・コロンボに言ったそうだ。「このファシストのクソ野郎、手を出した女全員に土下座して謝れ」

名前は出さなかったので、ノエが誰のためにそれほど憤っているのかは誰にもわからなかった。

ティツィアーノはせせら笑い、「失《う》せやがれ」と言った。だがノエは立ち去るどころか、ティツィアーノの襟首をつかんで立たせた。そのとき「顔を叩きのめしてやる」と言ったのか、あるいは「その鼻を顔面にめり込ませるぞ」と言ったのかで、老婦人たちの意見は割れていた。

いずれにしても、最初に殴ったのはノエで、ティツィアーノが「おまえの言ってる女どもは、どいつもこいつも娼婦だろう」と言った直後だった。

店内にいた客たちは、焼き菓子をのせたトレーを持った男たちも、口のまわりを粉砂糖まみれにした子供の手を引いた女たちもみんな、慌てふためいて出口に殺到した。

若い時分、当時もっとも恐れられたファシスト行動隊〈ファミジェラータ〉の仲間と徒党を組んで街を歩きまわり、人々を殴ってはひまし油を飲ませることで、イタリア国家統一運動《リソルジメント》で未完に終わった事業を果たしているつもりになっていた父親と同様、ティツィアーノもまた、暴力は大義に適《かな》った行為だと信じて疑わなかった。人を殴るのは儀式の一部だと考えていたのだ。

老婦人たちの話によると、その場にいたティツィアーノの仲間が一斉にノエに飛び掛かったそうだ。ノエは、一人を殴り倒して歯を折り、もう一人の顔に肘鉄を喰らわせながら孤軍奮闘したものの、その直後に腹部を思いきり蹴飛ばされて、食器の並んだテーブルに仰向けに倒れ込んだ。弾みで、絵付けの施されたティーカップが割れ、デザート用の銀のフォークやスプーンが飛び散った。ひとたび床にねじ伏せられると、もはや逃げようもなかった。

腹といわず脚といわず背中といわず容赦なく殴られ蹴られたノエは、口と鼻から血やよだれを流し、息も絶え絶えの状態でその場に放置された。最後にティツィアーノが顔面を蹴り、「このクソ野郎め」と言い捨てて立ち去ったということだ。

この事件に関しては、コロンボさんが役所や関係諸機関に表沙汰にしないよう頼んでまわったため、誰も罰せられることはなく、町の人たちの口の端にのぼることもなくなった。ノエの父親のトレソルディさんでさえ、コロンボさんたちの力添えで手に入れた店舗を失うのが怖くて口をつぐむしかなく、ときおり二本向こうの通りにまで聞こえるほどの大声で悪態をつくぐらいが関の山だった。

私がノエのお見舞いに行くと、トレソルディさんに、最悪だ、全部おまえのせいだと言われて、追い返された。いつも息子を殴ってばかりいた父親だったが、今回ばかりは息子の命を誰よりも案じていることが、その打ちひしがれた背中ににじみ出ていた。

「一目でいいから会わせてください。お願いします。私が謝りたいと言っていると伝えてください。まさかこんなことになるなんて……」私は必死ですがりついた。

「息子は血を吐くような目に遭わされたんだ！」トレソルディさんは大声で怒鳴っていたが、私は彼の怒鳴り声をもう怖いとは思わなかった。本当の危険は、優しくささやかれる声の下に隠されていることを学んだからだ。トレソルディさんが言った。「噂どおりだ。おまえもマルナータも、不幸を呼ぶ」

逃げ場を失った私は、ひとりでにマッダレーナのところに足が向いた。

マルサラ通りに着いたのは、夕食の時間の少し前だった。走ったせいで脇腹が痛み、顔は涙で濡れていた。

「私よ」ドアの向こうのマッダレーナに声をかけたが、返ってきたのは沈黙だけだった。それでも私は続けた。「お願い。あなたじゃないと駄目なの」

するとマッダレーナが無言でドアを開けてくれた。着古したブラウスにプリーツスカートを穿いていた。数か月会わないうちに、別人になったみたいだった。急に背が伸びて、いままで着ていた服がいっぺんに合わなくなったかのように。

手にはぼろぼろになった手紙が握られていた。目が霞むほど繰り返し読んだにちがいない。

猛烈な感情が波になって胸の奥から押し寄せた。生身のマッダレーナが目の前にいて、「あがって」と言ってくれた瞬間、彼女の不在が私にどれほどの痛みをもたらしていたのかを思い知った。

台所ではメルリーニ夫人がリゾットを料理していて、サフランの強い香りが漂っていた。ドナテッラがテーブルにお皿を並べていたが、ふくらんだお腹のせいで、服が突っ張っていた。顔には生気がなく、白粉《おしろい》も口紅も塗っていなかった。私を一瞥《いちべつ》したものの、無表情で、すぐに顔を背けた。

マッダレーナは私を寝室に通すと、「話、聞くよ」と言った。

私は溜まっていたものをすべて吐き出した。言葉がまるでダムの割れ目から洩れ出す水のようにあふれ、しだいに勢いが増し、あらゆる堰《せき》を破壊しかねなかった。教会でティツィアーノに触られたこと、そのとき感じた羞恥心や不快感、レオーニ橋の下で泣いていたらノエが見つけてくれたこと、そして私のためにノエがティツィアーノと取っ組み合いになり、骨を折られたこと……。

マッダレーナは歯を喰いしばり、黙って聴いていた。

やがて彼女は視線をあげた。もはや後戻りのできない決断を下したときの、断固として迷いのない眼差しだった。

手に握りしめていた手紙を見せてくれた。エルネストからの手紙だった。

危篤に陥る何日か前に書かれたものらしく、日付は一月二十二日とあったが、三月の初めの消印になっていた。エルネストは二か月も前に死んだというのに、いまごろになって手紙が届いたのだ。マッダレーナには天国からの声のように感じられたにちがいない。

「具合はずいぶんよくなった。適切な治療を受けているし、毎食欠かさず食べている。できるだけ早く家に帰ると約束するよ。おまえやルイージャやドナテッラと別れるなんて考えられない。三人とも俺のなによりも大切な宝だからね。けれども、万が一、神が思《おぼ》し召《め》しになるのなら、家族の面倒を頼んだぞ。マッダレーナ、おまえは俺の自慢の妹だ。誰よりも芯が強い。いいか、なにがあっても信仰の灯火《ともしび》を絶やしてはいけないよ。いつもおまえのために祈っている。エルネスト」

手紙を読み終えると、マッダレーナが私の手に指をからめてきた。「いままでそばにいてあげられなくてごめんね。もう死んでしまいたいって思ってたけど、いま、自分がなにをすべきかわかった。あんたがその気なら、一緒に立ち向かおう」

27

「もう、いい子でいるのはやめにした」あの三月の朝、ティツィアーノと対峙するためにランブロ川へ向かう途中でマッダレーナが言った。夜の名残が感じられるまだ薄ぼんやりとした空に、濁った太陽が浮いていた。

ティツィアーノが川原に来ると言ったのは、マッダレーナだった。それも一人で。アレンガリオ広場のカフェテリアの店員に、間違いなく本人に渡してほしいと、五十リラ札を添えて手紙を託し、まんまと彼を呼び出すことに成功したのだ。手紙になんと書いたかまでは教えてくれなかった。差し出し人をドナテッラとしたこと以外は。

「きっと来てる」ヴィットリオ・エマヌエーレ二世通りを並んで歩きながら、マッダレーナが請け合った。通り沿いの菓子店も小間物屋もまだシャッターが下りていた。街なかは墓地のように静まり返っていて、私たちに気をとめる人は誰もいなかった。

「呼び出してどうする気？」

マッダレーナは質問には答えず、羽織っていた上着のポケットに手を突っ込んだ。そして、ルイージャの艶光りのする糸切り鋏《ばさみ》を取り出してみせた。

「それでなにをするつもり？」私は息が止まりかけた。

「いまにわかる」

ノエのガチョウと、「こうやって首をつかむんだ。そうすれば嘴《くちばし》を開ける」というノエの声が脳裏によみがえった。

「そんなこと無理」

「無理じゃない」

「そのあとどうなるの？」

「どうなってもかまわない」そう言うと、鋏を握った手をふたたびポケットに突っ込んだ。

通りの向こうのレオーニ橋は、いつもと変わらずそこにあるのに、まだ消えずにいる街灯に照らされて、いつもより大きく、威厳すら感じられた。なにかを待ち受ける静寂のなかで宙づりになっているかのように。すべてのものが息を潜めていた。

欄干から下をのぞくと、彼の姿こそ見えなかったが、鼻歌が聞こえた。

私たちは堤防が崩れかけたいつもの場所から川原へ下りた。砂利の上に飛びおりるとき、マッダレーナは、滑りやすい靴を履いている私に手を差し伸べてくれた。

ティツィアーノはアーチ形の橋脚《きょうきゃく》の下にいた。ぴっしりとアイロンのかかったズボンに、洗いたてのワイシャツ、そしてコートの胸もとにはバッジを光らせたいつもの服装で。懐かしい川のにおいと幸福な思い出に包まれたその場所にティツィアーノが立っているのは、ひどく場違いで、平手打ちを喰らったかのように胸が痛んだ。

ティツィアーノは、「愛を語っておくれ《パルラミ・ダモーレ》、マリウ」の歌を口ずさみながら鈍色《にびいろ》の川面めがけて水平に小石を投げ、水切りをしていた。

寒い朝だったにもかかわらず、マッダレーナは手にじっとりと汗をかき、口を軽く開けて荒い息づかいをしていた。

マッダレーナが私の手を離し、ティツィアーノのほうへ歩み寄った。「ここよ」

当惑した表情で振り返った彼は、私たちの姿を認めると、顔を奇妙にゆがめた。「君たち、ここでなにをしてるんだ？」手に握っていた小石を地面に落とした。

「あの手紙は、あたしが書いたの」マッダレーナが言った。「これまでしてきたことを謝って」

「僕は謝らなければならないようなことはなにもしてない」

「なんて奴。戦争に行く勇気もない卑怯者」

私もなにか言ってやりたかった。せめてマッダレーナの隣にいたかった。なのにティツィアーノの顔を見ただけで、あのときの指と吐息の感触がよみがえり、身体《からだ》が硬直して動けなかった。

「まだほんのお子様の君たちには、わからないのさ」彼は肩を怒らせてそう言うと、束桿《ファスケス》をあしらったバッジを撫でた。「親父に知られたらどんな目に遭わされるか、君たちにわかるか？　あんな身持ちの悪い女とのあいだに子供ができたなんて、親父には口が裂けても言えない。僕の気持ちがわかってたまるか」激しく首を横に振り、私たちには見えない思考を追うかのように表情を曇らせた。「それに、あれは本当に君のお姉さんだったのか？」上唇をなめながら言った。「そんな証拠がどこにある？　暗闇だと女なんてどいつもこいつも似たり寄ったりだ。おなじように喘ぎ、悲鳴をあげる。そうだろ？　電気を消したら見分けなんてつきやしないさ」

マッダレーナは負けじと喰い下がった。「言うとおりにしないなら結婚してやらないって言って、姉さんを誘い出したんでしょ？　そのくせ、生理が止まったって聞いたとたん、全部なかったことにして姉さんを捨てて、あの女は娼婦だって町じゅうに言いふらした」

大の男を相手に少しも動じずに話すマッダレーナは、見ていて恐ろしいほどだった。

ティツィアーノは舌なめずりをした。「女っていうのはな、統帥《ドゥーチェ》の取り巻き女みたいに、見返りをいっさい求めず男に尽くすべきなんだ。それに、あいつはどうしても子供を産みたいって言いやがった。僕には無理な相談だ。わかるか？　無理なんだよ。僕の将来はもう決められているんだ」

「あんたが姉さんにしたことも、フランチェスカにしたことも、全部言いふらしてやる」マッダレーナがわめいた。

すると彼は太い声で笑った。「クズの言うことなんて、誰が信じると思う？」私たちのほうに歩み寄り、蔑むような視線を投げると、こう断言した。「なにがあろうと、町の人たちはこっちの言い分を信じるさ」

「もう行こう」私は小声でマッダレーナに言った。「お願いだから帰ろうよ」

けれども彼女はびくともせず、軽蔑の眼差しでティツィアーノを睨みつけていた。

「あんたなんか死ぬがいい」それは、トレソルディさんの家の中庭でマッテオに言ったのと、まったくおなじ声色だった。「ほうら怖いんでしょう。なにか恐ろしいことが起こるんじゃないかってね。息ができなくなるとか、ドブネズミに目をかじられるとか……」

私は固唾《かたず》を呑んで見守った。ティツィアーノが嘲笑いながら近づいてくる。なにかが起こるにちがいない。そうに決まっている。彼は私たちのすぐそばまで迫っていた。オーデコロンのにおいが鼻につく。教会で嗅いだのとおなじにおいだ。

「どうした？　マルナータ、そんなことで僕が怯《ひる》むと思うか？」その顔からは、笑いが消えていた。

マッダレーナが憤怒と驚愕を顔に浮かべて私を見た。

ティツィアーノがマッダレーナの真正面に迫り、上着の襟につかみかかる。

「君たちみたいなガキをこの僕が怖がるとでも？」

「そうよ」マッダレーナが手に握った鋏で彼のこめかみを思いきり刺した。ティツィアーノは鋭く叫び、もう一方の手で血の噴き出したこめかみを押さえながら、マッダレーナを引きずった。

マッダレーナはしばらくもがいていたが、上着からするりと脱け出した。弾みでティツィアーノが石の上に尻もちをつき、手には上着だけが残された。

マッダレーナの指のあいだでは鋏が鈍く光っていた。ティツィアーノは血のついた自分の手を見て一瞬うろたえたものの、「このアバズレめ！　そんなもので僕が殺せるとでも思ってるのか！」とまくし立てた。

マッダレーナが鋏を握りなおして飛び掛かったが、ティツィアーノはすかさずその手首をつかみ、腕を背中の後ろにねじあげた。

恐怖で凍りついていた私の身体を解き放ったのは、マッダレーナの悲鳴だった。

「その手を離して！」私はわめきながら、二人のあいだに割って入った。

次の瞬間、私は猛烈な痛みに襲われた。顎を殴られたのだ。その一撃で舌を思いきり噛み、口のなかに血の味がひろがった。このまま死ぬのかもと思いながら、地面に倒れ込んだ。息をしようと口をぱくぱくさせていたら、握り拳《こぶし》の関節をさするティツィアーノが見えた。首すじや背中に冷たい砂利を感じながら、ぼんやりとした頭で、その状況を他人《ひと》ごとのように眺めていた。

いまやティツィアーノはマッダレーナの上に覆いかぶさり、彼女の髪を指にからませて力まかせに頭を揺すぶっている。マッダレーナはそれまで聞いたこともないような罵詈雑言《ばりぞうごん》を浴びせながら、彼の手をふりほどこうと引っ掻き、足をじたばたさせた。

そのとき、ティツィアーノが鋏を蹴りあげて川に沈めた。次いでマッダレーナを引きずり込む。片手で髪の毛をつかんだまま、もう一方の手で背中を押し、水中に沈めている。マッダレーナのわめき声が恐怖の悲鳴に変わり、やがてぶくぶくという音しかしなくなった。

私は声もあげられずにいた。

「君の美しい瞳は輝き《リ・オッキ・トゥオイ・ベッリ・ブリッラノ》、夢の火花が散る《フィアンメ・ディ・ソーニョ・シンティッラノ》」マッダレーナの顔を水中に沈め、歌詞の合間に残忍な息づかいを挿みながら、ティツィアーノは歌っていた。「幻ではないと言っておくれ《ディンミ・ケ・イッルジオーネ・ノネ》。君は僕だけのものだと言ってほしい《ディンミ・ケ・セイ・トゥッタ・ペル・メ》」その声からは以前の優しげなトーンが完全に消え、異様な昂《たかぶ》りが感じられた。

しばらくするとティツィアーノだけが岸にあがってきた。ズボンもコートもずぶ濡れで、濡れた金髪が額にへばりついている。背後の川では、水のなかに膝をついたマッダレーナが顔を泥だらけにして激しく咳き込んでいた。

私は肘をついて身体を起こそうとしたが、砂利で滑って力が入らず、また倒れてしまった。ティツィアーノは私を見てにやりと笑うと、上唇をなめた。「待ってろよ、いまいいことをしてやるから」私はたった一人で、目の前の男の意のままにされる恐怖を感じていた。それは、トレソルディさんに対していつも感じていた恐怖とは別の種類の恐怖だった。呪いや魔女の話を聞いたときの、背すじがぞくりとするような恐怖とも違っていた。ティツィアーノによって引き起こされるのは、どこからともなく忍び込んで私の全身をがんじがらめにする、黒くて蛇のような恐怖だった。「手を出したら殺してやる」私はそういうのが精一杯だった。

大人の女になるということは、つまりはこういうことなのだ。月に一度経血が流れることでも、街角で見知らぬ男たちに冷やかされることでも、素敵なドレスを着ることでもない。「おまえをモノにしてやる」という男の目を見返し、「私は誰のものでもない」ときっぱり言いきることなのだ。

そのあとになにが起こったのか、私にはよくわからなかった。まるで悪夢のなかの出来事のように。

ティツィアーノがもどかしそうに私のスカートの下に手を入れ、ショーツをつかむと、足首まで下ろした。それから両膝を私の腿の内側に入れて、股をひらかせた。

私は金切り声をあげ、両手を拳骨にして彼の背中や肩を叩いたけれども、全体重をかけられ、起きあがることはできなかった。すぐに両手首をつかまれ、頭の上に腕を固定された。「しーっ、おとなしくしろ」

私は彼のことが嫌でたまらず、自分が嫌でたまらず、なにもかも嫌でたまらなかった。見ると、ティツィアーノが魂でも吸い取られたかのような蒼白い顔をして、苦しそうに息をしていた。

「悪魔の声が聞こえた」川から残忍な嗄《しゃが》れ声がした。振り向くと、マッダレーナがランブロ川から這いあがってくるところだった。全身ずぶ濡れで、額に怪我をしている。「あんたの心臓をもぎ取ってやるって」

ティツィアーノは笑い飛ばした。私の口を唇でこじあけ、無理やり舌を押し込んできた。

「地獄に引きずり落とされるよ」マッダレーナが続けた。

ティツィアーノは上半身を起こして自分のパンツのなかに手を入れ、内側から布を押しあげていたどくどくと脈打つ硬いものを出そうとした。

その瞬間、ティツィアーノが恐怖に怯えた目を大きく見ひらいたかと思うと、誰かにスイッチを切られたかのように動きが止まった。

彼の身体が私の上にのしかかり、荒く苦しげな息を首すじに感じたのも束の間、すぐにぴくりともしなくなった。

エピローグ　声のかたち

病弱だった心臓が彼を裏切ったのだろうか。それともマルナータが声の力で彼の心臓を止めたのだろうか。

足はずぶ濡れで全身がかじかみ、口のなかに血の味がする状態で家に帰りながら、私は繰り返し問い続けていた。瞼《まぶた》の裏には恐怖にゆがんだ彼の顔が焼きつき、手首には押さえつけられていた手の感触がまざまざと残っていた。身体《からだ》じゅうが痛んだ。歯や骨までも。恐怖と嫌悪に襲われながら、私はマッダレーナのことを考えていた。私の手を握っていた彼女の手や、「またすぐに会える」と言った彼女の言葉を。

夜が明けることなんて少しも望んでいなかったのに、容赦なく朝が訪れた。川べりに隠した遺体はどうなったんだろうと気に病んでいるあいだに、時間ばかりが滑り落ちていくような感覚だった。私たちが犯人だと知られるのではあるまいかと思うと居ても立ってもいられなかった。私たち二人を残して世の中のすべてのものが消えますようにと祈った。けれども、祈りだけでは世の中を制御することはできなかった。

「ノエに相談しよう。そうすればもっと上手に隠してくれるかもしれない」とマッダレーナが言いだしたときには、すでに捜索が始まっていた。

ティツィアーノ・コロンボの遺体が発見された日、空には濡れた羊毛みたいに重たげな雲が垂れこめていた。

弟のフィリッポが、ランブロ川を重点的に捜索してほしいと頼んだらしい。あの日、川岸で誰かと会う約束をしていたようだ、おそらく何者かが兄を罠に嵌《は》めたのだろう、と言って。ひょっとすると、誰もが一目置く有力者の息子を狙うことで、コロンボ家が忠誠を尽くしてきた体制のメッキを剝がそうと、反乱分子が企んだのかもしれないと町の人は噂した。

発見された遺体は、目玉や舌がドブネズミにかじられ、烏《からす》についばまれていた。全身が泥水に浸かっていたため、コロンボ夫人でさえすぐにはわからない有り様だった。息子のつけていたバッジを握りしめ、「このおぞましい犯罪が然《しか》るべき裁きを受けますように」とつぶやいたらしい。少なくとも地方紙にはそう書かれていた。コロンボさんは、自分で選んだ息子の写真――国家ファシスト党の制服に、映画スターのような気障《きざ》なスマイル――を使った記事が第一面に掲載されたことに満足していた。一方で、小さな三面記事で報じただけの『コッリエーレ・デッラ・セーラ』紙の扱いを忌々しく思っていた。

その二日後の三月も末のこと、ドナテッラの署名のある手紙が発見された。とすると、コロンボ家の長男を殺したのはコミュニストではなかったのだ。反イタリアの輩《やから》でも、祖国の裏切り者でも、アナキストでもなかった。彼を殺したのは、しがない娘であり、腹に誰の子とも知れぬ赤ん坊を宿した尻軽ツバメ《ロンディネッラ》だった。

明け方、反ファシスト検束秘密警察（ＯＶＲＡ）の警官たちがマルサラ通りのアパートの呼び鈴を鳴らしたとき、ドナテッラはまだネグリジェ姿で素足だった。だが、ショールを巻くことも許されず、そのままの恰好で連行された。母親と妹の悲痛な叫びに、アパートじゅうの住人が目を覚ました。

その晩、母が唐突に言った。「ナポリ行きの切符を買ってきたわ。明日、あなたを連れて出発します。しばらく実家においてもらうことにしたの」

私は喉から心臓が飛び出しそうになった。

「どうして？」理由を尋ねても、母は答えようとしなかった。

状況を説明してくれたのは父だった。ドナテッラはファシストによって兵舎に連行され、尋問された。「なぜローマ式敬礼をしない？」「敬礼が義務だとは知りませんでした」「被害者と面識は？」「ありました。婚約者でしたから」「その後、二人のあいだになにがあったんだね？」「子供ができたと言ったら、会ってくれなくなったんです」「誰の子だ？」「彼の子に決まってます。この子は彼の子です。彼の子じゃなければ誰の子だって言うんです？」「遺族は、被害者が婚外の性交渉を持つはずがなく、したがってお腹の子は別の男の子供だと言っている。金でおまえの身体を買った男が、十分な注意を払わなかったのだろうとな」「そんなのは嘘です！」「この手紙はなんだ？」「私は見たこともありません」「おまえの名前が書いてあるじゃないか。これはどう説明するつもりだ？」「私が書いたものじゃありません。誓《はら》って本当です。私は書いてません」

髪を振り乱し、夫でもない男の子供を孕《はら》んだ娘の言うことなど、いったい誰が信じるというのだろう。商売女の戯言《ざれごと》に、真実などあるわけがなかった。

父は、メルリーニ家の末娘が被害者に対してひどい侮辱を並べたてたとも言った。ティツィアーノは女を家畜のように扱って使い捨てにしていただけでなく、教会で祈りを捧げる少女のスカートの下に手を入れていたのだと。

その際に私の名前が出たものだから、母はしばらく町を離れたほうがいいと決めたのだった。母は私になにも尋ねなかった。私の存在を恥じているかのように、顔を見ようともしなかった。旅行鞄に服やヘアアイロンを手あたり次第に放り込み、旅支度をしただけだった。

母が水玉模様の薄手のワンピースとサンダルを探すよう大声でカルラに言いつけているあいだ、父が私のそばに来た。私はキッチンで座っていた。目の前のテーブルにはカルラのお手製のバニラケーキが一切れ、手つかずで置かれていた。私は何日も前から食べ物が喉を通らなかった。絶えず胃にまとわりついていた吐き気が喉もとまでこみあげては、思考を鈍らせた。

父は長いこと黙りこくり、親指でもう一方の拳《こぶし》の関節をいじくりまわしていたが、やがて咳払いをして切り出した。「教会の……」父はそこで唾を呑み込んだ。「教会の聖母礼拝所で起こったと言われていることは……要するに、おまえがされたことは……」父はそこでふたたび言い淀み、息をついた。「本当につらかったろうな。お父さんもつらい。だが、おまえが悪いんじゃない。いいな？」

私はかすかにうなずいた。

「おまえはなにも悪いことはしていない。わかるな？」

「ナポリには行きたくない」

「わかっている。わかっているよ、フランチェスカ」

「どうして私を追い出すの？」

「お父さんだって、おまえと離れて暮らしたくはない。だが、おそらくそうするのがいちばんなんだ。わかってくれるな？　しばらくのあいだだけだ。約束する。騒ぎが収まるまでの辛抱だ」

父が私の肩にそっと触れた。まるで私に触るのが怖いかのように。私は父にすがりつき、胸に顔をうずめた。父は最初びくっとしたものの、まるで心のなかでなにかが緩んだかのように両腕で私を包み込み、優しく髪を撫でてくれた。父は、私が叫びだしたくなったときに逃げ込んでいた洋服簞笥《だんす》のなかとおなじにおいがした。


まだ薄暗いうちに私たちは駅に着いた。母は重たい旅行鞄を持ち、よろめきながら歩いていた。顔はやつれ、ヴェールのついた小さな帽子は曲がっていたし、襟もとのリボンはほどけ、絹のストッキングにはふくらはぎから踵《かかと》まで伝線が入っていた。

疲れた声で「すみません」と言いながら、人混みを掻き分けて進んでいた。鋳鉄《ちゅうてつ》の差し掛け屋根までたちこめている列車の白い蒸気が鼻の孔に入ってきて、ひりひりした。

母が私の肘をつかんでぐいと引っ張った。「なにをぐずぐずしているの。さっさと歩いてちょうだい」

私はドナテッラのことを考えていた。蛙のようにお腹をふくらませて暗闇で独りうずくまり、胎内で成長していく赤ん坊に対する恨みを募らせるドナテッラ。次いでメルリーニ夫人のことを考えた。もしも神がメルリーニ夫人の長男の命を救い、長女を加護してくれたならば、マッダレーナのことを受け容れる心の余裕もできたかもしれない。だが現実は、またしても喪に服し、自らの殻に閉じこもるばかりだった。私はマルサラ通りのアパートのことを思った。活気のなくなった台所に長い影を落とす銅製の鍋類のことを。

なによりマッダレーナのことを考えていた。悪魔が心臓をもぎ取ろうとしているとティツィアーノに言い放ったときの彼女の声を。そして私の手を握ってくれた彼女の手の感触や、川のにおいを思い出していた。

心の痛みというのは具体的な身体の変調に表われる。締めつけられる胃、腫れあがった膀胱、こめかみや身体のあちこちで激しく脈打つ血管。私は骨の髄まで粉々だった。

もうマッダレーナに会うことはないのだとわかっていた。私は彼女を見捨てて、出発しようとしている。ティツィアーノの命が尽きた日、私も彼女と一緒にランブロ川にいた。マッダレーナは小説のなかの英雄さながらに私を護り、救ってくれた。私はいつも大切な人に罪をかぶせてばかりいる。

駅のホームを、母に引きずられるようにして、出発を待つ機関車の先頭車両のほうへと歩いていた。機関車の前面には真鍮の束桿《ファスケス》がついている。私は頭が真っ白で膝が震えていた。そのときだった。後ろのほうで私を呼ぶ声がした。「フランチェスカ、待ってくれ!」

ノエが発車案内板の柱にしがみつき、人混みのなかでも自分の姿が見えるように台座の上で爪先立ちになっていた。

私がいきなり立ち止まったものだから、私の手を引いていた母が転びそうになった。私はかまわずその手を振りはらい、ノエのところに走った。

「なにしに来たの?」

「一緒に来てくれ。早く」ノエが息せき切って言った。鼻はゆがんでかさぶただらけで、目のまわりには黄色っぽい痣《あざ》があり、眉の下には縫合された痕の残る深い傷があった。

「行かれない」

「いや、来るんだ」

私はノエの顔をまともに見ることができず、「行かれない」とだけ繰り返した。

「怖いのか？」

「怖いに決まってるでしょ！　ティツィアーノは死んだのよ」

「聞いたよ。マッダレーナが自供した。自分が殺したと言ったんだ」

「そんなの嘘！　ティツィアーノは心臓が弱かった。ひとりでに死んだの」彼の心臓を止めたのは、もしかするとマッダレーナの声だったのかもしれないし、本当にマッダレーナが彼を殺したのかもしれない。

「いまさらそんなことを言っても無駄なんだ」

私は、自分が炎のなかに投げ込まれた新聞紙のような気がした。「それで、マッダレーナはどうなるの？」

ノエは激しく頭《かぶり》を振ったものの、傷が痛むのか顔をゆがめた。「わからない。ティツィアーノ・コロンボの悪党がしたことを暴いたのに、誰も信じないんだ。しょせん不幸《マルナータ》を呼ぶ子にファシストを告訴できるわけがない」

「私になにができるっていうの？」

ノエの眼差しには闘争心が漲《みなぎ》っていた。「おまえも証言しろ」

「私が言ったって、信じてくれるわけないでしょ」

「やってみなきゃわからない」ヨード・チンキと軟膏のにおいが、私の好きな土のにおいを消してしまっていた。

「そんなことできない。私はマッダレーナとは違うから、私の言葉にはなんの力もないもの」自分が恥ずかしくて情けなくて、両手で顔を覆った。そのあいだにも発車を知らせる汽笛が響きわたり、私の名を呼ぶ母の声がした。

「僕の手形を使わせてくれ」ノエが言った。

「手形って？」

「マンダリンオレンジのときの貸しだよ」

「私には無理」

「フランチェスカ、もうすぐ発車するわよ」背後で母がわめいている。

「マッダレーナのためでも？」

私は改めてノエの顔を見つめた。傷だらけの顔のなかに、彼の眼差しを求めた。ノエは私のために戦って、こんなに傷だらけになったんだ。

「私は、ノエやマッダレーナみたいにはなれないよ。絶対に無理。できない」

「急いでお乗りください。列車は間もなく出発します」

駅員に手伝ってもらって旅行鞄を積み込んだ母が、列車の上から白い手袋をした手を振り、すぐに乗るようにと合図している。

「もう行かなきゃ」私はノエに言った。

彼はなにも言わずに私を見た。

自供したというマッダレーナはこれからどうなるのだろうか。どんな目に遭わされるのか、私にはわからなかった。私が知っている刑の執行は、どれも本で読んだものだ。打ち首や絞首刑にされるのだろうか。それとも牢屋に入れられる？　田舎の教護院に送られて、修道女に棍棒で打たれる？

母が列車から身を乗り出し、私に手を差し伸べた。「階段に気をつけて。服を汚さないように気をつけるのよ」

私は、その言葉に全身が硬直した。次の瞬間、気づいたらマッダレーナの身のこなしや態度を真似ていた。私の心にも、私の身体にも、マッダレーナが宿っていた。まるで彼女が乗り移ったかのように、私は言った。「服なんてどうなったってかまわない」

そしてくるりと踵《きびす》を返し、ノエを捜した。けれども、そこにはもう彼の姿はなかった。

私はホームを駆け抜けた。発車寸前の列車と半狂乱になって叫ぶ母に背を向けて。

駅を出たところで、街灯のポールに立てかけた自転車にまたがろうとしているノエの姿が見えた。私はようやく息をついた。胸につかえていた重みが、熱したフライパンの上のバターのようにゆっくりと融けていく。

「ノエ、待って！」

「じつにバカげている」証言させてほしいと願い出た私に、コロンボさんは言った。集まった人たちが野兎を見つけた犬の群れのようにがなりたて、マッダレーナのところへ行こうとする私を阻止した。床は白い大理石、天井にはフレスコ画がほどこされた広いホールの真ん中で、マッダレーナはたった一人だった。サヴォイア家の紋章を抱いた金髪の天使が、天井から私たちのことを冷淡に見おろしている。

マッダレーナは、一人の男に腋《わき》の下を抱きかかえられ、別の男に足首をつかまれ、市長《ポデスタ》の前に引きずり出されたのだとノエが言っていた。まるで人間のつくった法律も規則も効力を持たず、彼女は火炙りにされるべき魔女だとでもいうように。大勢の人々が集まってくるのを、三色旗と束桿《ファスケス》の掲げられた政務室から見た市長は、うんざりして言ったそうだ。「ここは裁判所ではないし、少女を裁判にかけるわけにもいかない。まったくもって論外だ」市長をはじめ、制服を着た者たちはみんな、その薄汚れた痩せっぽちの少女が成人の男性――しかもファシスト――を殺すことができたと信じている町の人たちを嘲っていた。

「この子は『少女』ではありません。不幸《マルナータ》を呼ぶ子なのです」コロンボ夫人は反論した。

「お願いだから通してください」私は、人垣の頭越しにマッダレーナと目を合わせたくて必死に背伸びをしながら、声を張りあげた。猛スピードで飛ばすノエの自転車の荷台にまたがり、市庁舎に着くなり階段を駆けあがってきたものだから、息が弾み、髪は乱れていた。広い廊下に、私の足音が恐ろしいほどに響きわたった。「私の話も聞いてください!」

「なぜこんな小娘の言うことに耳を貸さねばならんのだね?　なにをしにここへ来た。父親を呼べ」

私は人だかりを掻き分け、男たちや女たち、そして憲兵たちを押しのけ、マッダレーナのそばへ行った。群衆の怒声も脅しも怖くなかった。一緒に進み出ようとしたノエは、群衆に押し戻された。

ようやくマッダレーナと目が合った。彼女の唇が、「戻ってきたんだね」と言っていた。

「マッダレーナが殺したんじゃありません」そう言ってから、私は自分が大声を張りあげていることに気づいた。

私たちの前には制服を着た男たちが並んでいた。むろん、おまえらなんぞ靴で踏みつけてやるとでも言わんばかりのコロンボさんも。それでもマッダレーナは怯《ひる》みもせず、ぎらぎら光る不敵な眼差しでみんなを見据えていた。しだいに彼らも、マルナータには言葉だけで人を殺《あや》める力があると思いはじめていた。そこに居並んだ、人の生死を決める権力を弄《ろう》する男たちでさえ、マッダレーナの眼差しに恐怖を覚えていたのだ。

胸にいくつもの勲章をつけ、額に黒の飾り房を垂らした市長が、両の拳でテーブルを叩き、静粛を命じたが、ざわめきは静まらなかった。「悪魔の仕業だ。悪魔が殺《や》らせたんだ」「不幸を呼ぶ子《マルナータ》だ」「災いを招くぞ」「礼儀正しくて、ハンサムで、本当にいい青年だったのに」「偉大なことを成し遂げると将来を期待された若者だった」「それをあの小娘が、獣のように川に投げ捨てやがった」

彼らの世界で確かなことは二つ。一つは、説明のつかない出来事は、悪魔の仕業か神の思《おぼ》し召《め》しだということ。善人だとされる人がひどい目に遭えば悪魔の仕業だし、悪党だとされる人がひどい目に遭えば神の思し召しとなる。それともう一つ、いずれにしても男に非はないということ。

「皆さんの言うとおりです」私はマッダレーナの横に立って言った。「やったのはこの子です」

広いホールが納骨堂のように静まり返り、誰もが微動だにしなかった。

「同時にそれは私のしたことでもあり、ドナテッラのしたことでもあり、ドナテッラのお腹の子がしたことでもあるのです。神の思し召しであると同時に悪魔の仕業でもある。ランブロ川の水のせいでもあり、川原の石のせいでもあり、彼の病弱な心臓のせいでもある。これらすべてのことが相《あい》俟《ま》って、彼を死に追いやったのです」

　群衆はどよめいた。

「ご静粛に」市長が制した。

「皆さんは真実に目をつぶり、彼のような男が私たちのような娘を相手にそんな淫らなことをするわけがないと思い込んでいる。ですが、実際に彼がしたことなんです。私たちはこれ以上、泣き寝入りするわけにはいきません」

　マッダレーナは顔が薄汚れ、床にひざまずいていたにもかかわらず、輝かしいほどの美しさだった。私の手をつかんで立ちあがった。その手は、温かくて湿っていた。そして、私を見て微笑んだ。私はそのときほど自分のなかに力が漲るのを感じたことはなかった。

謝辞

子供の頃、最初に教えられたことの一つが、「ありがとう」と言いなさいというものでした。道の渡り方や、どうしたら自分で靴の紐が結べるのかといった難題と向き合っていた頃のことだったと思います。あの頃は、気が向かなくても「ありがとう」と言わなければいけないのが苦痛でした。

ですが、大人になったいま、私は心から御礼を言いたいときに、そして心から言いたい人にだけ「ありがとう」と言うことができます。

なにより、私の物語の持つ可能性を信じ、大勢の人のもとに届けようと力を尽くしてくれた人たちに感謝します。

真っ先に私を信頼してくれ、「フランチェスカはずっと私の心に住み続ける」と言ってくれたのはカルメン・プレスティアでした。

ロゼッラ・ポストリーノは、私と一緒に非常に的確で綿密な作業を重ねてくれました。あの台詞を加えるように勧めてくれて本当にありがとう。あなたの書く物語はいつも私の胸を打ちます。

ロベルタ・ペッレグリーニからは、細部にまで目の行き届いた、計り知れない助言をもらいました。

マリア・ルイザ・プッティは、朝の四時まで夜更かししながら、私の物語を念入りに推敲してくれました。本書を最高の形で仕上げることができたのは、あなたの魔法のお蔭です。言葉に対するあなたの徹底的なこだわりに、感謝します。それと、ペソアと出会わせてくれてありがとう。

パオロ・レペッティ、あなたがいなかったら、この本は存在していません。本当にありがとう。

《スクオーラ・ホールデン》と、そこで教えてくださった素晴らしい先生方にも心から感謝します。

エレオノーラ・ソッティーリは、「この場面、いいね」と私を励ましてくれました。でも、とりわけ「ここはよくないね」というダメ出しが私には大変ありがたいものでした。

フェデリカ・マンゾンは、私を見込んでくれ、よく三階の講師室でお喋りをしました。彼女と話していると、迷いがすっと晴れていきました。

マルコ・ミッシローリ、この物語の肝となっている場面の一つは、他でもなくあなたの刺激的な授業の最中に、学校の庭で生まれたものです。

アンドレア・タラッビア、ベッペ・フェノーリオの短篇、*Il gorgo*（深淵）と出会わせてくれてありがとう。一緒に《ニンファの庭園》に散策に行ったこと、そこで食べたグレープフルーツは忘れられません。

サクロ・クオーレ・カトリック大学の講座、《書くことを楽しむ》の素晴らしきチューター、リヴィオ・ガンバリーニとマーザ・ファッキーニには、私が初めて書いた、ひどくぎこちない短篇の草稿に目を通してもらいました。マルティーナは、私の拙い短篇を読んでもなお、私への揺るぎない信頼を変わらず持ち続けてくれました。《トリノのヴァン・ヘルシング》ことフランコ・ペッツィーニ、空想小説の授業に迎えてくれて、ありがとうございました。

　地獄の高校時代を共に歩んでくれた我がウェルギリウスたち、キアラ・リボルディ、カテリーナ・ムッタリーニ、エンリカ・ヤロンゴ、ロッサーナ&ラウラ・ポルティナーリ、そしてマッシミリアーノ・ティバルディにも感謝します。

　作家仲間であり、冒険の仲間でもある、フランチェスコ、アリーチェ、ジャーダ、アントニア、セルジョ、ありがとう。地上だろうと、空飛ぶ船だろうと、これほど素晴らしい旅の同伴者を見つけることは不可能だったでしょう。

　その他のCollege Scrivere B（2019–2021）の仲間たちにも感謝します。順不同で、ヴィットリア（大）、ヴィットリア（小）、パオラ、シモーネ、ロッセッラ、ジョルジャ、レア、トンマーゾ、シルヴィア、メアリー、スザンナ、ベネデッタ、ダヴィデ、ジョヴァンニ、エド。私の最初の読者になってくれ、あなたたちの物語も読ませてくれてありがとう。お互いに魂のなかをのぞき込むような、貴重な体験でした。皆どんどん輝いてください。

　私が私であることに罪悪感を抱かずにいられる友達に、感謝します。《モンツァのラスプーチン》ことニコ、岩のように屈強なリッキー、ビアホールの親方マリオ、山に棲む鷲ヤコポ、チェシャー・サイボーグのガブリエーレ。

　ガイア、最悪だった高校時代、あなたと一緒に書いていた物語と、イカれた登場人物たちだけが私を幸せにしてくれました。私の心にはいまだに彼らが住んでいます。

　ベアトリーチェ、いつも私の気まぐれにとことん付き合い、絶望的な試験勉強や、思春期の悩みを分かち合ってくれてありがとう。あなたの描いた、人間というよりもカモノハシに近い私のポートレートは、いまでも宝物です。いつもそばにいてくれて本当にありがとう。

変わらず私のことを見守ってくれた家族、伯父や伯母、いとこたち、とりわけフェデリコ、ロレンツォ、マルコ、ジュリア、ありがとう。みんな大好きです。

お父さん、お母さん、こんな娘の私を応援してくれてありがとう。私は、九歳のとき、リュックにアステカ族に関する本とブルーベリージュースを詰めて、冒険を求めて家出をし、大きくなったら騎士になりたいと本気で願うような子供でした。こうしてこの本を書きあげることができたのは、あなた方がいつも山のような昔話をしてくれ、変な形の石を蒐集《しゅうしゅう》していたせいですぐに破けてしまうポケットを、何度も繰り返し繕ってくれ、「あそこに誰が住んでるんだろうね」と言いながら、空の星を指差してくれたお蔭です。心から感謝しています。

訳者あとがき

本書『マルナータ　不幸を呼ぶ子』（原題は *La Malnata*）は、二〇二三年三月にイタリアで刊行されたばかりの小説だ。malnata《マルナータ》とは、「悪く」「不幸に」「まずく」といった否定的な意味で広く用いられる male という副詞に、「生まれる」という動詞の過去分詞 nato がついた複合形容詞だが、ここではさらにその語尾が女性形の a になり、「素性の知れない女」「不運な女」という意味の名詞として用いられている。

十三歳の少女マッダレーナは、町の人たちから、この「マルナータ」という綽名《あだな》で呼ばれ、「みんなから忌み嫌われていた。その名を口にすると不幸になるとか、あの子は魔女だから、近づくと死の息を吹きかけられるなどとまことしやかに囁かれていた」。

一方、語り手のフランチェスカは十二歳。世間体ばかりを気にかける、躾《しつけ》の厳しい母親のもと、きちんとした家柄の娘はこうあるべきだという理想像を押しつけられ、「禁止事項ばかりの恐ろしい」世の中を生きてきた。そして、男子二人を従え、素肌をむき出しにして川原で遊ぶマッダレーナにひそかに憧れ、いつも遠くからこっそり眺めていた。

性格も、育った環境も正反対で、決して交わらないはずだった二人の少女の人生は、ある日、フランチェスカが勇気をふるって踏み出した一歩をきっかけに絡みはじめ、孤独を埋め合うかのように、互いにとって欠かせない存在となっていく。

二人には、原因こそ異なるものの、幼い頃に弟を亡くすという不幸を経験し、誰にも言えない罪悪感を胸の奥に秘めているという共通の痛みがあった。

のっけから展開する衝撃シーンの圧倒的な描写で、読む者を一気に物語世界に引きずり込むパワーを持つこの物語を書いたのは、まさに「新進気鋭」という言葉がふさわしい二十八歳のベアトリーチェ・サルヴィオーニ（Beatrice Salvioni）だ。無名の作家の長篇デビュー作ながら、二〇二一年秋のフランクフルトのブックフェアで、「古典的でもあると同時に現代的でもある、息を呑むような素晴らしい筆致により、すべてのページにおいて、声、音、におい、視線が、質感をともなって立ちあらわれる」「まばゆいばかりの才能」などと絶賛され、話題をさらった。その後、二〇二三年春、満を持して本国イタリア、フランス、スペイン、ギリシャ、チェコ、トルコ、ブルガリアの七か国で同時に売り出されるという、新人作家としては前代未聞のデビューを飾ることとなった。現在、計三十二の国で翻訳刊行が進められているというから驚きだ。

母親から抑圧され、自らの気持ちを表現する術《すべ》を持たなかった内向的な少女が、自分とは正反対の友を得たことにより、自らの意志で声をあげる勇気を手にするまでの一年足らずを描いた、鮮やかなシスターフッド小説と言えるだろう。

最終的に彼女がたどり着く、私は私、誰のものでもない。そう言えることが大人の女性になるということなのだ、という境地は、現代の私たちに向けられた力強いメッセージとなっている。

物語の舞台は、イタリアの北部、ロンバルディア州にある小都市、モンツァ。商業・金融の中心地ミラノから北北東に十五キロあまりのところに位置し、古くから帽子産業が盛んだ。豊かな水が滔々《とうとう》と流れるランブロ川（ポー川の支流）沿いにひろがる緑に恵まれた町でもあり、ヨーロッパでも最大規模（およそ七百ヘクタール）を誇るモンツァ公園が市民に憩いの場を提供している。だが、なによりこの町の名を世界に知らしめているのが、その公園の内部に一九二二年に建設されたモンツァ・サーキット場（アウトドローモ・ナツィオナーレ・ディ・モンツァ）だろう。世界で三番目に古いこのサーキット場では、毎年、イタリアF1グランプリが開催され、各国から熱きファンたちが押し寄せる。

時は一九三五年から三六年にかけて。ファシズム体制下という特殊な状況にあった当時のイタリア社会を、物語の背景に埋め込まれているキーワードを拾いながら、かいつまんで説明しておく。

一九二二年のローマ進軍により政権を掌握したベニート・ムッソリーニは、国民を組織化することによって独裁体制の基盤を築きあげた。青少年に規律と軍事教育を仕込むために設立されたのが〈バリッラ少年団（Opera nazionale Barilla）〉だ。一方、八歳から十四歳までの女子は、〈イタリア少女団（Piccole Italiane）〉への加入を求められた。語り手のフランチェスカは、サーキットレースの開幕記念のイベントで、生徒の代表として「イタリア少女の十戒」を暗唱しているが、その条文からは、ムッソリーニの支配の下、女性や家庭にどのような役割や価値観が押しつけられていたのかが如実にうかがえて興味深い。

・平和のために祈り、全力を尽くしながらも、汝の心を戦争に備えよ。
・あらゆる災難は、精神、労働、慈悲の力によって軽減される。
・汝の家を掃き清めることも祖国に仕えることにつながる。
・社会の規律は、家庭の規律より始まる。
・市民は、祖国の防衛と繁栄のために、母親、姉妹、嫁の許で育まれる。
・兵士は、女性たちや家を防衛するために、あらゆる労苦と出来事に耐える。
・戦時の部隊の規律には、女性がつかさどる家庭の道徳的抵抗が反映される。
・女性は、人民の運命の第一責任者である。
・統帥《ドゥーチェ》は、子沢山で、慎ましく、労苦を惜しまず、ファシズムとキリスト教の信仰に熱心な、真のイタリアの家庭を再建なされた。
・イタリアの女性は、統帥《ドゥーチェ》によって祖国に仕えるために動員される。

スポーツも各国の国威《こくい》発揚《はつよう》のために利用されていた。サーキットレースも例外ではなく、自国の工業技術が優れていることを誇示するため、ドイツはメルセデス・ベンツとアウトウニオンのチームをヒトラーが強力に後押ししていたし、イタリアも、ムッソリーニが国の威信を懸けてこれに対抗していた。この頃、GPレースで活躍していたのが、スクデリア・フェラーリのドライバー、タツィオ・ヌヴォラーリだ。マントヴァ出身だったヌヴォラーリは、「空飛ぶマントヴァ人」との異名を持つ名ドライバーで、国民的な人気を誇っていた。

一九三〇年代に入ると、世界恐慌の煽《あお》りを受けて国内にくすぶり始めた不満を国外に向けるため、ムッソリーニは対外膨張政策を推し進める。植民地化を試みながらも果たせずにいたエチオピア(旧名アビシニア)に目をつけ、一九三五年十月二日、イギリスやフランスの仲裁を無視して、戦争開始を宣言する。その際、「文明、正義、解放者のイタリア」対「野蛮なアビシニア人」という図式のプロパガンダを掲げ、国民の戦意を駆り立てた。この時期、民衆のあいだで爆発的に流行ったのが、「麗しき黒い顔《ファッチェッタ・ネーラ》」という歌だ。「麗しき黒い顔、可愛らしいアビシニア娘よ。君を解放し、ローマへ連れて帰ろう。君は僕らの太陽の口づけを受け、僕らとともに黒シャツを着るだろう」という歌詞が、町のあちこちで流れていた。

大軍を率いてエチオピアに攻め込んだイタリアに対し、国際連盟は史上初の経済制裁を決議する。制裁によって打撃を受けたイタリアは、外貨不足に陥った。それを金《きん》で補うべく、政府は「祖国への金」と銘打つことによって国民の愛国心を巧みに煽りながら、救国の金供出キャンペーンを展開した。詩人で作家のガブリエーレ・ダンヌンツィオをはじめ、多くの知識人が率先してこれに協力した。本書では、フランチェスカの母親が、金の結婚指輪と見せかけて急遽作らせた模造品を供出しているが、国民のあいだでは実際にそうした面従腹背の行為も見られたようだ。

イタリアでのファシズム独裁はその後、一九四三年にムッソリーニが失脚するまで二十年あまり続くが、これはフランチェスカとマッダレーナの子供時代とぴったり重なる。

刊行を記念したインタビューのなかで、物語の舞台をファシズム期に設定したのはなぜかという問いに対し、著者のサルヴィオーニは次のように答えている。

「二人の主人公の声とはまったく相容れない時代を選びたかったのです。性差別と人種差別が横行し、好戦的な男社会の典型であるファシズムの時代は、少女の声になど誰も耳を傾けようとしない。女性や、社会の枠組みからはみ出す者たちが声をあげることの難しかった時代を敢えて選ぶことによって、彼女たちの生きづらさを際立たせられるのではないかと考えました。同時に、ファシズム政権下のイタリア社会は、むろん過去のものではあるのですが、現代社会との危うい類似性も感じられる。彼女たちの生きづらさは、いまの私たちと決して無縁ではないと思うのです」

＊　＊　＊

ベアトリーチェ・サルヴィオーニは、一九九五年、本書の舞台でもあるモンツァに生まれた。ミラノのサクロ・クオーレ・カトリック大学で近代文学を学んだのち、現代文献学で同大学の修士号を取得、その後、トリノの《スクオーラ・ホールデン》に二年間通う。同校は、『海の上のピアニスト』などで知られる作家のアレッサンドロ・バリッコらが、イタリアにはまだ存在していなかった書き手を養成するための場をつくりたいという思いから、一九九四年に設立したライティングスクールで、多くの作家を輩出している。子供の時分から物語を書くことが好きだったサルヴィオーニは、十二歳の頃に母についていった美容院でたまたま手にした雑誌で同校について語るバリッコの記事を目にし、いつか自分もこの学校に入学するのだと心に誓ったという。

その誓いどおり、大学卒業後に同校に入学したサルヴィオーニは、在学中の二〇二一年、イタリア文学界の新人の登竜門として名高いイタロ・カルヴィーノ賞（カルヴィーノと親交のあった作家のナタリア・ギンズブルグら知識人によって創設された、新人の未発表原稿を対象とした文学賞）の短篇小説部門を受賞した。受賞作品のタイトルは、「切り取られた舌たちの夜間飛行（Il volo notturno delle lingue mozzate）」。社会的に虐げられ、沈黙を強《し》いられてきた女性たちの舌をモチーフとしたフォークホラーだ。

受賞で勢いに乗ったサルヴィオーニは、おなじ年に、長年温めていた二人の少女を主人公に据えて長篇小説を書きあげた。それが、本書『マルナータ　不幸を呼ぶ子』であり、冒頭に記したような華々しいデビューを飾ることになったというわけだ。

カルヴィーノ賞を受賞した短篇の「切り取られた舌」というモチーフは、本作においても「枕の下にガチョウの舌を入れると、真実を語らせる力がある」という民間伝承の形で挿入されている。権力の側にいる男たちに踏みにじられ、声をあげるどころか、ランブロ川に飛び込むという選択肢を選ばざるを得なかったマッダレーナの姉。その姉に、封殺された声を取り戻させるアイテムの役割を果たすのが、切り取られた「ガチョウの舌」なのだ。

このモチーフにも象徴されている「言葉の力」は、作家にとって大切なテーマであり、また本書で重要な意味合いを持つ。町の有力者の息子に理不尽な目に遭わされてもなにも語らない姉と、常々、「考えもしないで口にする言葉は危険だ」と諭す兄。そんな姉と兄を見ながら育ち、大人社会を慧敏《けいびん》に観察してきたマッダレーナは、言葉の大切さだけでなく、その力の恐ろしさまで身をもって知っている。町の人たちから魔女だと噂され、恐れられているだけでなく、彼女自身も、幼い頃のトラウマから、自分が口にしたことは実際に起こると信じ込み、自分の言葉に恐怖を抱いているのだ。一方、語り手のフランチェスカは、はじめのうちは「イタリア少女団の十戒」になんの疑問も抱かず、むしろ得意げに暗唱するような子だったが、マッダレーナと触れ合うことによって、言葉の大切さを知り、大人たちが口にする言葉に含まれる欺瞞《ぎまん》を見抜く力を身につけていく。同時に、マッダレーナの持つ言葉の真の価値を本人に気づかせ、マッダレーナ自身をがんじがらめにしていた因襲から解き放つ。一見、自由奔放なマッダレーナがフランチェスカの解放者であるようでいて、フランチェスカもまた、マッダレーナが待ち望んでいた解放者なのだ。

幼い頃から書くことと冒険が大好きで、趣味は登山、特技はフェンシングという作家が、次に書きあげるのはどんな物語なのか。世界中から熱い眼差しが注がれている。

関口英子

二〇二三年　初夏

本文中で引用されている文章の出典

p. 8, p. 76, p. 163, p. 250〜251
歌 *Parlami d'amore Mariù*（マリウ愛の言葉を）
作詞 Ennio Neri／作曲 Cesare Andrea Bixio（1932年）

p. 40〜41
歌 *'O surdato 'nnammurato*（おお、恋におちた兵士よ）
作詞 Aniello Califano／作曲 Enrico Cannio（1915年）

p. 64, p. 196
歌 *Dammi un bacio e ti dico di sí*（キスをしてくれたら、はいって言うわ）
作詞 Bixio Cherubini／作曲 Cesare Andrea Bixio

p. 91の葉書の文 , p. 126のラジオ放送
Il Fascio a Monza（モンツァのファッシ）
Paolo Cadorin 著、Vedano al Lambro, 2005.

p. 95
Decalogo della piccola italiana（イタリア少女の十戒）

p. 121
歌劇『アイーダ』の前奏曲
作曲 Giuseppe Verdi／台本 Antonio Ghislanzoni

p. 123
1935年10月２日にムッソリーニがエチオピアとの戦争を宣言した際の演説。

p. 151の葉書の文
Il popolo del Duce（統帥の民衆）
C. Duggan 著、Laterza, Roma-Bari, 2013.

p. 177
Canti（カンティ）
G. Leopardi 著、N. Gallo and C. Garboli 編、Einaudi, Torino, 2016. 日本語訳は『レオパルディ　カンティ』（脇功訳，名古屋大学出版会）より引用。

p. 233
『詩集65』カトゥルス

著者略歴

ベアトリーチェ・サルヴィオーニ　Beatrice Salvioni

1995年イタリア、ロンバルディア州モンツァ生まれ。ミラノのサクロ・クオーレ・カトリック大学で近代文学を学んだのち、現代文献学で修士号を取得。その後トリノのライティングスクール《スクオーラ・ホールデン》にて２年間の文芸コースを修める。2021年、同校在学中に発表した、「切り取られた舌たちの夜間飛行（Il volo notturno delle lingue mozzate）」で、イタリア文学界の新人の登竜門として知られるイタロ・カルヴィーノ賞（短篇小説部門）を受賞。その後に執筆した初めての長篇小説『マルナータ　不幸を呼ぶ子』が、2021年のフランクフルト・ブックフェアで注目され、本国イタリア、フランス、スペイン、ギリシャ等、欧州各国で同時出版されるという、新人としては異例のデビューを飾る。

訳者略歴

関口英子（せきぐち・えいこ）

埼玉県生まれ。大阪外国語大学イタリア語学科卒業。翻訳家。ヴィオラ・アルドーネ『「幸せの列車」に乗せられた少年』（河出書房新社）、イタロ・カルヴィーノ『マルコヴァルドさんの四季』（岩波少年文庫）、プリーモ・レーヴィ『天使の蝶』（光文社古典新訳文庫）、パオロ・コニェッティ『帰れない山』（新潮社）、ドナテッラ・ディ・ピエトラントニオ『戻ってきた娘』（小学館）、アルベルト・アンジェラ『古代ローマ人の24時間』（河出書房新社）など訳書多数。『月を見つけたチャウラ　ピランデッロ短篇集』（光文社古典新訳文庫）で第１回須賀敦子翻訳賞受賞。

Questo libro è stato tradotto grazie ad un contributo alla traduzione assegnato dal Ministero degli Affari Esteri e della Cooperazione Internazionale italiano
この本はイタリア外務・国際協力省の翻訳助成金を受けて翻訳されたものです。

マルナータ　不幸を呼ぶ子

2023年8月20日　初版印刷
2023年8月30日　初版発行

著者　ベアトリーチェ・サルヴィオーニ
訳者　関口英子
装画　小林エリカ
装幀　名久井直子
発行者　小野寺優
発行所　株式会社河出書房新社
〒151-0051　東京都渋谷区千駄ヶ谷2-32-2
電話　03-3404-1201（営業）　03-3404-8611（編集）
https://www.kawade.co.jp/
組版　株式会社創都
印刷　株式会社暁印刷
製本　小泉製本株式会社

Printed in Japan
ISBN978-4-309- 20889-3

「幸せの列車」に乗せられた少年

ヴィオラ・アルドーネ／関口英子訳

南部の貧しい家庭の子供を、北部の一般家庭が一時的に受け入れる、第二次世界大戦後のイタリアで実際に行われた社会奉仕活動「幸せの列車」。故郷の母への思いと新しい家族との生活で揺れ動く気持ちを7歳の少年の目を通し、ユーモアを交えて巧みに描きだす。そして大人になり、数十年ぶりに故郷に戻った際に悟ったこととは——圧倒的な筆致で豊かに語られた物語。